U0939520

新世纪作家文丛

第五辑

你我

万花筒里
那些色彩的碎片
在黑暗小筒里
繁复地拼凑虚幻的
图案花卉

计文君

長江出版傳媒 | 长江文艺出版社

图书在版编目（CIP）数据

你我 / 计文君著. -- 武汉 : 长江文艺出版社,
2019.12（2024.8 重印）
（新世纪作家文丛. 第五辑）
ISBN 978-7-5702-1241-5

Ⅰ. ①你… Ⅱ. ①计… Ⅲ. ①中篇小说－小说集－中国－当代②短篇小说－小说集－中国－当代 Ⅳ. ①I247.7

中国版本图书馆 CIP 数据核字（2019）第 208722 号

责任编辑：胡金媛　　责任校对：毛季慧
封面设计：颜森设计　　责任印制：邱　莉　　杨　帆

出版：长江出版传媒 | 长江文艺出版社
地址：武汉市雄楚大街 268 号　　邮编：430070
发行：长江文艺出版社
http://www.cjlap.com
印刷：三河市百盛印装有限公司

开本：880 毫米×1230 毫米　1/32　印张：8.125
版次：2019 年 12 月第 1 版　　2024 年 8 月第 2 次印刷
字数：189 千字

定价：53.00 元

版权所有，盗版必究（举报电话：027—87679308　87679310）
（图书出现印装问题，本社负责调换）

《新世纪作家文丛》编委会

顾　　问：李敬泽（中国作协副主席）

阎晶明（中国作协副主席）

雷　达（原中国小说学会会长）

吴义勤（中国作协书记处书记）

贺绍俊（沈阳师范大学中国文化与文学研究所副所长）

施战军（《人民文学》主编）

策　　划：尹志勇　黄　嗣　阳继波

名誉主编：白烨（中国当代文学研究会会长，社科院文学研究所研究员）

主　　编：邱华栋（鲁迅文学院常务副院长）

“新世纪作家文丛”总序

白　烨

摆在读者诸君面前的，是长江文艺出版社接续着“跨世纪文丛”，新推出的“新世纪作家文丛”。

在20世纪的1992年至2002年间，长江文艺出版社聘请资深文学评论家陈骏涛，主编了“跨世纪文丛”，先后推出了7辑，出版了67种当代作家的作品精选集。因为编选精当、连续出书，也因为是一个在特殊时期的特殊文学行动，“跨世纪文丛”遂成为世纪之交当代文坛引人注目的重要事件。当时，主编陈骏涛在《“跨世纪文丛”缘起》中说道：“‘跨世纪文丛’正是在新旧世纪之交诞生的。她将融汇20世纪文学，特别是80年代以来中国文学变异的新成果，继往开来，为开创21世纪中国文学的新格局，贡献出自己一份绵薄之力，她将昭示着新世纪文学的曙光！”这在当时看来实属豪言壮语的话，实际上都由后来的文学事实基本印证了。“跨世纪文丛”出满67本，已是21世纪初的头两年。《中华读书报》曾经在一篇文章中这样写道：“在新世纪的钟声即将敲响的时候，它暂时为自己画上了一个圆满的句号。这套文丛创始于7年以前的1992年,其时正值纯文学图书处于低迷时期,为了给纯文学寻求市场、为纯文学的发展探路,陈骏涛与出版家联手创办了这套旨在扶持纯文学的丛书。丛书汇聚了国内众多名家和新秀的文学创作成果,王蒙、贾平凹、莫言、梁晓声、韩少功、刘震云、余华、方方、池莉、周梅森等59位作家均曾以自己的名篇新作先后加入了文丛。几年来,这套丛书坚持高品位、高档次,又充分考虑到读者的阅读需求和阅读期待,为纯文学图书闯出了一个品牌。"这样的一个说法,客观允当,符合实际。

也正是自1992年起,在邓小平南方谈话精神的强劲指引下,国家与社会的改革开放,加大了力度,加快了步伐,社会生活真正开始以经济建设为中心,经济建设以市场秩序的确立为重心。社会生活的这种历史性演变,对于未曾接受过市场洗礼的当代文学来说,构成了极大的冲击与严峻的挑战。提高与普及的不同路向,严肃与通俗的不同取向,常常以二元对立的方式相互博弈。正是在这种日趋复杂的社会文化背景之下,以严肃文学的中青年作家为主要阵容,以他们的代表性作品为基本内容的"跨世纪文丛",就显得极为特别,格外地引人关注。究其原因,这既在于"跨世纪文丛"不仅以高规格、大规模的系列作品选本,向人们展示了当代作家坚守严肃文学理想和坚持严肃文学写作的丰硕收获,还在于"跨世纪文丛"以走近读者、贴近市场的方式,给严肃文学注入了生气、增添了活力,使得正在方兴未艾的文学图书市场没有失去应有的平衡,也给坚守严肃文学和喜欢严肃文学的人们增强了一定的自信。

大约是在20世纪90年代中期,在"跨世纪文丛"出满5辑之际,我曾以《"跨世纪文丛":九十年代一大文学奇观》为题,撰写了一篇书评文章。我在文章中指出:"跨世纪文丛"是张扬纯文学写作的引人举措，而且“有点也有面地反映了80年代以来文学发展演进的现状与走向。在纯文学日益被俗文化淹没的年代，这样一套高规格、大规模的文学选本不仅脱颖而出，而且坚持不懈地批量出书，确乎是90年代的一大文学景观”。我在文章的末尾还这样期望道：“热切地希望‘跨世纪文丛’坚持不懈地走下去，并把自己所营造的90年代的文学景观带入21世纪。”

好像是冥冥之中的一种缘分，我当年所抱以期望的事情，现在正好落在了我的身上。

因为种种原因，“跨世纪文丛”在文学进入新世纪之后，未能继续编辑和出版，因而渐渐地淡出了读者视野与图书市场。约在2014年岁末，在新世纪文学即将进入第十五个年头之际，长江文艺出版社决意重新启动这套大型文学丛书，并希望由我来接替因年龄和身体的原因很难承担繁重的主编事务的陈骏涛先生。无论是出于对于当代文学事业的热爱，还是出于对于长江文艺出版社的敬重，抑或是与亦师亦友的陈骏涛先生的情意，我都盛情难却，不能推辞。于是，只好挑起这副沉甸甸的重担，把陈骏涛先生和长江文艺出版社共同开创的这份重要的编辑事业继续下去。

2015年1月7日，在北京春节图书订货会期间，长江文艺出版社借着举办《中国年度文学作品精选丛书》出版20周年座谈会，正式宣布启动大型重点出版项目——“新世纪作家文丛”。由此开始，我也进入了该套文丛的选题策划和作者遴选的准备工作。当时的“新浪·文化”就此报道说：“面对新的文化格局、新的文学现象，出版人仍然应该‘有自己的事情要做’。‘跨世纪’有跨世纪的机缘，新世纪同样有着它的使命召唤。在一片喧扰之中，一大批严肃的理想主义文学者，仍然怀揣着圣洁的执著，身负着难以想象的重压蹒跚而行,出版人当然没有理由旁而观之。这正是《新世纪作家文丛》的缘起。”

经与长江文艺出版社的社长刘学明、总编尹志勇、项目负责人康志刚几位多次沟通和商议,我们大致达成了以下一些基本共识:一、新的丛书系列以“新世纪作家文丛”命名,即以此表示所选对象——作家作品的时代属性,又以此显现新的丛书与“跨世纪文丛”的内在勾连与历史渊源;二、计划在5年时间左右,推出50~60位当代实力派作家的作品精选集,每辑以8~10位作家的作品集为宜;在编选方式上,参照“跨世纪文丛”的原有体例,作品主要遴选代表作,并在作品之外酌收评论文章、创作要目等,以增强作品集的学术含量,以给读者、研究者提供读解作家作品的更多资讯。

事实上,文学在进入新世纪之后,在社会与文化的诸种因素与元素的合力推导之下,越来越表现出一种史无前例的分化与泛化,创作形态也呈现出前所少有的多元与多样。文学与文坛,较前明显地发生了结构性的巨大变异,我曾在多篇文章中把这种新的文学结构称之为“三分天下”,即以文学期刊为阵地的传统型文学(严肃文学);以市场运作为手段的大众化文学(通俗文学);以网络科技为平台的新媒体文学(网络文学)。在这样一个有如经济新常态的文学新生态中,严肃文学的生存与发展,传统文学的坚守与拓进,就显得十分重要并具有非同寻常的意义。因为这一文学板块的运作情形,不只表明了严肃文学的存活状况,而且标志着严肃文学应有的艺术高度,这也在一定程度上影响和引领着整体文学的基本走向。而就在与各种通俗性的、类型化的不同观念与取向的同场竞技中,严肃文学不断突破重围,一直与时俱进;一些作家进而脱颖而出,一些作品更加彰显出来,而且同90年代时期相比,在民族性与世界性、本土性与现代性等方面，都更具新世纪的时代特点和新时代的审美风貌。即以最为显见的重要文学奖项来说，莫言获取2012年度诺贝尔文学奖的殊荣自不待说；近几届的茅盾文学奖、鲁迅文学奖，不少出自“60后”和“70后”的作家频频获奖、不断问鼎，获奖作者的年轻化使得文学奖项更显青春，文学新人们也由此显示出他们蓬勃的创造力与强劲的竞争力。这一切，都给我们的“新世纪作家文丛”的持续运作，提供了丰富不竭的资讯参照，搭建了活跃不羁的文学舞台。

我们期望，藉由这套“新世纪作家文丛”，经由众多实力派作家姹紫嫣红的创作成果，能对新世纪文学做一个以点带面的巡礼，也经由这样的多方协力的精心淘选，对新世纪文学以来的作家作品给以一定程度的“经典化”，并让这些有蕴含、有品质的作家作品，走向更多的读者，进入文学的生活，由此也对当代文学事业的繁荣与发展，乃至对社会主义精神文明建设，奉上我们的一份心力，作出自己的一份贡献。

我们将为此而不懈努力，也为此而热切期盼！

2015年8月8日于北京朝内

目　录 Contents

001　化　城
059　帅　旦
076　你　我
109　水流向下
132　风月无边
162　灵　歌
171　端　午
185　想给你的那座花园

239　母亲们的秘密（代后记）
244　创作年表

化　城

一

偷来的锣儿敲不得——酱紫知道，却让自己做了回掩耳盗铃的笨贼。

有胆做贼，有心吃肉，就得有身硬骨头去扛打。电话那端林晓筱的斥骂排山倒海汹涌而至，酱紫每次试图分辩都被兜头打了回来，后来她就沉默地挨着，林晓筱的攻击越来越高能，酱紫几次想吼回去，可到底忍住了，忍得整个身子微微颤抖。嘟嘟嘟的断线音响起了，酱紫才松开微微痉挛的手，任由电话掉在床上。

出租屋里静得让人不安，其他房客都上班去了，只剩下主卧里的酱紫，和她失业在家终日打游戏的男友罗鑫。酱紫感觉身体还在抖，她必须要自己平静下来，她带着怒气狠狠地咬了一口自己的胳膊——没用。看着自己臂上青红的牙痕，酱紫倒在床上，细细辨析这种疼痛也阻止不了的感觉，好像不是平素克制带来的身体抖动，而是遍布全身的战栗……这让她想起小学五年级的暑假，偷偷跟着邻家男生去游泳，第一次学会扎猛子，水的凉意和压力让肌肤起了战栗，陌生的刺激感，难以分辨是快意还是恐惧——再次浮出水面，一种被释放的自由和明亮的夏日阳光同时拥抱了她，她挥动胳膊，水花四溅，放肆地喊叫了一声！

酱紫被自己的叫声惊着了，她没想到自己竟然真的一跃而起并且喊了出来，电脑前戴着耳机的罗鑫沉浸在游戏里，无知无觉，纹丝未动。酱紫跳下床，冲进卫生间，困倦、污浊、纠结的感觉被淋浴头喷出的粗壮水流挟裹而去，温热微红的皮肤略带刺痛。她开始涂身体乳，在手指的呵护和爱抚下，失控的身体终于平静了下来，酱紫从衣柜最里面拿出一套装在防尘袋里的蓝白格子纯棉家居服，郑重穿在身上，走出房间，穿过凌乱的客厅，走到阳台的落地窗前，脏脏的、冷冷的玻璃窗外是同样脏脏的、冷冷的空气。遥遥对着远处冬日浓重的雾霾中阴沉模糊的建筑物轮廓，酱紫开始了一场只有她自己明白意义的祈祷仪式——抚摸着家居服，嗅着身体乳弥散出的洋甘菊的清甜气味，那气味让人想到春天的田野，清新，有力，生机勃勃……

那气味更让酱紫想起了林晓筱——很多年前，就是在洋甘菊的气味中，林晓筱和酱紫曾经亲密到赤裸相对……刚才电话里的嘶吼叫骂开始在酱紫脑子里回放，极端的愤怒让林晓筱动用了全部的脏话储备：贱人、婊子、bitch与“半掩门子”相映生辉——酱紫有些恍惚，就在不久之前，林晓筱还深情款款地在她耳边说：“Man always gone，but the girl still here.”

那天，两个三十一岁的女子去看《七月与安生》。林晓筱从电影三分之一处开始流泪，断断续续一直哭到结尾，走出放映厅时泪还没止住，包里带的纸巾都用完了，酱紫忙不迭地给她递纸巾。林晓筱带着哭泣方止的鼻音，把头靠在了酱紫的肩上，说了这句话。

酱紫一时间不知道该如何面对林晓筱的大抒情，只能用另一只手揽住绯红羊绒衫下林晓筱日渐圆润的肩头，用力捏了一下。林晓筱收了泪，吊在酱紫的胳膊上，边走边说，“十四年了，到现在，还能和你在一起，真好!”

这一幕“故都清秋怜香伴”，此刻想来，让人觉得不大真实；奇怪的是，刚才闺蜜反目的狗血场面，也让酱紫感觉不大真实……当然，酱紫理智上是很清楚从昨晚到今晨发生了什么——昨晚林晓筱让她紧急救援遭遇家暴的小姑姑，但酱紫却偷录下了人家的“家丑”，并在今日凌晨卖了这段视频——因为林晓筱的小姑姑，是那位红透天际的艾薇女士。

艾薇应该算是最早的一批新媒体红人。二〇一二年九月，微信公号平台上线不足十天，艾薇的“临水照花人”就面世了，一个月后订阅数超过三十五万，拿到三百万的天使轮投资，成为当时颇具冲击力的新闻。随着两季综艺谈话节目“艾薇女士的客厅”在多家视频网站上的热播，二〇一六年二月十四日，艾薇的盛世微光文化传媒宣布完成 B 轮融资，估值达二十亿元人民币。

这一切的基础，是艾薇女士和她那五百多万男女“闺蜜”粉丝——“薇蜜”。艾薇一千六百天如一日地细语叮咛薇蜜们如何在现世的艰难中真正地爱自己，亲力亲为展示各种“爱自己”小道具的魔力，任何一款都立刻能把你幻化为临水照花、灵魂与肉体都香气弥散的仙女（或男神），即便无法当下就如艾薇一般收获甜蜜的爱情、成功的事业、美满的婚姻和讲格调有品质的生活，至少也可以收获周遭人艳羡的目光，保有不被庸众理解的文化优越感……对于艾薇深情的细语与长情的陪伴，薇蜜们的回报则是每年在“薇店”消费超过一亿元人民币的实际行动。

艾薇和后来那些卖面膜包包、同样粉丝数百万的“网红”有着质的不同，艾薇的身份还有作家、文化名人。人们在“艾薇女士的客厅”里看到的，是一个网络时代的林徽因，诙谐智慧，在各色文化人中间笑舞飘飘欲仙的喇叭管袖子，不管是谁出轨还是谁出柜，都能聊得精致高雅，情浓说赌书泼茶，情殇讲焚花散麝，总有迷人的味道破屏而出……

艾薇之于酱紫，从少女时代的人生偶像到如今仰望如神祇的行业大咖，一直是影响她命运的重要力量，遥远、微妙却又巨大。就在盛世微光召开新闻发布会的当天，酱紫正式辞职，成为一个内容创业者。

微信公号、头条号、微博、直播平台以及各种其他自媒体 APP、社群部落……形成了吞吐量惊人的精神产品的自由市场，先走一步的大咖们，譬如艾薇，创造了不可思议的财富神话，被激励或被蛊惑如酱紫这样的小商小贩们，也就蜂拥而至了。只是到了二〇一六年，做微信公号的比街上卖煎饼的还多，西安的钟楼、扒村的瓷窑都开了自己的微博，一个人，零基础，运营出有影响力能挣大钱的大号，怎么看都像是白日梦!

白日梦，酱紫却也做得起承转合，有章有法。她以微信公号“后真相时代”为核心载体，同名头条号和微博营销号作为支撑，兼顾直播，不定期也做几分钟的视频——别人也都是这套章法，哪儿哪儿都是人挤人，既然没有独辟蹊径的可能，酱紫只能在货色上下功夫了。作为移动互联网上贩售内容的小贩儿，跟现实世界的小商贩也没什么本质区别：推车赶早市，夜市摆地摊，白天躲着城管到处窜……做内容跟卖萝卜白菜牛仔裤一样需要真金白银做本钱，却又像天桥撂地一样，要有平地抠饼的本事——每次在公号文章底部写下“欢迎打赏”四个字，酱紫脑子里就会回响起郭德纲调皮妩媚别具韵味的《大实话》，“曾记得早年间有这么句古话，没有君子不养艺人……”

即使那些“热爱真相的小伙伴儿们”真是跟她“心连着心”的“君子”，酱紫也不敢指望他们集腋成裘养活她——指望他们，外卖点份儿比萨都得咬咬牙。既然辞职创业，嘴上不说，心里多少还是揣着肥马轻裘快意人生的奢望。若说酱紫内心深处一点儿没有自觉比别人优越的地方，也不是实话，毕竟她和艾薇这样的“大神”中间只隔着一个闺蜜林晓筱，如果酱紫能够做到对风投有吸引力，不出意外应该不难得到艾薇顺水推舟的加持，更乐观些也许看到了“后真相时代”可堪栽培的潜质，艾薇会伸手将其揽入盛世微光的怀里也未可知……

酱紫没合伙人也养不起团队，但在圈内混了三四年，嘴甜手快腿勤人缘好，找到性价比合适的摄影、剪辑、后期制作以及美术设计也不难，虽然很多都是任职大公司的熟人干私活挣钱，酱紫必须迁就人家的时间。为了维护粉丝黏性，准时推送是必须的，酱紫一路跟头流水咬牙挣扎坚持，她相信只要保持好势头，她就能在时限之内争取到风投。酱紫给自己的时限是一年——不是因为她有足够的自信一年之内拿到风投，而是她目前的积蓄只够支撑一年。如果时限到了，她只有两条路可走：一条路举债延时，她无疑将人生押上了风险巨大的赌桌，延到何时是尽头？另一条路则是宣告创业失败，重新找工作。找到一份薪酬合理的工作对于有着相当不错职场履历的酱紫来说，应该不会很困难。真正的困难在于，酱紫将再次战战兢兢捧起如琉璃盏般脆弱的“安稳人生”，生怕命运中有个风吹草动就失手打碎了，不知道会在什么地方去遭受飞箭穿胸的惩罚。

两条路可走，却都不愿走，酱紫只能争分夺秒地拼了。十月份，有真有假的粉丝数过了二十万，酱紫也能接一些调性相符的软广了，总算爬出了只见钱出不见钱入的黑井，但扒着井口算一算大账，酱紫还是在赔钱赚吆喝……也就是在这个时候，酱紫对艾薇心存的那点儿指望彻底变成了失望。这种扒着井口等救援的状态不知道还得坚持多久，撑得胳膊酸痛的酱紫为自己缴完十月份的社保和所得税之后，查了查自己账户里的余额，耳边响起了爆炸装置倒计时的嘀嗒声。

酱紫每天都与溺水般的绝望斗争着起床，开始忙碌却自感徒劳的一天——像长跑中到了体力极限，喘息剧烈到呼吸成为创痛，仿佛下一步就会倒下，她不知道自己还能坚持几步……

这样的日子里，酱紫生活中唯一纯粹的欢愉就是带着薄醉和罗鑫在床上颠鸾倒凤，那一时所有的思想和情绪都被驱逐，只剩下蓬勃的肉体翻滚开合，淋漓的汗液在身体上冷却的瞬间，身心澄澈，随之降临的是任何现实与梦想都无法穿透的结结实实的睡眠……

罗鑫是酱紫生活里的必需品，性能优良且维护成本不高——罗鑫失业后因为很少出门，除了吃喝之外也没什么花费，只要不停电不断网，他不会用任何问题去麻烦酱紫。自然，酱紫也不能用任何问题去为难罗鑫——即使像今天这样酱紫人生中的“大日子”，她依然没有打扰罗鑫，让他继续心无旁骛地跟着不知身在天南海北还是回龙观附近的英雄联盟战友，一起为摧毁水晶枢纽忘死搏杀。

罗鑫一夜未眠在打“撸啊撸”，酱紫也一夜未眠——前半夜在“偷锣”，后半夜在销赃，然后窝在床上忙忙叨叨计划如何善后，再然后就被闺蜜林晓筱怒骂了半个多小时，林晓筱挂电话的结束语是：“我他妈就不该相信你这贱货！小姑姑说过，你早晚会伤害我，早晚有这一天！”

酱紫嘴边浮起一丝含义模糊却不无决绝的微笑，无声地反驳着——你小姑姑错了，十四年前，现在，都错了……

二

二〇〇二年，酱紫与林晓筱在郑州读大学时相识，那一年，她俩都是十七岁。

那时酱紫还不叫酱紫，叫姜丽丽。姜丽丽成为中文系女大学生的第一个月，从颇为拮据的生活费里挤出了十九元巨款，买下了艾薇的散文集《最美的地方》。她从初中开始喜欢艾薇，艾薇不是著作等身名动天下的大家，但作为盈盈一朵在文摘杂志上常开不败的小白花儿，文字秀丽，语调婉转，似有似无的忧伤之后总有无凭无据的希望，不由得姜丽丽那颗少女心不喜欢。

喜欢和喜欢也不一样。姜丽丽更喜欢泰戈尔，但她不会认为自己能成泰戈尔，可对艾薇的喜欢，却有着另一番意味——十七岁的姜丽丽内心深处有个羞于对人言的念头：这样的文字其实她也能写，写得应该不比艾薇差多少，如果她的高跟鞋也曾踩过东京、台北和纽约的街道，她相信自己一样能感觉出温度与质地的差异，描出浅草的塔影、阳明山的苔痕、中央公园的秋叶纷纷……

那些文字无比精细却又无比模糊地描述了艾薇的世界——姜丽丽不了解却无比向往的世界。于是，《最美的地方》成为象征物，象征着姜丽丽全部的人生理想。艾薇也就成为她的人生偶像，熠熠生辉地指引着道路与方向……对于现实重压之下的姜丽丽，《最美的地方》具有显性和隐性的双重安慰作用，没课也不需要去打工的秋日午后，躺在安静的寝室床上翻看这本书，夸张点儿说，满足的是摸着《圣经》默默祈祷式的精神需要，而非简单的阅读。林晓筱从上铺探头，看到姜丽丽歪在枕头上捧着本书，伸手抽走，看了看书名，笑了。

姜丽丽误会了林晓筱的笑，以为那是嘲笑。也难怪姜丽丽会误会，林晓筱开口卡尔维诺闭口博尔赫斯，身边那些把《平凡的世界》当文学经典的同学，在她眼里差不多就是文盲。若不是姜丽丽熟读张爱玲，能用“因为懂得，所以慈悲”之类的招式应对几招，只怕林晓筱也未必肯对她垂以青眼。

既蒙青目，自然珍惜，姜丽丽生出了十分的小心。姜丽丽和林晓筱一样，在班里有些孤单，林晓筱的孤单是因为她目无下尘，而姜丽丽的孤单源自没有时间也没有经费和同学交往。自幼被人收养的特殊身世，使姜丽丽总有一种“异类感”，这种原本该带来深深自卑的自我感觉，不知道和什么东西发生了奇妙的化合作用，反而给了她一种无缘无故的优越感——譬如贬谪凡尘遭受磨难的仙女，或者沦落民间为人奴役的公主，再狼狈再不堪终究也有不俗之处。姜丽丽从小就习惯了作为异类的孤单，也习惯了同学或明或暗的嘲笑，认定自己属于一个不为俗人了解的高贵族群，这种念头不可对人言，却给了她一副应对外界伤害的金钟罩铁布衫——所以同寝的女生当面叫她“林大小姐的丫鬟”，姜丽丽都能泰然处之，但她怕林晓筱的嘲笑，怕林晓筱的青眼变成白眼。

姜丽丽一直觉得自己的同类罕见稀少，难以辨认，但同声相应同气相求，真的遇上了，她会知道。姜丽丽遇上了林晓筱，认定她是同类。毕竟相处日短，虽然林晓筱那份“可堪与之言”给了姜丽丽巨大的肯定和鼓励，但她们之间还远没有同类相知的确证。因此姜丽丽分外小心地揣摩着林晓筱的想法，以免言差语错被她误解为惯常嘲笑的那类俗人，却不想如此小心，还是被嘲笑了。姜丽丽欠身坐起，忍着难堪的羞恼与难言的惶恐，身体微微颤抖，低声说：“我知道，你不看这种书……”

林晓筱的脑袋又从上铺探下来，把书还她，“艾薇是我小姑姑，亲的。”

姜丽丽靠在冰凉的墙上，她用书遮挡着正在狠狠掐着自己左臂的右手，疼痛让身体不再颤抖，她松开手，慢慢揉着胳膊，安静下来的身体里，那点尖锐的疼，从左臂转移到了胸口……

原来，林晓筱不仅有个曾在老家当过市委书记的爷爷，有个在郑州当银行行长的爸爸，有好多当这个局长那个书记的叔叔伯伯，还有一个在省报做记者的作家小姑姑——而这个小姑姑竟然还是艾薇！

林晓筱与这个本名林爱东的小姑姑只差十二岁，从小就是她的跟屁虫……林晓筱从上铺爬下来，盘腿坐在姜丽丽的身边，讲着艾薇，姜丽丽抚摸着艾薇的书，渐渐驱散了胸口的那丝疼，并且为自己的狭隘，惭愧了一下……

姜丽丽心内一念翻转，竟成为一件足以改变人生的大事——自己的理想与神祇，原来离自己竟如此之近，近到只隔着一个林晓筱——林晓筱许是上天派来引领自己的使者……

姜丽丽抛却了鼠目寸光，满心欢喜地领受了命运对她的暗示。她越发热切而刻意地追求着与林晓筱的“同步”，不管是《存在与时间》《疯癫与文明》还是《挪威的森林》《追风筝的人》……只要林晓筱提到，姜丽丽必然跟进，哪怕是偷偷恶补。但姜丽丽慢慢发现，林晓筱对于一切的兴趣都是清浅且浮泛的，前一天还是无比热切赞不绝口，第二天就会带着倦怠和漫不经心，评价为不过如此。姜丽丽深入研究之后准备好好和她探讨一番，林晓筱却早已兴味索然了。

即便如此，姜丽丽也丝毫不会松懈，军备竞赛一般阅读与积累，始终保持与林晓筱对话的资格和能力。唯一的例外是提及艾薇，只要林晓筱谈起她的小姑姑，姜丽丽就会变成一个充满着羡慕和崇拜的聆听者。姜丽丽没见过艾薇本人，却又对她无比熟悉，她知道艾薇的一切大事小情，大到她的婚姻名存实亡，小到她新买化妆包的牌子是“维多利亚的秘密”，蕾丝质地玫红颜色花朵图案……

林晓筱的讲述与艾薇的文字，支离破碎、阴影斑驳的生活与玲珑剔透、花叶葳蕤的心思，互相颠覆，却也互相成就。不完美的理想世界与不完美的人生偶像，却带给姜丽丽巨大的鼓励和前所未有的信心——她的理想世界此刻看起来如此真实清晰，仿佛近在咫尺……对于大多数文艺女青年来说，耽于幻想就会不接受现实，不接受现实就会充满挫败感，自然而然就滋生出无数苦闷与眼泪……姜丽丽却似乎没有按照这个逻辑顺理成章地成长为一名合格的文艺女青年。

姜丽丽决心做文艺女青年里的“异数”，《包法利夫人》《欲望号街车》之类的文本，都被她读成了训诫。洞悉了艾薇的“真实与谎言”，姜丽丽既目光高远又踏实理性——她对理想世界的执着，不仅没有成为她的软肋，反而成了她对抗现实的盔甲——当下、周遭的一切，不重要，因为她有未来和远方……

唯有林晓筱身跨仙凡两界，她既是姜丽丽的当下，又是姜丽丽的未来，这种混乱的比喻，只有姜丽丽自己能懂，她不会告诉任何人，包括林晓筱本人。不知道从哪儿看来的，女性的友谊是靠交换秘密维持，姜丽丽独特的身世让她远比同龄的女孩子有着更多也更为独特的秘密，而恰好林晓筱也有储备充足的秘密可供交换，两个人也就越来越情深意长。

二〇〇三年除夕夜，姜丽丽一个人在放假后就停止供暖的寝室里蒙头睡觉。手机铃响了，林晓筱在电话那端嚷着让姜丽丽到学校门口等她。姜丽丽裹着厚厚的防寒服在雪地上来回跺脚，一辆奔驰开过来，大灯照得她眯起眼睛，林晓筱下车，摇摇晃晃地踩着积雪跑过来，敞着的银色羽绒大衣里是红色紧身针织裙，上面酥胸半露，下面黑丝配长靴，她跌跌撞撞地过来，扑在姜丽丽的怀里，香水酒气熏人，笑着说：“跟我走!”

姜丽丽在车上捂出了一身汗，进了暖气充足的别墅，浑身热得刺痒起来。幸好林晓筱没让开车男孩进来，站在玄关处，姜丽丽不仅脱掉了防寒服，也脱掉了套在里面的毛衣毛裤，一身秋衣秋裤依旧热烘烘的，她抱着自己的衣服，呆看着作为影壁的近两米高的独山玉雕的山子。

林晓筱扯下靴子，也不穿拖鞋，东倒西歪地拉着发呆的姜丽丽上楼。姜丽丽知道林晓筱和自己生活在不同的世界，她对那个世界的拟想，是由朦胧的意象构成的，她从来不知道“富丽堂皇”四个字化为真实具体的物质时，竟会带给人一种要窒息的感觉——踩着厚厚软软暗红底子明黄团花图案的羊毛楼梯毯，姜丽丽努力调整着呼吸。

洗澡的时候，姜丽丽放松了，被寒冷和厚重衣服束缚多日的身体解放了，在热水的抚摸下愉悦起来。林晓筱裹着浴巾充满羡慕地看着淋浴下的姜丽丽，“你身材真好——好得不像黄种人，黄种女人哪有那么翘的屁股，那么大的奶?!”

姜丽丽接浴巾的时候，猝不及防被林晓筱抓了一把，尖叫一声，回手去抓林晓筱，两个人闹了一会儿，林晓筱拿出身体乳，开始抹身子，然后递给擦干身体的姜丽丽，“替我擦擦后背。”

姜丽丽轻轻将乳液涂过林晓筱的后背，“真好闻，这是什么香?”

林晓筱醉笑着回答：“洋甘菊——来，我给你涂!”

姜丽丽全部美容用品只有洗澡洗脸通用的一块香皂和校门口地摊上买来的大桶洗发水，把如此细腻芬芳且昂贵的乳液涂满全身，是件奢侈到足以引发罪恶感的事情。她躲避着林晓筱涂抹乳液的手，连声说着“好啦好啦”，无意间扭头，看到镶嵌在洗脸台上面的巨大镜子，镜子里是赤裸的她和她，林晓筱白皙娇小得像只鸽子，衬得姜丽丽越发高大黝黑，让她想起童年村头大树上的老鸹——林晓筱的手沿着她的后背慢慢涂，最后把手上残存的乳液全抹在她弹性十足的屁股上，画圈按摩。

姜丽丽笑着躲开，说：“我都没这么细致地抹过脸!”

林晓筱去给她拿换的衣服，姜丽丽穿上看镜子里的自己——她在发光，任何服饰都是遮蔽那光芒的障碍物。姜丽丽恋恋不舍地用林晓筱递过来的蓝白格子的家居服裹住了发光的身体，从卫生间出来，林晓筱光腿穿着件巨大的白 T 恤从楼下拎了瓶红酒上来，她倒了一杯递给姜丽丽。

楼下传来开门声，接着有女人喊了声：“晓筱!”

林晓筱一惊，“我小姑姑！她怎么来了?!”

姜丽丽惊得更狠，她的心开始狂跳，完全没有理会林晓筱的第一反应是去抓电话。艾薇的拖鞋踩着楼梯毯上楼，足音很轻，姜丽丽脑子里却轰轰响着一声一声的雷——艾薇出现在她面前，浅笑盈盈，“姜丽丽是吧？晓筱常提你。”

沐浴在神的光辉和恩宠里的姜丽丽，产生了一种要跪下去的冲动，她笑着，努力克制，克制得浑身颤抖——她默默地掐着自己让身体平静下来。艾薇的人比照片更美，明眸皓齿是一样的，但顾盼之间眼波流淌的那份迷人，是再艺术的照片也盛不下的。姜丽丽那一刻感觉自己像个不知天高地厚的乡下少年，爱上了黄金马车里的贵妇。

艾薇笑对姜丽丽，扭脸对拿着手机的林晓筱时却收了笑，“别打了！我让门口车里那小子滚蛋了！你到底喝了多少?！跟我过来！”

林晓筱跟着小姑姑进了房间，开始她还嚷嚷着犟嘴，很快被艾薇呵斥得没了声音，艾薇说话的声音很低，姜丽丽听不清楚，但她却能清楚感到，除了和她一起喝酒，林晓筱肯定还犯了更严重的错误——为了不让自己更心慌，她去翻茶几上的一本厚书，拿起来才发现是套影碟，《欲望都市》。林晓筱出来了，装作什么也没发生一样，说，“这个剧特别棒，看过吗？”

姜丽丽笑笑，摇摇头。艾薇换了身纯白睡袍出来，像尊大理石雕像，站在卧室门口，“丽丽你睡那间客房。林晓筱，回你的卧室，好好想想！明天一早跟我回家给爷爷奶奶拜年！”

林晓筱搂着姜丽丽，挑衅地看着小姑姑，“我要和姜丽丽一起睡！”

艾薇静静地看着林晓筱，姜丽丽从头顶到脚心都在发麻，林晓筱和小姑姑僵持了一会儿，丢开了姜丽丽，走进自己的卧室，砰地用力关上了门。

艾薇朝愣着的姜丽丽绽开了微笑，“丽丽，你不要理她，成天胡闹。休息吧。”

姜丽丽半梦半醒地过了一夜，早上听到林晓筱在外面嚷嚷的声音，脑子清醒了，坐起来摸摸身上的蓝白格子的纯棉家居服，又有了梦也非也的恍惚，外面林晓筱嚷出了一句："黄卫红，黄卫红，我记住了！烦不烦哪你！"

姜丽丽只觉得一盆雪水兜头泼下来，她的脑子瞬间清醒了。艾薇说话的声音很低，但只"黄卫红"三个字所蕴含的信息量，对于姜丽丽来说，也足够了。

姜丽丽迅速穿好了自己的衣服，热得难受，她想赶快离开这里，但还是仔细把家居服叠整齐，放在整理好的床铺上，抹了把额头细密的汗珠，拉开了门。林晓筱坐在外面的沙发上，宿醉之后的头痛让她脸色很差，看见姜丽丽还是笑了笑，"过来，咱们得挣压岁钱！"

姜丽丽笑得有些哀伤，艾薇拿着两个红包过来。姜丽丽躲闪了目光，没有接，林晓筱跳起来一把抓过来，把其中一个塞进了姜丽丽的裤兜。

艾薇开车先送姜丽丽回到学校。林晓筱从车上拎下来一个大购物袋，说："都是吃的，我把那套《欲望都市》碟子也给你放里面了，你可以用我放在寝室的那台旧电脑看。"

艾薇落下车窗，拿出一个纸袋，里面装着昨天姜丽丽穿过的那套家居服，她笑说："这套衣服你穿挺合身的，我买回来也没穿过，送你了！"

姜丽丽这次没有躲闪目光，定定地与艾薇对视："谢谢艾薇老师。"

艾薇依然在笑，姜丽丽发现那笑在和她对视的过程中变得有些僵硬，艾薇先挪开了目光。

姜丽丽用目光告诉艾薇，她知道"黄卫红"三个字的含义。

《卫红姐姐》是艾薇前几年写的一篇回忆文章。艾薇家隔壁住的是人大黄主任，漂亮的邻家姐姐卫红带着七岁的艾薇读《致橡树》，告诉半懂不懂的艾薇，那些从艾薇卧室阳台攀爬到了卫红姐姐卧室阳台的橘色喇叭花，就是诗里提到的凌霄花……艾薇八岁那年，卫红姐姐被人杀死在卧室的床上，凶手是她师范同窗中最好的朋友。艾薇不止一次见到那个女生，常到卫红家来住，瘦瘦的，不怎么说话，艾薇碰到她打招呼，她也只是笑笑。她用一块石头把卫红砸死在枕头上，然后从黄家阳台爬到林家阳台，跳墙跑了。林家是一排小院顶头第一家，邻着路。她也没跑多久，很快被抓然后枪毙了。她没有交代为什么要杀人，但艾薇半懂不懂地听着身边的大人感叹，天差地别的两个人——那个女生是农村人，毕业之后分回了老家公社教高中，而黄卫红则分进了市文联……这件事成为艾薇挥之不去的噩梦，她跑去爷爷奶奶家住了，军分区干休所门口有持枪站岗的解放军，让她更有安全感……直到数年后，父母搬了新房子，她才肯回家住。卫红姐姐是艾薇的文学启蒙老师，而对卫红的死，艾薇直到二十年后写这篇纪念文章时，依然有着深深的恐惧和困惑——作为凶器的石头是那女生装在包里带去黄家的，所以那晚她不是冲动，是预谋……

姜丽丽在文摘杂志上读到这篇文章时，还在读高中，印象很深刻，当时她莫名觉得那个凶手更可怜——总会有别的办法……

“黄卫红”带来的阴影很快被《欲望都市》的明艳陆离遮蔽了，纽约那个书写城市与性的女专栏作家，让姜丽丽拟想的理想世界图景加大了景深。艾薇是清晰的前景，远远的，多了那个在曼哈顿伸手拦车的 Carrie Bradshaw……

姜丽丽在学校附近的音像小店里复制了林晓筱借给她的前五季《欲望都市》，用来勤加修持。林晓筱告诉姜丽丽，第六季已经有预告片了，只是等着她们真的看到第六季的剧集，大三已经结束了。

三年来，两人校内双宿双飞，课余却各奔东西。她们再也没有踏足过对方的真实世界，只是用诉说搭建出言语的世界，邀请对方来参观，姜丽丽从不抱怨，林晓筱从不炫耀，她们站在自己的世界张望对方的世界，始终保持着“差异视为无物、君心定似我心”的默契……

这份默契甚至让她们携手踏过男人这座火焰山。

姜丽丽和那个男生的关系刚刚完成质变，回家过周末的林晓筱对此还一无所知。次日中午在食堂，那个男生吃饭时坐到了姜丽丽和林晓筱的对面。姜丽丽才想起来一直没回这个男生的短信。

昨晚东风渠堤上，姜丽丽和约她看电影的体育学院的男生一起走回学校。姜丽丽还未从《红磨坊》的哀艳里出来，猝不及防被身边的男生揽入了怀里，堤旁绿化带里的丁香在夜风里弥散着浓烈的花气，姜丽丽从来觉得那味儿很呛，几乎算不上花香，但在此刻，竟也是让人心旌摇曳的芬芳了……

早上五点半，姜丽丽从学校后面小旅馆的床上爬起来，没有惊动还在熟睡的男生，匆忙赶到兼职打工的快餐店上早班，九点赶回学校上课。男生发来短信抒情，上课素来认真的姜丽丽没心思回，后来也就忘了，下课和林晓筱一起来吃饭，见到男生才想起来——姜丽丽有些不好意思地笑了笑，是致歉，也是打招呼。当着林晓筱的面，男生也没多说什么，只是闲聊。林晓筱竟然颇感兴趣地接过了男生的话茬儿。男生显然是被林晓筱的笑语晏晏鼓励了。姜丽丽目光流转，不动声色地笑着。

姜丽丽只是消极地不再主动联系男生。果如她所料，她再无消息去，那男生自然也再无消息来。姜丽丽心底那丝失落与难过引起的涟漪倒也不大，只是在下午的语言学课上跑了会儿神儿。林晓筱略带戏谑地享受着这个男生的追求——这是她度过青春的方式。姜丽丽淡然平静，浑若无事。可惜那个聪明俊朗的男生想得太过周全，自我感觉与林晓筱关系稳定了之后，主动向林晓筱坦白了与姜丽丽短暂得约等于“无”的前史。于是剧情再次逆转，同样是中午的食堂，林晓筱拉着姜丽丽坐在了男生的对面，两个女子默契得不需要任何言语交流，只是互相看了看，谈笑间箭飞如雨，男生遍体鳞伤，狼狈逃窜。

后来，这件事儿无论是对于姜丽丽还是林晓筱，都成了可当成笑话讲的人生囧事。姜丽丽还有意无意地问过林晓筱，艾薇是否知道这件事。林晓筱说知道，小姑姑说难得有女生像她们这样。

姜丽丽在心底笑了……

要毕业了，姜丽丽陷入了考研失败、就业无门的愁云惨雾之中。对于打了三四年工的姜丽丽来说，找挣钱的地方不难，难的是找一份学以致用的“正式”工作。对于“正式”一词的理解，姜丽丽约略认为等于“体面”。只是略有些体面的单位，简历递过去基本就是泥牛入海，好不容易有个面试，姜丽丽被面试官眼光一打量，整个人就感觉像缩水了一般——中文系本科，既没有北大清华复旦这些名门大姓的高贵血统，也没有“985”“211”这些闪光番号的加持，不用别人嫌弃，先就自惭形秽了。

林晓筱的前途也无着无落，她想追随年初辞职的小姑姑去深圳，遭到整个家族的反对——尤其是林妈妈，更是以死相要挟。

林晓筱说：“我妈对我嚷嚷的，都是当初我奶奶对小姑姑嚷嚷的原话：先给我把丧事儿办了，你想去哪儿去哪儿！”

两个人在文化路路口的报亭前站着，姜丽丽拿下那本印刷精美装帧奢华的女性时尚杂志，翻到艾薇写的专栏“悦己”，那期的文章是《五月的新娘》，作为主笔的艾薇亲自上阵展示婚纱，照片里艾薇下颌微扬，裙袂飘举，黛青粉艳，巧笑嫣然，图文并茂地告诉所有的姑娘：要相信，总有一天，奢侈品和爱情将一起盛开成五月的玫瑰园……姜丽丽吃惊地在文章里读到了艾薇的婚礼日期。

林晓筱在姜丽丽耳边说：“小姑姑为了不给自己亲娘办丧事，只能给自己办喜事了！”林晓筱这位继任的小姑夫是位大学教授，在北京，两家算是世交，爷爷奶奶最终同意了，艾薇才得以年初和那位刚提了县委书记的现任离婚，然后辞职——不是去北京，而是去深圳，接手主编这本时尚杂志……

姜丽丽默默地合上了杂志，林晓筱掏钱买下了一本，说：“我下星期去深圳，参加婚礼——小姑姑说有好几个品牌的赞助，场面会很大……我们家就我妈和我去，我是去看热闹，我妈去看管我，然后再把我押解回来！”

姜丽丽拉着林晓筱进了旁边的花园商厦，在一楼专柜刷卡买了一瓶一百五十毫升的 CHANEL NO. 5，她让林晓筱把香水带去深圳，送给艾薇作为结婚礼物。林晓筱一脸惊讶。姜丽丽从来都是安于接受林晓筱的各种赠予，安于外出吃饭永远让林晓筱买单，她们之间不会有那种俗气的客套——这是一种两人都舒服的姿势。姜丽丽并没解释自己的一反常态，用玩笑的口吻说：“精心点儿，不是给你的！”

林晓筱终于什么也没问，笑笑收下了香水。

林晓筱给姜丽丽带回来一本艾薇的新书《最好的时光》，书的扉页上写着“祝福丽丽”，下面是艾薇的签名。迎着林晓筱的目光，姜丽丽绽开了笑容，把书抱在胸前，连声说着谢谢。

林晓筱把自己扔在姜丽丽下铺的床上，心满意足地说：“我就知道你会喜欢！”她开始说艾薇的婚礼，略带不屑地提及某女影星太瘦了，生活里不好看，那种脸型只是很上镜，口水滴答地咂舌赞叹某位文青偶像英俊逼人，被他看一眼多巴胺都会开始分泌，偏还那么有才华……

林晓筱躺在床上长吁短叹，“我才知道，自己真是没见过什么世面……”

姜丽丽抱着书站着，紧紧地抿着嘴角，她在克制，克制得浑身颤抖，就连平时有效的疼痛，现在是彻底失效了，最后在颤抖中她脸上板结的笑，开始龟裂，崩塌……预感到即将失控，姜丽丽有些焦灼地扭动了一下身子，突然说："我要上厕所。"说着就往外冲，与正进门的同寝室友撞了个满怀，室友手里端的脸盆被撞掉了，水洒了一地，盆里泡着的脏球鞋和姜丽丽手里的书都滚在泥水里。姜丽丽蹲下，捡起书，哭了。她猝不及防的眼泪让室友也不好再埋怨她，林晓筱忙起来，抓起毛巾擦干书，姜丽丽也不去卫生间了，趴在自己的铺上，痛痛快快哭了一场。

这场大哭真正的原因，姜丽丽没有解释，林晓筱也没有追问。林晓筱那天就默默地坐在床边，等着姜丽丽哭累了，拉她起来，请她去学校门口的小店里吃烤翅喝啤酒。微醺的两个人手拉手走出来，姜丽丽含混不清地唱着"发如雪，凄美了离别……"林晓筱忽然说，"对了，小姑姑说，她有个朋友是郑州一家杂志社的执行主编，你要是想去试试，让我把电话给你。"

姜丽丽因此认识了周鹏，接着在周鹏主编的《中原名流》杂志社做了临时工编辑兼打杂的。不久，姜丽丽在省报副刊上发表了处女作，并且有了酱紫这个笔名。很快，姜丽丽三个字只在需要身份证和户口本的场合才会出现，她要在所有人的心中口中，彻底成为酱紫。

三

"人生若只如初见，何事秋风悲画扇，等闲变却故人心，却道故人心易变……"车里飘着软绵绵的女声，念经般单调的旋律，让一夜未眠的酱紫昏昏欲睡，她含含混混地想，有多少人知道，这首词原本无关男女之情，是纳兰性德写来劝朋友的，也不知道那位朋友发生了什么……被故人骂得狗血喷头的酱紫，洗干净了自己，完成了祈祷仪式，坐上来接她的导演助理的车，去了大兴的星光影视基地。

星光影视基地东园里能看到很多知名网络综艺节目的标志，几层楼高，一个个张牙舞爪雄心万丈的模样。酱紫下车前戴上了口罩，空气干冷污浊，导演助理停好车跑过来，酱紫跟着她走，感觉走了好久，还没有走到，这条路真长……

路再长，她也终于走到了。

酱紫被一群专业人士围着，调整台本，选择造型、服装，走位，化妆，拍摄……三天后酱紫录完了视频，接下来是做剪辑和后期效果。酱紫第一次动用如此正规的团队来做“后真相时代”的视频。这是她送给艾薇的礼物，一如十年前买那瓶 CHANEL NO. 5，她为十年后的这份礼物也倾尽了全力。

酱紫离开大兴是那天上午九点，睡眠严重不足的一周，她一上车眼皮就开始沉甸甸地耷拉下来。昨夜起的大风刮出了湛蓝的天，车窗外是在风中剧烈抖动的灌木、枯草，酱紫不觉想起电影画面里的英格兰荒原，念头一转，远远的地平线上真的次第出现了城堡、风车、教堂钟楼……酱紫最初以为自己产生了幻觉，开车的导演助理告诉酱紫，那是坎特伯雷香草庄园，夏天的时候这里有大片的玫瑰、郁金香和薰衣草、鼠尾草开出花海……

五年之后，酱紫看见了林晓筱的婚礼举办地。

林晓筱毕业后去了北京，电影家协会下属的一家出版社，虽然工资不高，却是事业编制并能解决北京户口。林晓筱说她老爸也没指望真能办成，凑巧这家出版社要招人，凑巧要学中文的本科生——只能说是运气好。

酱紫知道，这是林晓筱与父母艰难博弈之后的最终结果。作为合格的文艺女青年，要林晓筱进银行系统或者去国税局做个小公务员，无异于逼良为娼，她无比贞烈誓死不从；而长久以来把艾薇视为家族中害群之马的林爸爸林妈妈，唯恐一撒手女儿就会追随小姑姑坠入孽海情天导致人生动荡不安，以死相搏也定要找个安稳妥当的地方安放独生女这个易碎珍品。

林晓筱做图书编辑，酱紫做杂志编辑，她们依然同步地文艺着。

酱紫除了编辑工作，另外一个重要职责就是兼任周鹏饭局的女主人和女仆人，恭恭敬敬满面笑容地称呼所有人为老师，洒脱、佻达地接下老师们开的各种高级和不那么高级的玩笑，酱紫晕乎乎地笑着，如梦如醉一般……

不管是梦还是醉，总会醒——酱紫知道，只是酱紫不知道会醒得如此惨烈。

二〇〇八年一个冬日的清晨，出租屋的门和窗一起被砸得粉碎，破门而入的一群男女扑向床上尚未完全清醒的周鹏和酱紫。周鹏很快被两个人高马大的男子架走了。剩下的三个女人，将酱紫撕扯拖拉到了走廊上，酱紫一双手根本无法招架六只复仇的手，她只能护住自己赤裸的前胸，任由她们掐拧抽打……就是这样的抵抗也让她们有理由更加愤怒，其中两个女人抓着她的胳膊揪着迫使她坐起来，另一个女人反复抽打她耳光，依然不能解气，抬起穿着皮靴的脚狠狠踢向酱紫的小腹——酱紫感觉到一种濒死的恐惧没顶而来，疼痛之后，她感到身子下面温热潮湿，然后慢慢冰冷起来——那个踢她的女人抽了抽鼻子，叫起来："吓尿了！你个骚货知道怕呀！"她叫着伸手扯掉了酱紫的睡裤，把湿乎乎的睡裤丢在酱紫的脸上，继续踢她。酱紫彻底放弃了抵抗，疼痛、寒冷让酱紫麻木起来，等她们终于丢开了她，酱紫团起身子蜷缩在地上，不出一声。一个女人蹲下来，揪起她的头发，"现在就滚！滚回老家去！别跟这儿给你爹妈丢人现眼！年纪轻轻干什么不好？偷人家男人！贱！"

酱紫的耳朵嗡嗡作响，听不清那些叫骂了，女人狠狠啐在她脸上，她怔怔地看着那个女人，天色忽然昏黄起来，那女人因为逼近而硕大扭曲的脸，慢慢变得模糊……酱紫清醒过来时，那个女人啐在她脸上的唾沫，已经干了，自己的人中上留着房东掐的深深的指甲印。

酱紫离开了经三路的出租屋，离开了《中原名流》，却没有滚回老家去——她没有老家可滚。亲生父母在生了三个女儿之后，还是没有盼来儿子，她是他们生的第四个女儿，出生第二天就在乡卫生院让人抱走了。姜丽丽是养父母给她起的名字。养父母年过四十没有孩子，从卫生院抱回女婴不过一年，养母却怀孕了。养母抱着弟弟，怨天怨地痛惜为她付出的三千块钱，这成为姜丽丽生命中的"原初场景"。整个童年，她最大的愿望就是快点儿长大，长大就有本事离开那间夜里常被猪拱开门的小柴房，到另外一个世界去。

那个世界最初的模样是在县一高当语文老师的大姨家——那是一个有童话故事和画书的地方。终于，七岁的姜丽丽觉得自己长得足够大了，所以在很平常的一顿打骂之后，她用自己仅有的一块红纱巾包起全部的衣服，沿着满是笔直杨树的乡村公路，走了七八公里，走到了县一高的家属院，站在了大姨家门外，敲开了理想世界的大门。

大姨扯着姜丽丽回到养父母公路边的修车铺理论，姜丽丽死死地抱着大姨的腿不撒手，又是哭又是哀求，引来了不少善良的路人观众。迫于舆论压力双方达成了协议，姜丽丽跟着大姨上学，养父母每月拿给大姨五十块钱，大姨还是大姨，爸妈还是爸妈。这项协议执行得并不彻底，但大姨也没真的计较。大姨脾气不好，是县里出名的厉害老师，却也是姜丽丽人生最初阶段的神——只要学习好就能赢得神的恩宠，这对姜丽丽来说并非太难的事。她考上了县一高，养父母看在大姨的面子上，勉强让她读了高中，但把丑话说在了前头：高中要上就上吧，大学家里可供不了，毕竟家里的弟弟也要读高中考大学呀！

姜丽丽拿到大学入学通知书后，回了一趟养父母生活的村子，迁户口。她绝口不提学费、生活费的事，倒是养母沉不住气，先提了，姜丽丽低声说："不用家里操心。"养母酸溜溜地撇嘴说："本事真大！以为我不知道？市里捐助贫困生，有你！你以为这种好事儿伸头人人一份儿?！那是你大姨拿烟送酒求学校政教处的韩主任跑回来的！做人得讲良心！"姜丽丽不回嘴，默默地走进里屋，墙上满满贴着弟弟从幼儿园开始历年得到的奖状。养母在外屋故意提高声音说："鸡皮热，鸭皮凉，鸡皮贴不到鸭身上！她不跟你亲，你再亲她也没用……"养父在院子里吼了一句："咋恁些废话！"

姜丽丽在夏日熹微的晨光中离开养父母生活的村庄，再也没有回去过。她甚至也没有回过和大姨一起生活了十年的小县城——她要读书，同时还要打工养活自己，她没空儿回去，当然，也不想回去。大姨是她在这世上唯一温暖的牵挂，她也只是在每年过年和大姨过生日的时候，寄回去一份精心准备的礼物。

酱紫不可能在六年之后回头，再把自己变回无处安放的姜丽丽。她离开了经三路，在郑州西郊一家私人辅导中心找了份工作，继续做酱紫。

酱紫和林晓筱，来自不同世界且始终生活在不同世界里的两个女子，继续神奇地保持着分享一切的亲密情谊。不足为外人道的隐秘，她们会告诉彼此——林晓筱知道酱紫和周鹏之间的一切；酱紫也知道林晓筱在家长安排下的每一次相亲和所有地上地下的男友……

二〇一一年五月，二十六岁的林晓筱结婚，身在郑州的酱紫，没有被邀请参加婚礼，单就"坎特伯雷香草庄园"这个婚礼举办地的名字，酱紫就拟想出了整整一部英剧，但她知道很多置身现场的人不知道的复杂剧情。酱紫知道，林晓筱在婚礼前一晚的单身派对进行中，拉着某位赶来祝福的前前前男友回房间重温了半小时鸳梦，然后在酒店露台上带着醉意哭着打电话给她：自己的青春结束了……

从留下的照片和录像上看，次日的草坪婚礼梦幻完美。但酱紫知道：林晓筱的妈妈因为婆家聘礼中的黄金克数不对——不是九十九克而是一百克，认为是歹毒的婆婆心存诅咒，林妈妈在家骂了一夜那位正红旗出身的亲家母，次日被小姑子艾薇死拉活劝才黑着脸去了典礼现场；婚礼当日虽然天公作美放了晴，可是草坪上积水还在，林晓筱鞋袜湿透地站着，完成了整个典礼……

林晓筱去马尔代夫度蜜月，她在 QQ 群和刚出现的微信朋友圈里晒的蜜月照片，甜得掉牙，暖得烫手，美得像旅行社广告，但只有酱紫知道蜜月房间里的真实情景：一连几天，都是这边林晓筱和她视频聊天，那边新郎全神贯注在看 NBA 季后赛的直播……

聊天的林晓筱同样是欢乐的，她正拿着硕大的红珊瑚戒指——婆婆给的礼物，向酱紫远程科普宝石级珊瑚知识，什么莫莫、阿卡的……她现在戴的是顶级的牛血红，但浅色也有珍贵的，日本有一种叫作“天使之肤”的粉色珊瑚就很少见……林晓筱给酱紫看戒托后面的虫眼，这是天然珊瑚的特征……丈夫在那边叫林晓筱，让她打电话叫送餐，他饿了，要看比赛不能出去吃饭——林晓筱叫了两客印尼炒饭就又回来和酱紫说话了，酱紫看她莫名有些丧气，就诚心诚意地说，再昂贵华美的珊瑚也有虫眼，因此才需要高超的镶嵌工艺遮挡，没有虫眼的只能是廉价的假货……林晓筱拿起刚才放在桌上的珊瑚戒指戴在右手食指上，又把戴着 1 克拉婚戒的左手比在一起看，然后开心地笑起来。

林晓筱说，她喜欢酱紫，因为酱紫有着过人的理解力，无边无际的体恤和慰藉人心的强大能力。酱紫笑着回答：“彼此彼此，只怕你比我更胜一筹！”

这话倒真不是虚与委蛇，酱紫还记得在林晓筱面前暴露少女时代最大的暗黑秘密时，林晓筱给她的那个温暖的拥抱。

大三那年的夏天，还没有成为酱紫的姜丽丽，破天荒放了林晓筱一次鸽子，在校门口傻等半天的林晓筱打来电话，她才慌忙道歉，说临时有事，忘了答应下班后陪林晓筱去逛街。林晓筱悻悻地嗔怪她两句，挂了电话。姜丽丽没有告诉林晓筱，她此时距离校门口不足百米。

姜丽丽坐在路口那家小面馆临窗的桌前，对面坐着一个消瘦的中年男人，她收起电话，和男人继续说笑吃饭了。男人宠溺地夹了面前的酱牛肉递过去，姜丽丽隔着桌子欠起身，张大口淘气地连他的筷子都咬住了，男人疼爱地笑着，慢慢抽出筷子，她也笑着坐回去，用力嚼着牛肉。无意间一转头，看见了玻璃窗外惊讶得眼珠子都快掉地上的林晓筱。姜丽丽平素常说自己是个天煞孤星，这个从天上掉下来的“亲人”，显然需要解释一下。姜丽丽指着窗外的林晓筱说了声我同学，起身出去。男人怔了一下，有些慌张地看看姜丽丽的背影，又看看窗外的林晓筱，从桌边的烟盒里摸出支烟，点上。

店外，林晓筱尴尬得几乎转身要跑了，她面对着姜丽丽，傻乎乎地说了句：“你不用出来。”姜丽丽故作轻松地笑笑，“没事儿。”接下去，两个人都有些手足无措，说不出话来。林晓筱忽然向前，一下子抱住了姜丽丽。姜丽丽瞬间有了泪意，林晓筱用力拍了拍她的后背，放开她，头也不回地跑开了，姜丽丽笑着揉了揉眼睛，转身进了面馆。

那天晚上，姜丽丽没有回寝室，她住在了外面。第二天在校园里，姜丽丽告诉林晓筱，那人姓韩，是她读高中时的政教处主任兼政治课老师，“他对我很好。”

姜丽丽的语气里有巨大的肯定——这个四十岁男人给了十五六岁的姜丽丽异常复杂的生命感觉：她还记得他第一次长久地吻她，在她嘴里留下了浓厚的烟味，回到寝室楼，在水房里刷了十五分钟的牙，都依稀还有不洁的感觉；她也记得一片黑暗中被他压倒在值班室窄窄的行军床上时那种扑面而来的气味，污浊却温暖；还记得课间操时，操场边他披着藏蓝中山装捏着烟蒂板着瘦长的脸在巡视，队列中她在做扩胸运动，伸展双臂，他严肃的目光里跳跃出一丝只有她能捕捉到的疼爱、怜惜的光，那光带给她灼灼的让人血肉膨胀的愉悦；无法言喻的恐惧与前所未有的安全感同时降临，有恃无恐肆无忌惮与小心翼翼如履薄冰并存……当他擦着满脸的油汗告诉她，终于托熟人为她争取到了一份日报社发起的本市贫困生助学捐助，姜丽丽内心首先涌起的，不是关于未来的无限憧憬，而是终于得到解脱、获得自由的巨大喜悦；虽然后来姜丽丽握着临别时他送的那部红色翻盖的三星手机，会嘴角带笑地想一会儿他，心底那股甜甜酸酸的味道不知道应该归入淡淡的思念，还是温馨的回忆，但姜丽丽实际上和他早就是渐行渐远渐无书了，那晚是他们分别三年后的第一次见面，见面如久别重逢的亲人……所有的感觉都是如此复杂，复杂到作为当事人的姜丽丽都无法言说，甚至无法清楚辨析——但最后，姜丽丽决定肯定这些感觉。

不只是对自己的过往、对林晓筱的当下，对任何人，任何事，酱紫越是理解，越难轻易否定。不过这份“过人”的理解力，对于酱紫的写作反而构成了某种障碍，她写的故事总是不够拧巴，不够苦难，也不够底层，缺少痛苦、血泪和愤怒，文学杂志的编辑老师忍不住对着酱紫那些云淡风轻的文字咂咂嘴：不尖锐，不深刻，不够狠，没有生活——你应该是很有生活的呀！

酱紫不知道该如何消除老师的困惑，老师也不知道如何解决酱紫的问题。老师是在周鹏饭局上认识的，离开时他让酱紫抱走了一大摞各种文学期刊。编辑老师倒不纯粹是为了缓和退稿的难堪，而是真心认为酱紫需要补上阅读文学期刊这一课。最会揣摩人家“规矩”的酱紫自然是一点就透，但她多少对这些“规矩”有些腹诽：如果文字的世界和现实的世界一样，甚至更糟——那干吗要那个世界？但她不会傻乎乎地把心底的这句话说给任何“圈子里”的人听——眼下和周遭的一切并不重要，她要去北京。

二〇〇九年的夏天，艾薇也去了北京。林晓筱说，奶奶被查出乳腺癌晚期，希望死之前看到小姑姑的孩子。艾薇当即辞职去了北京，努力要怀孩子。艾薇的孩子还没有天遂人愿地到来，林晓筱的奶奶就去世了，林晓筱说小姑姑在葬礼上哭昏了过去，回到北京病了很久……

艾薇和林晓筱都在北京，酱紫认为这是命运的暗示。

酱紫的写作生涯以及与周鹏的关系，都没有因为离开经三路就戛然而止。酱紫陆续发表了两三篇小说后，周鹏帮她争取到了一次到北京参加全国青年作家高级研修班的机会。

酱紫事先没有告诉蜜月中的林晓筱，林晓筱从马尔代夫回来后不久，酱紫突然出现在了她面前。酱紫看着林晓筱惊讶得张着嘴说不出话时，笑了。酱紫手里拎着一个塞得鼓鼓囊囊拉不上拉链的手包，身后拖着少皮没毛的塑料箱子，里面装着她的全部家当。酱紫坐了一夜火车硬座，清晨七点钟抵达北京西站，她没有直接去高研班所在的文学院报到，而是先去找林晓筱上班的出版社。

酱紫看着林晓筱笑，笑着笑着落下泪来，林晓筱跑过来拉住了她的手。林晓筱的手肉乎乎的，软，细，温暖，有力，安慰里透出强势，酱紫的手温柔地回应着林晓筱的手……

四

五年来，林晓筱守着一份工作一个老公生了一儿一女，酱紫则走马灯似的年年换工作、换住处、换男朋友……虽然酱紫的住处越换越远，但即使隔着大半个北京城，林晓筱和她时不时还是要见个面。她们永远单独约在外面见面——家里不方便，有别人也不方便——看电影，看展览，看演出，或者逛街购物吃饭喝茶聊天……在五道营胡同改作希腊餐厅的北京老房子屋顶阳台上，细细分辨伯爵红茶里那点儿佛手柑的清香，窝在藤椅里抬头看青砖灰瓦上秋阳光影的变化，不约而同跷起的两双玉足，四只大红鞋底不期而遇时，她们会相视一笑……言语建构的世界消失了，一切都是真的——她曾经拟想过自己身处北京的种种美妙细节，真实的此刻似乎比自己当初的拟想还要美妙——如果酱紫不被理智提醒：自己脚上踩的大红底是从微商那里购入的来自长三角或者珠三角的高仿货，而林晓筱穿的则是和老公一起参加戛纳电影节时自己买的货真价实的 Christian Louboutin，她老公的作品去年参加戛纳的短片竞赛单元，还得了个奖……

她们依然生活在两个世界，唯一改变的是酱紫的感觉。此前林晓筱的世界对于酱紫来说，是理想、远方和未来，当这个理想世界拥有了北京这个名字，当酱紫来到了真实的北京，远方与未来就消失了，两个世界奇妙地重叠在一起，只是隔着一层透明的膜，看不见摸得着撕不破——龇牙咧嘴去撕一张看不见的“膜”，会显得像个疯子。于是，酱紫顽强地淡定着。

酱紫依然不抱怨，林晓筱依然不炫耀。酱紫不用抱怨，铺天盖地书写京漂生活辛酸、描摹帝都生存艰难的文章被无数人在朋友圈转来转去，每天都有人在替酱紫抱怨，但即便如此，那抱怨依然是别人的，不是酱紫的；林晓筱也不用炫耀，她的生活在朋友圈里全方位直播，苟日新日日新又日新——可酱紫的朋友圈中，谁又不是如此呢？林晓筱好歹还算克制，不会赤裸裸地炫富、无格调地晒娃，只是参加丈夫朋友拍的电影首映式或者某位相识大导的戏剧邀请展，还是要秀一秀——当然，主要是为了给朋友做宣传……

三十岁的酱紫，略带缅怀的忧伤和宽容的微笑想着自己十七岁的旧梦，她现在能够理解自己，理解自己和林晓筱两个世界的成因，并且因为理解而接受这无力改变的现实。她告诉自己，两个世界各有各的艰难困窘，也各有各的岁月静好——不同而已。林晓筱用熟练的修图技术铺陈出来的清贵优雅的生活现场，别人看不出，酱紫却能闻得出，那越来越浓重的无聊造作和郁郁寡欢的气味。而酱紫蝉蜕蝶化，如今弥散的不是穷酸气土腥气汗臭气，而是与林晓筱一样的迪奥"真我"的香氛……酱紫为此感到欣慰，毕竟她真的把自己安放在了北京。

酱紫在高研班学习一周之后，就通过招聘网站找到了一份兼职，那家文化公司也在高研班结束正式和酱紫签订了劳动合同。酱紫到北京后首先就辗转于两个对比鲜明的生活场景中：总算入得门墙的酱紫，在文学院高研班里见到的文学同道或者前辈，无论真假深浅，总有几分"竹篱茅舍自甘心"的恬淡，而去公司开创意策划会，妖孽丛生的会议室里总是烈火烹油热锅撒盐……墙里是老梅寒姿，墙外是秾桃艳李，原本心存腹诽的酱紫自然不想守——想守也守不住！

时也运也命也，红杏出墙的酱紫正遇上和风暖日的春天。

也就是从她到北京的那年开始，文创孵化器、创业者咖啡馆甚至某些居民楼都成了蜂巢蚁穴，蠕动着无数从事内容生产的文化传媒公司，方生方死，方死方生；接下来两三年，微信公号几乎成为每家企业的标配，小公司外包，大公司自己养团队——花样翻新地讲述魅力故事，早就冲破了文艺的边疆，成为不分行业的全市场刚需。最善审时度势的酱紫，凭着良好的文字能力、良好的沟通能力和同样良好的体力，在北京的职场道路走得异常顺利，她的月薪半年之后从三千到了五千。一年后跳槽，高情商高智商的酱紫面对 HR 经理开出了月薪税前一万的价码，签下那份工作合同后，酱紫有一种破茧成蝶的飞扬感，一颗心翩然起舞，如同扑面而来的团团飞絮，在京华三月的浩荡春风里扶摇直上云端……

只要风足够有力，能飞上天的不只柳絮，还有那头著名的猪——四年来旁听过多场商业计划书宣讲的酱紫，当然知道，这个时代最伟大也最可爱的地方，就是每个人都有可能站上风口与浪尖，缔造传奇。但十八岁就经由艾薇而对文字祛魅的酱紫，即使那些文字里加上了四处奔突的箭头和各类柱状图、饼状图、曲线图、SWOT 分析图和 Excel 表，做成了酷炫的 PPT，讲故事依然还是讲故事，她早就练出来了一双冷眼——讲故事是要别人相信，而不是自己相信。

酱紫几乎从来不相信自己讲的鸡汤故事，但这丝毫不妨碍她日渐精进自己的熬汤手艺。酱紫可以熬浓浓的励志鸡汤，《当你爱上读书的时候，世界就爱上了你》《出身寒门，有一条路可以通往高贵》；善意提醒的胡椒鸡汤，《别在该看世界的年纪去买包》《记住你很贵，别便宜任何人》；自黑向上的麻辣鸡汤，《香奈儿 NO. 5 与韭菜盒子都很香》……别人的征途是星辰大海，酱紫的道路是从回龙观到海淀黄庄。

因着一手漂亮的鸡汤文，也因为在几乎天天加班的情况下，她奇迹般地拿下了中国传媒大学传播心理学方向的在职硕士学位，酱紫在公司颇受器重，工资绩效加上稿酬，她是公司文字编辑中拿得最多的。楼上那家互联网公司白皙清秀的技术男，从天天在电梯里碰面，经过一年的任职试用，正式升级为谈婚论嫁共凑首付的同居男友，所以从回龙观到海淀黄庄这条路，她走得踏踏实实。

某种意义上，酱紫的淡定竟也是真的了。

因此，酱紫对林晓筱发的朋友圈总是凑趣、捧场的，没话说至少也要点个赞。林晓筱依然残存的孤高自许，在朋友圈里的主要体现是她从不转发滥俗的公号文章，不仅酱紫写的不转，就连小姑姑艾薇写的也不转。但二〇一五年年底，林晓筱却破天荒在朋友圈里转发了一篇公号文章。

林晓筱转发这篇文章时颇为自豪地写道：作者“花斑麂子”，自己的婚礼伴娘，多年好闺蜜，突发奇想去弄了个公号，没想到第一篇文章就成了刷爆朋友圈的“十万加”，眼光毒文字好，才气纵横么么哒！

“花斑麂子”这篇描述所谓“昌平名媛”生活的文章，看得酱紫失去了淡定。

作为月薪税前两万，居住在回龙观或者天通苑附近的“昌平名媛”，怀揣尘世间最为壮阔宏伟的梦想——买房，成为十三号线上的寄居兽，在用“中古”“古着”字样遮掩的二手货淘宝店逡巡，会因为早餐要买六块钱的煎饼还是八块钱的肉夹馍在心里挣扎一下，闺蜜聚会时挎在胳膊上的古琦包会在那个名为“闲鱼”的寄售 APP 上来来去去，周日早餐切开牛油果或者喝英式下午茶时咬一口粉红色玛卡龙，宛如天主教徒在教堂里领受的那口红酒配面包，是一种升华灵魂的神圣仪式……文章里这些真实准确的细节，刀片一样将她剥皮剔骨，一种崩塌解体的痛楚让她头脑混乱，神游一般被汹涌的晚高峰人流挟裹着出了回龙观地铁站，她花了一段时间来辨析自己的情绪——类似的文章她见得还少吗？就算这篇文章改控诉为自嘲，措辞刻薄有趣，也不至于让她反应如此强烈呀？

只是因为，这是林晓筱转的——酱紫的生活境况被剥得一丝不挂推到了林晓筱的面前——难道酱紫认为林晓筱此前对她的真实的生活境况一无所知吗？酱紫忽然觉得自己很可笑，但她又不清楚自己究竟在笑什么：长久以来自我催眠得来的良好感觉？还是刚才内心那番毫无意义的山呼海啸？

酱紫一抬头，发现同居男友站在地铁站外，显然是在等她——男友的父母今天到北京，是专程为他们的婚事来的。酱紫和男友决定不办婚礼，过两天去领证，签下看中的那套二手房，作为他的新婚妻子一起回家过年。酱紫上午就订好了快捷酒店和一起吃晚饭的餐馆——看着他一脸心事，她陡然有了不祥的预感。

果然。男友接到父母之后，在车站就发现父亲走路困难，母亲遮掩说腿有些肿。男友觉得不对劲儿，追问了半天，才知道父亲的糖尿病引发了肾炎，父亲一个劲儿解释，“没事儿，这都是慢性病，在家住过医院了，吃着药呢。”

受过高等教育的儿子，通过三分钟的网上搜索浏览，就基本了解了这种病的严重性。他把父母安排到了酱紫订的快捷酒店，就直接过来等酱紫，要告诉她自己的决定——父亲需要在北京治病，农村合作医疗能报销的比例有限，而他是家里唯一挣钱的孩子，他不能不管。

酱紫听完他的话，说：“先回家吧。”

一路上，两个人都一言不发，回到出租屋，酱紫低头坐在沙发上脱靴子。不知道是因为疲惫、沮丧、悲哀，还是在拥挤的地铁上站了一个多小时脚有些肿，她拽了几拽，竟然没扯掉靴子。

酱紫丢开拽不下来的靴子，抬头看着男友，男友无声地滚下泪来。

酱紫说：“别哭。明天咱俩一起去取钱。总得吃饭——你请父母到家里来吧，外面的饭油大盐多，咱们一起做。”

酱紫和男友两个人查着百度买食材，又查着食谱做了一桌清淡却用心的饭菜，虾仁蒸蛋是父亲可以吃的，豆制品却不可以，稻香村的坛子肉男友去年带回家去过，父亲不能吃，但母亲喜欢吃……其他房客善解人意地为他们让出了餐桌，一顿晚饭倒也吃得其乐融融。饭后，酱紫拿出了捆扎着银红色缎带的盒子，里面是条浅驼色戒指山羊绒披肩——她为未来婆婆准备的见面礼。巨大的披肩水一样从窄窄的指缝间滑过，男友母亲怕烫手似的摸都不敢实在地摸，坚持要酱紫自己留着戴，她从自己的中指上拔下个颇为厚重的金戒箍，说：“闺女，你去打个好看点儿的花样，是个念想儿。”

酱紫抓住男友母亲的手，笑得很甜，说：“您先留着，等我去家里再给我。”

第二天，酱紫将男友交给她的存款全部取出还给了他；一周后，男友父亲住进东直门肾病专科医院，男友将全部东西搬到了同住在回龙观的一位朋友那里；平安夜，男友回来，用红色缎带绑在腕子上，把自己当作圣诞礼物送给酱紫，圣诞清晨，用一个带着牙膏味道的吻，把她叫醒；二〇一六年元旦，两个人用萌萌的微信表情互致新年问候，那之后，他们彼此再无消息……

酱紫失去的与其说是伴侣，不如说是战友。他们之间的情感究竟是不是爱情并不重要，但他们之间真的有感情——男友说，就像在森林里，他被老虎咬住了腿，酱紫根本无力杀死老虎救出他，留下只会一起葬身虎口，最好的办法当然是丢下他逃命——他会大喊着让她快跑！快跑！

失去战友的酱紫陷在一种镇定自若的绝望里。酱紫从七岁就开始孤军奋战的强大内心，竟然因为几个月的温情浸泡变得如此脆弱——她自己也不知该如何是好。她上班下班，说笑购物，一如既往，不摔东西，不号啕大哭，不跟任何人发脾气……她心里正在发生寂静无声的崩溃，除了她自己无人知晓——没有人知道，她站在地铁站台上，看到对面显示屏上滚动播放着百事可乐“过年回家”系列微电影，突然涌起迎着开过来的地铁跳下去的冲动——为了克制这种冲动，她会在站台上抖成秋风中的叶子，又为了克制这种让人诧异的颤抖，她狠狠地咬住自己的手腕，直到嘴里有了血的腥甜……

酱紫将那条羊绒披肩寄给大姨作为过年礼物，像过去很多个春节一样，一个人把头埋在食物、影视剧和各种娱乐视频中间，七天也不会显得太过漫长。只是今年的第一天就有些难熬，酱紫窝在沙发里把《欲望都市》从第一季复习到第六季，到晚上喝光了两瓶红酒——她醉了，醉得像很久以前那个除夕的林晓筱——酱紫忽然很想林晓筱，很想和她说句话，她抓起电话打了过去，电话一直没有人接……酱紫把自己扔回到沙发里，电脑顺序播放着《欲望都市》的续集电影，屏幕上，被抛弃在婚礼上的女主角凯莉，正将手机扔向加勒比海……

如果除夕那晚，酱紫打通了电话，和林晓筱两个人闲扯一番，约个节后见面的时间，在挂断之前接受一下林晓筱四岁儿子两岁女儿奶声奶气的新春祝福，酱紫也许就会接着复习完《欲望都市》的两部续集电影，在酒精和电影双重麻醉带来的温暖中沉沉睡去，也许在二〇一六年二月十四日那天会打起精神去公司上班而不是辞职；三月份遇到新房客罗鑫，五月份罗鑫失业后让他住进了自己分租的主卧，六月份见到把她看成拯救儿子天使的罗鑫父母，与他父母齐心协力劝阻罗鑫打游戏鼓励他找工作，努力培养一个可以谈婚论嫁的继任者，自己的积蓄加上罗鑫父母的帮助，十月份在自己获得购房资格的时候，签下梦寐以求的购房合同同时筹划婚礼……

酱紫后来想想，自己的人生原本可以按照上面的剧本演绎。

但那晚她没有打通电话——她也真是醉了，不然也不会在除夕夜去打扰合家团圆的林晓筱。林晓筱和她不一样，她是两个孩子的母亲，一个四世同堂北京土著大家庭的长孙媳妇——据说她夫家长辈有很多讲究，但林晓筱也不无得意地吐槽，她丈夫开玩笑说她是“演技派中国好媳妇”，他们全家欠她一座小金人儿。

想着林晓筱在为自己的小金人儿努力，自然没空儿回电话，酱紫却还是忍不住去看手机——竟是在盼望了……她盯着电脑屏幕上的电影画面，忽然泪崩——窗外是北京的除夕，不是纽约的新年夜，空中没有飘飘的雪花和《友谊地久天长》的歌声，没有皮草裹在睡衣外面打不到车就坐地铁穿过城市来告诉你“You are not alone”的闺蜜……酱紫一个人在演自己的春晚，上半场号啕大哭，下半场对着马桶呕吐，敲钟时她漱口洗脸，起身打开窗户。

遥遥一片烟花交织而成的绚烂的海，这片光与色的海悬浮在半空中，翻滚出金红艳绿的浪，一波一波……凛冽的寒风中有着浓浓的硝磺味，密集的鞭炮声宣告着新春到来，酱紫的酒意在那浩荡铿锵的烟火气中彻底醒了，她关上窗户，回到沙发上，自言自语：“好了，哭也哭过了，闹也闹过了，自己跟自己撒娇也撒完了——还是笑着活下去吧！”

这话不是鸡汤，而是酱紫想明白了，除了笑着活下去，她没有别的选择。她把自己的这次绝望崩溃理解为撒娇——想跳下地铁站台的冲动也包括在内。委屈了，被伤害了，想要的被夺走了……我死给你看！酱紫的理智终于回来了——死给谁看呢？没人会看——就是看，也是看新闻——连故事都不是，只是事故，说不定还是笑话……

酱紫恢复理智之后决定洗洗睡了。关了灯，闭上眼，残余的酒意让她在枕上依旧有着轻微的晕眩，睡意朦胧降临——她又回到了那个黑暗的小柴房，猪圈里那头不安分的母猪又在拱门了——不能再开门放它进来了，虽然冬天和它依偎着睡很暖和，第二天妈看见了，猪和她都会挨打……酱紫忽然坐了起来，抹了一把额头上的汗。

她长大了，大到那个柴房里的小姑娘从来没有想象过的年纪，三十岁，不，从这一刻开始该是三十一岁了，从那个小柴房，到大姨家的小床，到大学寝室的上下铺，房东留下的弹簧塌陷的席梦思……从高中政教处的值班室，到经三路的出租屋……从乡卫生院到县城到郑州到北京……自己靠一股无以名状的蛮力走过了几生几世，在她以为自己终于结束了狼奔豕突的求生之路，可以假装有些诗意地栖居在北京的五环外了，于是就让那股帮她渡劫转世的蛮力消失了——此刻，她发现，自己依旧是柴房的那个小姑娘，所谓安稳的幻觉，不过是与那头母猪在黑暗和睡梦中的温暖依偎，命运随时都会降下责骂和棍棒……酱紫内心的蛮力因为恐惧和愤怒再次被召唤了出来。

无产阶级在革命中失去的只有锁链，而将获得整个世界——酱紫忽然想起这句话，跟着这句话出现的，是久已淡忘的韩主任的瘦脸，那是高一的第一节政治课，他用炫技的语速极快地背诵完整篇课文，就为告诉学生，政治课的诀窍就是背背背……酱紫看到了十五岁的自己，那个一无所有的小姑娘，仰着脸看着讲台上的老师，她的眼睛亮晶晶的，她被那些陌生的话语本身吸引了——她喜欢那精巧的比喻，喜欢那强烈的措辞，喜欢那无法抗拒的感染力……于是，她相信那话，于是，她无比勇敢……

她曾经勇敢，她依然勇敢。

林晓筱对于酱紫辞职创业最为热情的肯定性措辞就是“勇气可嘉”。那是春节后她们第一次见面吃饭，酱紫本想继续谈下去，但林晓筱几乎立刻就把话题转到了新片《疯狂动物城》上。林晓筱前一天带儿子刚看过，却意犹未尽，一听酱紫还没看，立刻说：“必须看！五楼就是影城，吃完饭我陪你再看一遍！”

酱紫在林晓筱如痴如醉讲述狐狸兔子和树獭的缝隙处插话问：“初七那天，我去了你小姑姑的新闻发布会，她宣布的那个‘一千零一夜’计划，具体内容你知道吗？”

林晓筱愣了一下，说：“我不清楚。她哪有空儿跟我废话呀？——你知道吗，迪士尼细节做得特别棒，动物城里的广告牌和购物袋，都有小心机……”

酱紫怔怔地望着喋喋不休的林晓筱，忽然觉得很陌生，陌生得像假的——不只是艾薇，从前她们津津乐道的很多话题，不知何时都从她们的谈话中淡出了。两个人当下的生活里再也都没有什么苦涩艰难、不足为外人道的“隐秘”可聊了，她们之间只剩下了纯粹的“闲话”——轻松了还要轻松，快乐了还要快乐，像嚼着满嘴的棉花糖，甜腻，空虚，让人疲惫……

林晓筱拉着酱紫奔向五楼影城，林晓筱的手依然如故，肉乎乎的，软，细，温暖，有力，安慰里透出强势，然而此刻酱紫的手，却烦躁得想狠狠地甩开林晓筱的手……

五

酱紫对艾薇心存指望，不是肤浅庸俗的攀龙附凤，幻想因此可以鸡犬升天。对于成为行业大咖的艾薇，她虽然保留了少女时代充满深情的暗恋与崇拜，但爱得并不盲目。她的指望，是对艾薇事业发展路径深入分析之后的合理预测。

“临水照花人”早期发展神速，是因为艾薇有时尚杂志基础粉丝的老本儿可吃，加上入行最早且很快得到了投资，短短数月就膨胀成为百万量级的大号，接着视频节目上线，艾薇的人设从带着文青气质的时尚偶像，升格为情商智商颜值三高、自带“人生赢家”光环的文化女神，媒体曝光率进一步推升粉丝数量，艾薇一时无两的风头，就这样形成了。可惜时光无情，虽然不过两年，艾薇和薇蜜们却都已经“老”了。

那些从时尚杂志时代转移过来的铁杆薇蜜，早就结婚生子进入了下一个人生阶段，关注和消费重点开始转移，无论是母婴、健康还是情感、心理、夫妻关系，更不要说竞争激烈到肉搏的美妆、健身领域了，艾薇都谈不上什么专业性，她身上“女神”色彩太浓，“达人”色彩不够，专业竞争力较弱。其次，艾薇并不是九零后甚至零零后的时尚偶像，而这些“后”们则是无法忽视的消费主力群体。再者，“艾薇女士的客厅”固然成功，但视频节目的文化定位与“薇店”的产品设定之间存在着微妙却致命的错位，喜欢“客厅”那种“高端文艺范儿”的人群，只怕未必会为薇店里的“庸脂俗粉”买单……“薇店”过亿的年销售额不过是强弩之末——“粉丝”消费的驱动力固然因为情感代入有一定的黏性，但对于在移动互联网上越来越见多识广的薇蜜们来说，“薇店”也越来越像一个缺乏辨识度和吸引力的老旧杂货店了。

市场很残酷，繁花似锦转眼锦绣成灰的公司并不罕见。酱紫相信，她都能看出来的危机，艾薇也一定能看出来。“微格基金”在这当口能乐观地投给盛世微光两个亿，应该是有原因的。所谓百足之虫死而不僵，哪怕死了也有庞大的肉身可以成为哺育后代的养料，更何况艾薇此刻将衰而未衰，她最为明智的做法必然是将影响力在有效时间内完成转移，从爆款延展成平台，从大咖升格为宗师，开宗立派，生生不息……

酱紫扪心自问，还有谁比她更有资格位列艾薇的门墙呢？

艾薇在新闻发布会上语焉不详地提及融资后将启动“一千零一夜”计划，给所有有话说且会说话的人一个讲述的舞台——酱紫带着心有灵犀的欣慰与快乐，在人堆里给麦克风前的艾薇鼓掌。

五个月后，盛世微光的“出道”APP上线，这是艾薇宣布的“一千零一夜”计划的一部分。“出道”是为有“脱口秀”才华的素人准备的“星光大道”，盛世微光将为这些有才华却缺乏资源和平台的明日之星提供所需要的一切，从包装到推广，竭尽全力。“出道”有直播和录播视频两大板块，录播投稿要求是原创且没有在其他任何平台播出过，无论直播还是视频，经由“出道”推出后盛世微光都与作者共有版权，酱紫通过官方渠道和“出道”的编导联系，了解到平台主推的那些主播都和盛世微光签有至少为期五年的“卖身契”。大咖站台，现场酷炫，星光熠熠的发布会全网直播，看完那些闪亮登场的首批签约主播的表演，酱紫内心一声长叹。

酱紫猜对了一半——艾薇的做法，是从爆款延展成为平台，从大咖升级为宗师，但她没有猜到，艾薇同时还换了场子和调子，把客厅、书房换成了天桥、八大胡同，从林徽因变成了赛金花，广告语中“风华绝代”那四个字倒不用换，还能接着用——酱紫的用心揣度苦心追随，却不得不换成自作多情自以为是了。

酱紫从艾薇“低到尘埃里”的姿态转化中，读出了一种全面的自我否定——艾薇放弃了价值观输出。艾薇是靠价值观强输出的鸡汤文起家的——虽然那时候还没这个词，她的“客厅”其实是她的“道场”，“临水照花人”不过是姿态别致的布道者，布道者应该选择门徒，而不是摇身一变成为经纪人。

酱紫失却了与艾薇的默契——也许这默契从头到尾都是她的一厢情愿，沮丧里夹杂着难言的愤怒和怨恨，但她也就放任自己在心里无声叫骂了十分钟，然后冷静下来审视艾薇的选择。“出道”看似创新的模式，骨子里却因袭了艺人经济的模式，人身约束契约对于艺人是生效的，而对于优秀的内容生产者往往是无效的——“脱口秀”核心价值在于内容，而非表演，“出道”的定位似乎是兼顾了内容生产者和表演者，这种“脚踩两条船”的精明，最终会变得有些尴尬。

酱紫也知道自己这点儿小道理多少有些酸葡萄，能超越资本掌控的优秀内容生产者毕竟是凤毛麟角，所以现实就是要么按人家的规则玩，要么就出局。酱紫随即调整了自己的定位，把“后真相时代”前一百期的运营情况整理出了一份完整的资料，并且附上了精华文章和视频资料，郑重拜托林晓筱，转交给艾薇。

一个月后，林晓筱约酱紫看电影，同时给酱紫带回来一份带着微格基金抬头的书面反馈：“后真相时代”泛娱乐的市场定位垂直度不够，粉丝的行业精准度不高，商业模式无法成立。对于投资人最为看重的团队构成和退出机制，前者目前来看核心成员多是兼职，稳定性差，后者则几乎没有涉及。总之，暂无投资意向。最后面有微格基金投资顾问的签名。

林晓筱说：“我也弄不懂你们这些事情。反正小姑姑说你挺能干的，做到现在这个程度，不容易。只是还有些问题，她说有合适的机会就让人联系你。”

酱紫没再多说什么，和林晓筱一起去看《七月与安生》了。大银幕上周冬雨笑眼弯弯，身边林晓筱涕泗滂沱，酱紫脑子里想的却是微格基金的反馈，哪些是实话，哪些是虚辞……回去的路上，林晓筱挽着她的胳膊，一路抒情怀旧，酱紫看着前方渐次亮起的路灯，心绪低落到极点——投资人指出了她真实存在的缺陷，但那是缺陷，不是缺点，她无力去改变……

酱紫沉默里的哀伤被林晓筱阴差阳错地误读成了与她心有戚戚，她在林晓筱耳边轻声说：“十四年了，还能和你在一起，真好。”

酱紫百感交集地笑笑。她送给艾薇看的资料，并不是一份适合给天使投资人看的商业计划书，酱紫希望艾薇能够看出“后真相时代”的潜力和价值，伸出援手弥补那些她无力改变的缺陷，然后共同面对资本；或者只是通过这些内容看出酱紫本人的能力，向她发出合作的邀请……艾薇竟然什么都没看出来——也许是不想看出来吧？也许你本来就没有，让人家看什么？

就在酱紫对艾薇的失望即将转化为对自己的灰心时，乌迪出现了。

乌迪是“羊驼牧场”的创始人，羊驼别名“草泥马”，所以“羊驼牧场”的 slogan 就是：“好好骂人，天天向上”——从名字和口号就可以想见乌迪的风格了。虽然上线不过一年，却风头正健。乌迪一出江湖就剑指艾薇，一口气推了十期撕艾薇的长文，图文并茂条分缕析地论证艾薇这位“专注熬汤二十年”的殿堂级“鸡汤婆”，兜售的是撒了心灵砒霜的毒鸡汤——文化的羊皮下藏着消费主义物质崇拜的恶狼，不仅吞噬你的心灵，还要掏空你的钱包。乌迪原创了一个专属名号敬赠每期节目里都要烹茶的艾薇——“龙团凤饼婊”。

艾薇不仅笑纳了“龙团凤饼婊”的雅号，而且专门为此做了一期节目名为“风月婊鉴”。艾薇和她请来的嘉宾旁征博引，谈刻板印象、性别歧视，传播学中“沉默的螺旋”，分析这些甚嚣尘上哗众取宠的污名化表达，事实上是一些素质低下的新媒体人在恶化“意见气候”，并非大众真正的选择；谈粗俗、低劣的语言表达，甚至将脏话升格进入日常表达甚至书面表达，是在污染我们的汉语，戕害中华文化……言而总之，乌迪才是制毒贩毒的千秋罪人、精神雾霾制造者！

艾薇和乌迪风生水起精彩激烈的隔空互撕让双方都上了热搜，不仅乌迪一战成名，艾薇也为正和多家风投谈融资的盛世微光造了势，事实上成了一次互惠互利的互相捧场。只是生意归生意，人心到底是人心，艾薇对乌迪恐怕实在是喜欢不起来，就连礼貌敷衍都不大做得到。融资完成的新闻发布会后有个简单的冷餐会，乌迪握着香槟杯大方地上前向艾薇表示祝贺，艾薇颇为勉强地和她碰了一下杯子，却只冷冷地握着杯子，连象征性举到嘴边都不肯，随即就转脸和旁边的人说话了。乌迪不无尴尬地自己咽下了那口酒。

酱紫当时就站在旁边。

那天是春节假期过后第一天上班，酱紫去单位辞职，收拾自己的东西，在同事的桌上看到了当天下午新闻发布会的请柬，就跟着混了进来。站在人群中鼓掌之后，自然想上去说句话，艾薇始终被祝贺的人包围着，酱紫站在旁边等机会，看到了乌迪尴尬的瞬间。酱紫看看艾薇周围的情形，感觉自己是等不到说话的机会了，而且艾薇目光几次从她脸上扫过，神色完全是在看陌生人——她想必从酱紫身上辨识不出当年那个姜丽丽了。酱紫念头一转，迎向转身走开的乌迪，做自我介绍，并且掏出手机，给乌迪看自己刚刚推送了一期的公号“后真相时代”。

酱紫知道自己有些冒昧，毕竟乌迪也算江湖一号人物，她甚至做好了应对冷遇的心理准备，乌迪却笑着拿出手机关注了这个公号，并且说："名字不错！"

也许乌迪只是出于社交礼貌的赞扬，但依然使得酱紫瞬间心跳加速。

"真相只是你的选择。"乌迪念出酱紫精心设计的slogan，咂摸了一下，笑着朝酱紫挥挥手，"回去好好学习你的文章。再见，柯南！"

酱紫那晚反复回想乌迪的表情：看到公号名字时她眉毛一扬，眼睛里闪过一丝欣赏的光，而看到自己提出的口号时咂摸那一下，似乎是有些费解，又觉得有些意思……八个月后，酱紫收到了一个自称为乌迪的微信好友邀请。

酱紫将信将疑地加了这人的微信，发过去一个问候表情，很快收到了一段语音——竟然真的是乌迪本人！

"酱紫你好！我是乌迪。情人节那天被你撩了一下，就坠入情网了，一百零八期'后真相时代'，每寸肌肤都被我的目光深情抚摸过。做公号的妖艳贱货多了去，但有颜有胸还有脑的就不多了。能用本格推理的调子讲八卦，一讲一百多期，很牛×！看你坚持过了一百期，我就让HR去查你的资料了，你的前任说你器大活好，现在还没有被人包养，我就忍不住春心荡漾了。明天下午中关村车库咖啡，一点半到三点，约吗？"

酱紫把这段四十七秒荤素花搭的语音听了三遍，听完才意识到自己满脸是泪——喜极而泣！酱紫心底翻滚着喜悦的浪花，当然，还有难言的感激。

酱紫到的时候，乌迪还在和人谈事，酱紫等咖啡的时候盯着墙上的那句"创业者的乌托邦"出神，送走前一个谈事儿的人，乌迪和端了咖啡的酱紫回到座位上。乌迪那天是机车皮衣本色仔裤配牛津鞋，板寸，桑葚紫的唇膏，若她不开口说话，肯定会被人误会性别。乌迪是艾薇的同龄人，酱紫原本恭恭敬敬执弟子礼，在乌迪的反复"调戏"下，渐渐放松起来。

乌迪给她两个选择，一是带着“后真相时代”加盟乌迪公司，乌迪去年拿到了风投，可以给她配团队，承担全部运营费用，酱紫会分得高管团队的相应股份，同时还有薪酬和项目提成；另一个则是乌迪加盟“后真相时代”，但她目前无法投入资金，只能提供相应的资源，帮助酱紫一起寻找风投。

乌迪一本正经地说：“说白了，前一个是我上你，后一个，是你上我，选个姿势吧？”

酱紫扑哧笑了，没说话。

乌迪凑近她，“不用跟我玩儿口嫌体直那种套路——金风玉露一相逢，便胜却人间无数。哎，表情这么惊讶！我是流氓不是文盲——从古至今，大流氓都很有文化。”

酱紫笑还在，多了丝意味深长，“就算是金风玉露，太阳一出来都没了，到时候多情反被无情恼，何必呢？咱们慢慢来，好吗？”

乌迪愣了一下，大笑起来，“这是我听到的最深情别致的拒绝……你是撩汉高手啊，谁给你当万年备胎，都当得无怨无悔——”

酱紫笑中有了几分真实的悲戚，“真不会撩——只顾忙着学活下来的本事了，没这技能！”她朝乌迪竖起右手，“天生的，我没有爱情线。”

乌迪抓住她的手，仔细看，很认真地说：“还没长出来，会长出来的！”

酱紫笑起来。她很清楚，乌迪给的第一个选择，等于酱紫拿着自己做了小一年的“后真相时代”在一家规模不大的创业公司找了份工作，实在划不来；而后一个选择，则意味着对价不确定的情况下先给了乌迪股份，也划不来。

酱紫虽然颇有心机地矜持了一下，没有当场宽衣解带选姿势，却和乌迪迅速进入了“热恋”状态。只要“羊驼牧场”有事，乌迪一声招呼，酱紫招之即来来之能战，且不讲条件不计报酬，遇上突发事件需要的急稿，她写得又快又好。投桃报李，乌迪会给酱紫一些意见，酱紫一点就透。同时乌迪给酱紫介绍了一位中戏的老师，酱紫咬牙拿出数万元学费，开始上一对一的表演课程。有机会乌迪也会叫上酱紫，非正式场合见一些投资人，牛鬼蛇神见了不少，能掏出真金白银的天使还没出现，但酱紫无缘无故地快乐了很多。

十一月十八日是酱紫三十一周岁的生日，她今天庆祝生日的方式是打开直播房间，一边不断和进来的人打着招呼，一边聊起了自己“一个人庆祝生日”经历——七岁时她一个人爬上了村头的大树，在上面待了一天；十七岁时她在郑州一家酒店做服务生，竟然在收拾一个包间时，看到了一个完整的蛋糕被丢在房间里，像是专门送给她的；三十岁时，就是去年，她帮助分手的男友收拾东西，搬家搬了一天，晚上抱着被她故意藏起来的男友的 T 恤哭着哭着睡着了……而今年，她在和好几万热爱“真相”的小伙伴儿们一起愉快地玩耍，很充实，很开心……看着有人说心疼有人刷礼物，酱紫的开心倒也不是装的。她龇着牙不断说谢谢哥谢谢姐谢谢我的“小苹果”，有人让她唱歌，酱紫说自己五音不全，喊了两句麦：“我一人饮酒醉，醉把那佳人成双对……”自己先笑倒了。

酱紫这时收到乌迪的一条微信，“天蝎女，英国佬儿给你送份大礼——‘后真相’被牛津辞典选为二〇一六年度热词！”

酱紫想起自己给公号起名时本来准备叫“丑陋真相”，但觉得“逼格”不够高，从“后现代”想到了“后真相”，上网搜了发现还真有这个专有名词，而且含义还正是自己想要的那种感觉——天意呀！

酱紫当即就在直播中宣布了这个消息，五分钟后，礼花弥散屏幕，她不无得意地念出了经典励志鸡汤金句：“我若盛开，蝴蝶自来。我若精彩，天会安排！”

六

酱紫怎么也想不到，老天接下去给她安排了一场怎样的意外。

那晚十点，酱紫接到了林晓筱的电话，“我小姑姑出事了！”

林晓筱又急又气，方寸大乱地告诉酱紫，艾薇的丈夫在工作室打人砸东西，不巧工作室今晚只有艾薇一个人，艾薇受伤了，但不知道伤得怎么样——林晓筱的家住在西边，即使晚上道路通畅开车过来也要四十分钟，她猛然想起酱紫就住在附近。酱紫挂断电话抓起包往外冲，忽然她站住了，脑子飞速运转——就在此时，林晓筱的电话又打了过来，告诉酱紫已经把位置发给了她，让她赶快过去，其他人也在赶过去的路上，很快会到——她要酱紫不要怕……

酱紫知道自己遇上了什么——她低头翻了一下包，确定要用的东西都在。酱紫一边往楼下冲，一边叫车。她的住处离艾薇的工作室不到两公里，三十秒后抢单成功的出租车就到了楼下，十分钟后她跳下出租车——在车上的十分钟内，酱紫将包里的全部偷拍设备彻底检查一遍，针孔摄像机镜头、电池和存储卡都没有问题，在跳下出租车的瞬间，按下启动键……艾薇工作室所在的北京北小区七号别墅前，种着一排小叶女贞，酱紫站下了，抬头寻找小区监控探头的位置……

酱紫是最早到达现场的人，她拼命按门铃，好不容易把门叫开，冲了进去。等到林晓筱赶到的时候，已经有四五个人赶过来了，发疯的侯绍祖也被人弄走了。林晓筱和女助理帮艾薇洗澡上药。酱紫看看屋里站着的人，一个也不认识，所有人都神色紧张，时不时互相低声耳语，酱紫拿起自己的包，跟身边的人交代了一声，离开了。

酱紫步行回家，走路的时候可以好好想事情。她的电话响了。林晓筱打来的，她在电话里叮嘱酱紫一定要对艾薇遭遇家暴的事情保密，留下时间给艾薇的团队来应对公关危机。

酱紫简单地应了一声“好”，隔着电话，两人有瞬间尴尬的沉默，还是酱紫先开口，“我懂。去照顾你小姑姑吧，放心。”

遭遇家暴，对于一个女人，应该是不幸，而不该是丑闻。但对于艾薇，却意味着人设崩塌——她的婚姻幸福与否，不是私人生活问题，而是产品信誉问题。四个月前，二〇一六年的“七夕”，艾薇刚推出了专门谈婚姻的新书《我愿意》，书中她现身说法地谈了夫妻相处之道，在以硕大的花体英文“I Do”为底纹的书皮上满是艾薇关于婚姻的金句。虽然这本书里夹带了某钻石品牌的软广，而且销量远不如艾薇的前几本书，但依然有数万“薇蜜”愿意买单。如果他们发现艾薇在撒谎，不知道有多少颗玻璃心将瞬间粉碎。而且按照舆论发酵的逻辑，追问家暴原因，自然要去扒当事人——如今有谁经得起扒呀？艾薇人设崩塌，对于盛世微光来讲，或大或小都是场公关危机。从林晓筱刚才的电话里只言片语的透露，公司还想封锁消息维护艾薇原有的人设，酱紫觉得很傻很天真——怎么可能！

酱紫挂了电话，看见有数条未读微信的提醒，有两条是关于艾薇遭遇家暴的。一个是她以前的同事，十分钟前看到有人微博爆料，来询问真假；另一个则是乌迪，什么也没说，只是转发了一个微博链接。酱紫点开看，映入眼帘的第一张照片，就是酱紫站在工作室外按门铃的背影……

酱紫到家后集中刷看微博，艾薇遭遇家暴的消息正在蔓延，虽然措辞都保留了相当大的回旋余地，但那些暗示性的用语里充满了恶意的揣测——基本是对艾薇做了有罪推定。一个名为“八婆”娱乐营销号说得很露骨：“她临水照花，照着照着你就绿了，绿着绿着你就怒了。”从消息爆出来到现在将近一个小时了，盛世微光还没有任何回应——酱紫略带嘲讽地想，难道他们的方案是无为而治，等着公关危机自行消失吗？

酱紫给乌迪回了电话，说了自己刚在路上想到的方案。乌迪在电话那端没应声，似乎在思忖，很快，她说没问题，分头行动。挂了电话，酱紫在那个名为“圈子”的业内人士群里兜售自己手里的视频。半个小时之后，酱紫在群里说，视频已经售出，谢谢关注。酱紫就这样完成了销赃。这个头儿虽然开得简单粗暴，但说东走西，一丝不透接下去的情节，意外之后还要有意外——好故事不都得这么编吗！

酱紫第二天就跑去大兴，跟乌迪帮她连夜搭的班子一起做视频，编下面的故事去了。当然，对于故事的重要组成部分——艾薇家暴事件的舆论发酵，她们时刻都在关注。

最正面、最厚道也最少数的评论是“拿别人的家事炒作，无聊恶俗”，绝大多数心明眼亮的人民群众，自然早就看穿了这对夫妻表象浮华本质丑恶的婚姻。与艾薇相比，侯绍祖知名度相对较低，能扒出的猛料有限，只是有人跳出来揭发当年艾薇也是“小三”上位，侯绍祖本就是个抛弃患病前妻的陈世美，渣男配渣女，报应不爽。至于艾薇，陈芝麻烂谷子半真半假的“黑历史”和数位“奸夫嫌疑人”，被操碎了心的新媒体小编们和无数无私无畏不辞辛苦进行义务劳动的网友们，扒出来交给群众吃着瓜嗑着瓜子细细审判了。就连艾薇那位已经在省第三监狱认真改造灵魂的前夫的贪腐案情，都被扒拉出来以飨观众了。

数百万薇蜜分裂成了“挺薇派”和“踩薇派”两大阵营，阵营内部再细分：有心疼女神遇人不淑的，有心疼粉丝自己真心错付的，有骂艾薇作的，有恨艾薇老公渣的，有的相信艾薇冰清玉洁“不是潘金莲”，有的相信侯绍祖“宝宝心里苦宝宝不说”最后忍无可忍……不过大家骂起酱紫这个出卖朋友的“心机婊”倒是万众一心，酱紫那不知身在何处也不知姓甚名谁的父母祖宗被各种语言反复“问候”了三四天，直到酱紫精心制作的那期视频上线。

这期“后真相时代”的视频剪辑后时长三十八分钟，题目为“艾薇女士客厅暴力事件”。酱紫先山寨了一把柯南，用烦琐的证据缜密的逻辑完美的推理建构出雄辩的故事，成功说服了绝大部分善良的群众，把自己洗得干干净净：她把事发当晚所有相关通话、微信和微博爆料所显示的时间截屏，拼出一条时间轴，证明了在自己离开艾薇工作室之前四十分钟，接到朋友要求保密的电话之前半个小时，将视频卖出前两个小时，已经有人在网上爆出艾薇被家暴的消息了。

接下来是酱紫对邀请的专家的视频采访，专家对爆料微博和照片进行专业技术分析，查证出来所谓爆料照片应该是监控录像截图——又通过各种蛛丝马迹捋清了这一消息最初的传播路径，查出了最初的“源发地”是一个匿名注册的微博，至于这个“风行天下”是谁以及如何获得的监控录像截图，在没有更多线索和证据出现之前，只能作为悬念保留了。

对于自己为什么会在进入室内后偷录视频和卖出录像，酱紫交代的犯罪动机是保护艾薇。酱紫录像的最初动机是作为证据交给警察或者法院，她没有想到艾薇在遭受如此巨大的痛苦之后，竟然会选择隐忍。

酱紫播放了进入室内之后录下视频的部分内容：

受伤的艾薇依着酱紫的胳膊坐着，想是在积攒力气，她抓住酱紫的胳膊，挣扎着站起来，酱紫撑着她，艾薇朝楼梯后面指了一下，“卫生间。”

酱紫扶着艾薇到了卫生间的门口，艾薇进去，关上门，酱紫从门上的磨砂玻璃上能看到她当即就贴着门滑坐在了地上。酱紫站在卫生间门前，哭得浑身颤抖——酱紫当然不会在节目中对观众解释，她之所以哭是因为和艾薇贴近时闻到的气味，告诉她艾薇身下流淌出的液体是什么——关于经三路的惨烈记忆如同被解除封印的蛇怪，从意识的深渊中蹿出来，一下咬住了酱紫的咽喉，她在剧痛中无法呼吸，泪水夺眶而出……

酱紫接下去深情地、有选择地讲述了与艾薇之间长达十四年神奇而深刻的命运交织。那晚，内心无比矛盾天人交战的她决定尊重艾薇的决定，虽然她一点儿都不认同这种决定。

酱紫对着镜头，一脸天真的倔强和凛然的正气——盛世微光资本方为了自己的利益绑架了艾薇，无视艾薇真实的痛苦和所受的伤害，要她继续维持婚姻幸福的人设假象是卑鄙无耻的。后来家暴事件遭到曝光、艾薇善良的愿望落空了，酱紫面对艾薇被无端猜疑，决定用自己的录像还公众以真相——从艾薇丈夫砸东西吼叫的内容判断，根本没有涉及任何第三者。至于为什么是“卖出”而非“直接公布”，酱紫无比淡定地说，免费的东西很难得到重视和珍惜。更为重要的是，她和艾薇之间特殊的关系，如果由她直接发布视频，那些被阴谋论腐蚀得心肺全黑的人，肯定认为是假的。

“真相是什么？面对漫天飞舞的信息碎片，你所获得的真相，其实就是你的态度和选择。”酱紫用这句话结束了她脱口秀的理性部分，随着背景音乐换成《橄榄树》，酱紫开启了抒情性的下半趴。她选读了艾薇《最美的地方》，画面开始不断叠加艾薇行走在世界各地的照片和各种书影……酱紫提醒所有的薇蜜：你们还记得那个拥有诗与远方的年轻的艾薇吗？

“我在搜集前面的资料时，发现了艾薇曾经和另一位美女作家同框的老照片，你们能辨认出来吗？如今这位麻衣素裙的文艺老阿姨，就是上世纪末那位敢对着记者镜头展示乳房的魔都甜心。她们走过了怎样的心路，有谁知道呢？靠着荷尔蒙的力量与家长、现实以及尚未开放的社会风气搏斗，遍体鳞伤，四面楚歌，作为同盟军的青春撤退了，自己也就投降了，结束铅华归少作，屏除丝竹入中年。把妥协、失败、压抑、扭曲打扮成现世安稳红尘修行，叛逆少女华丽转身为人生赢家，暗黑青春埋入记忆，不会再和任何人说起自己内心的各种拧巴——这是不少生于二十世纪七十年代的小姑姑们，共同的来处与去路。”

满屏的照片蝶飞羽散，镜头转回到摄影棚内，酱紫手里拿着艾薇的那本新书《我愿意》，在钢琴声的陪伴下，读出其中一段：

“婚姻是尘世间最为接近宗教般虔诚与英雄般梦想的事物，丈夫与妻子都是奉献者，也是受享者，是完全交托的信徒，也是完全担承的神祇，由无数当下执子之手的小确幸，累积而成此生与子偕老的大欢喜。”

“这是谎言吗？不，这是催眠的咒语！艾薇不是在欺骗你们，她在给自己施咒——这段话背后透出的隐忍与艰难，早就清清楚楚地告诉了所有人，她的婚姻并不幸福！如果有人和我一样变态，细细看过艾薇此前所有的公号文章和相关视频，她提供了太多的夫妻相处之道，自己如何做如何做——她说起过自己的丈夫为她做过什么吗？任何具体的实际行动，而不是温暖、踏实这样虚头巴脑的水词儿——从来没有，一次也没有。她为什么不说？也许，她只是不愿意撒谎。

“这就是我能告诉你的‘艾薇女士客厅暴力事件’的真相，无趣又残酷！薇蜜们，你们可以选择做艾薇的闺蜜，也可以选择做艾薇人设的消费者。你们发现一直告诉你们要爱自己的艾薇，其实并不真的爱自己，作为闺蜜，你们会觉得心疼，作为消费者，你们会觉得上当。真相，只是你们的选择，你们会怎么选呢？我是酱紫，就酱紫（这样子）。”

视频上线后的当天晚上，酱紫当时还和乌迪待在大兴，刚看完几家正在录制的知名网综，回到酒店楼下，乌迪下车站在楼外面抽烟，酱紫不肯先进去，披着羽绒服站在旁边陪她，这时接到了艾薇助理的电话，酱紫与助理约好了“谈谈”的时间，挂了电话感慨起刚才看过的那几家网综的制作团队和投资规模来，酱紫由衷地说，不要说“临水照花人”，就是“羊驼牧场”，今后都很难再有了，新媒体留给小商小贩们的窗口期结束了，只剩下“权力的游戏”——强大资本与高端资源的冰与火之歌。

乌迪没应声，狠吸了口烟——“羊驼牧场”虽说拿到了天使轮投资，却也走上了一条“长不大就得死”的不归路。

酱紫顿了一下，“如果可能，我想把‘后真相时代’卖给盛世微光。”

乌迪被烟呛了一下，咳嗽起来。

酱紫不为所动地近乎自语地说：“‘后真相时代’变现的机会很难遇到——我也等不起。而且，如果可能，我想签约‘出道’——”

乌迪平稳了呼吸，抓住酱紫的肩头，盯着她的脸。不知道为什么，酱紫迎着乌迪的目光，闻到她喷出的混合型香烟的气味，心里怦然一动，脸红耳热起来，躲闪了目光，“我有正经话要和你说……”

乌迪点了一下酱紫的鼻尖，“说呀！”

酱紫笑着躲闪，夸张地做出娇羞状，“待我长发及腰，少年娶我可好？”

乌迪扑哧笑了，拉了拉酱紫肩头滑落的羽绒服，说：“你若安好，我备胎到老！”她把手里的烟蒂用力摁在熄灭烟头的金属盘子上，“去艾薇那儿长头发吧！不过你得做好心理建设——你相信阶级感情吗？”

酱紫不解地看着乌迪。乌迪说：“这世界上没有无缘无故的爱，也没有无缘无故的恨。我们之间就是阶级感情——都是从爬虫修炼成人的异类。对于生下来就是人的艾薇来说，你必须让她感到安全、舒服……”

七

酱紫回龙观的分租房里，一周未见，罗鑫依旧在电脑前打英雄联盟，姿势都和她离开时一模一样。酱紫故意拉了一下他的耳机，罗鑫受了干扰，却处乱不惊地控制了自己的动作，毫无失误。

酱紫有些悻悻地把包扔在床上，进卫生间去了。酱紫从卫生间出来，没有再打扰罗鑫，深吸一口气，坐在床上开始整理透明文件夹里要给艾薇看的文件，竟被锋利的纸边划破了手指……

见到艾薇之前，先见到了林晓筱。酱紫站在工作室门外，看到来应门的是林晓筱，略有些意外，愣了一下，还是笑了。林晓筱也笑说，“快进来。”

林晓筱除了略显疲惫，有些兴致不高，一切如常，仿佛小姑姑不曾出事，她和酱紫也不曾因误解反目，仿佛过去一周什么也不曾发生……这让酱紫瞬间恍惚，自己一周前接到那个骂她的电话不是林晓筱打的？

酱紫曾经拟想过如何与林晓筱再次重逢：雨过天晴，嫌隙冰释，按照酱紫所熟悉的林晓筱的人设，她应该会把略带羞涩的尴尬化解在眼泪里，把道歉隐藏在甜蜜的嗔怪和近乎撒娇的委屈中……酱紫则会给她一个温暖的拥抱，说一些从乌迪那里学来的情话，让她破涕为笑……

不仅幻想中的琼瑶剧没有上演，林晓筱甚至连一丝一毫心照不宣的致歉致谢的暗示都没有——目光里没有，微笑里没有，她选择性失忆一般，站在那里笑说“快进来”——酱紫的失落坠到底，炸裂，腾地竟然在心头升起了一团愤怒的蘑菇云——她必须克制，克制得浑身颤抖……酱紫狠狠地捏了一下裹着创可贴的受伤的食指，疼痛终于让她冷静下来。

一楼装修装饰得有些过度的客厅，酱紫目睹过一场浩劫：黑檀雕花的茶船被掀翻在地，红酸枝的博古架玉山倾倒，碎了一地的精致中间，倒着身穿宝蓝色毛衫、头发散乱、嘴角淌血的艾薇。墙上原本挂着“玉堂富贵”四扇挂屏，玉兰、海棠、牡丹、金桂的花叶都是各色玉石在乌木底子上拼接镶嵌而成，那扇海棠被砸在地上，木裂石崩，艾薇红肿的脸颊上落了一粒粉色的拼海棠花瓣的芙蓉石碎片，酱紫轻轻用手指捏掉……现在，客厅和林晓筱一样，也看不出一丝一毫历劫的痕迹了，就连替换后的那扇海棠与其他三扇都嵌合得天衣无缝，又是珠联璧合的一墙玉堂富贵了。

林晓筱把酱紫带到了二楼，二楼打通了客厅与房间，中间放着一张大会议桌，围着桌子坐着几个陌生的男女，通露台的落地玻璃门前放着一架精美的藤艺摇椅，暗蓝色碎花图案的巨大垫子，上面坐着身穿香槟色丝绒长袍式家居服的艾薇，她看到林晓筱和酱紫两个人过来，微微一笑，“姜丽丽吧？在外面碰上，真是认不出来了。你和他们好好谈。”

艾薇说完，起身走进旁边的阳光房里去了，并且随手关上了门，酱紫隔着玻璃门看着她在一排白的紫的开得正盛的蝴蝶兰掩映下，拿起花剪开始修剪一株旁逸斜出的福建茶。林晓筱则把自己扔在旁边的沙发上旁若无人地玩手机，艾薇的助理过来，请酱紫在会议桌前坐下，然后逐一介绍与会的公司人员：首席内容官，人力资源总监，“出道”项目总监，视频部总监，会议由人力资源总监主持——酱紫才意识到，艾薇助理邀请她过来，是参加“出道”视频主播的面试。

酱紫的手还在包里，捏着那份文件夹——她绝不能用这种姿态进入盛世微光。她脑子里闪过昨天和乌迪的谈话，随即也就调出了应对方案。她调整、酝酿情绪，人力总监慢条斯理地说了几句客套话，请她介绍基本情况，酱紫低着头没有应声。人力总监有些诧异地又说了一遍，酱紫抬起头，已经是满眼泪水。

酱紫站了起来，不看会议桌上的人，看看玻璃门外的艾薇，泪水夺眶而出，她拿起包走到林晓筱跟前，哽咽着说："林晓筱，我以为我们是朋友。"

酱紫一边哭一边冲下楼梯，冲出别墅，在小区里不辨方向地跑——林晓筱追了出来。接下来，酱紫和林晓筱，一个哭着跑一个喊着追，刚才没演的琼瑶剧这会儿演了，戏剧任务略作调整，流泪的换成了酱紫，安抚的换成了林晓筱，过程有些仓促，结局倒是一样。

那天的事儿，后来想想颇有些不可解之处，或许是酱紫自己天天设计"真相"落下病了，巧合这种事，在现实中是存在的，但她认为更大的可能性是，不只她有剧本，人家也有。

不管最后演了谁的剧本，结局反正都是大团圆。酱紫如愿以偿，成为"出道"的签约主播，而她的"后真相时代"接棒"艾薇女士的客厅"，成为盛世微光二〇一七年的主打脱口秀，这种做梦都梦不到的好事儿，竟也成了现实。事实上，"后真相时代"从产权归属上来说，已经不是酱紫的，而是盛世微光以一百五十万元人民币收购的无形资产了。

这笔钱，让酱紫按揭买下了顺义一处新楼盘里九十七平方米的房子，乌迪陪她去售楼处签的合同。两人一起出来时酱紫显得很平静，一直沉默着，半天才说："还是得活下去呀。"

最后一期"艾薇女士的客厅"为接下来的"后真相时代"预热，主嘉宾是酱紫，那期的标题就是"想不到你是'酱紫'的酱紫"。酱紫本人猛料放不停——出生两天被亲生父母卖掉，童年被养父母虐待，中学被老师性侵，自己供自己读完大学，"因为爱情"误作"小三儿"被人暴打，写小说却因"没有生活"不被认可，未婚夫的一声"快跑"让北京成为她的悲情城市……但她直面一切苦难、挫折、难堪、丑恶和残酷，努力去选择美好、善良、深情和高贵——这样的信念支撑她去做“后真相时代”，她想告诉所有人，无论在怎样的境况下，人永远都有选择……这期视频的浏览数一周内超过了五千万，弹幕多到看不见酱紫的脸。

“真实”成为酱紫人设的关键词，这是在和策划团队讨论时，所有人，包括酱紫本人，都认可的。不过酱紫很清楚，她得为这样的人设付出相应的代价——这种“真实”是供人消费的，极少有人愿意让这种“真实”进入自己真实的人生。在获悉真相的罗鑫父母眼中，酱紫就从天使变成了妖孽，他们忙不迭地跑到回龙观，把自己那坠入妖怪洞中的儿子，连拖带拉地领回老家去了。酱紫认定自己多半要孤独终老了。

乌迪安慰她，“算是设了道初选的门槛吧。也是好事——以后敢追求你的，都是真爱。你的爱情线长出来了吗？”

酱紫举起手给乌迪看，“还没有。”

乌迪握着她的手说：“会长出来的。”

酱紫笑了，挽起乌迪的胳膊走出售楼处，说起四月北大那场名为“微时代、新资本与媒体责任”的论坛。事前盛世微光的策划团队和酱紫，始终没有就她主题发言的内容和风格取得共识。公司认为她应该在媒体面前强化人设特征，直率，真实，毒舌吐槽，文艺范儿但要接地气——网红特质是她的本命。酱紫认为去北大耍宝不只是轻薄肤浅，更是愚蠢。首席内容官却认为引起争议成为话题是好事儿，最好也有十几个博士教授联合起来写文章骂你，你就彻底火了，她甚至动用了核威胁——如果酱紫一意孤行，就会被公司认为违约，将支付高额赔偿。

盛世微光接手后的“后真相时代”，只沿用了酱紫独特的本格推理作为节目延展路径，规模和形式都做了彻底改变。除了当期的主咖，每期还会邀请六位演艺娱乐明星，在节目中被酱紫的推理“逼问”出与传闻相同或者相反的个人经历。第一期的主咖是艾薇，有六位或者遭遇婚变或者被爆导致他人婚变的当红艺人作为同期嘉宾，酱紫在那一期中获得了“幸福掘墓人”“真相小姐”等多种爱称。“后真相时代”作为明星当众清洗自家脏床单的秀场，实在是满足人民群众不断增长的八卦需求的良心之作。负负得正，勇于自黑自嘲自曝其短的艺人反而变白变可爱了，不少路人跟着就转粉了。“后真相时代”改版后第一期《艾薇女士离婚事件》全网上线，浏览数直接破亿。二〇一七年三月八日，酱紫被邀请参加了网红大会“女王节”特别节目，从主持人手里接过了“丑闻女王”的水晶王冠，和其他几位花样百出的女王一起昂头拍照——不低头，不流泪，看我戴着王冠笑！

写了多年的鸡汤文，酱紫蓦然发现，原来自己活成了励志鸡汤本人。酱紫比别人更明白，鸡汤有毒。她不愿意在北大放肆，不是担心被博士教授们骂，而是担心靠这种单薄的人设她活不过一季，很快会被观众厌倦、厌恶！

她还是一意孤行了。

酱紫在北大论坛上发言，谦逊柔和，落落大方，白衫黑裙锁骨发，踩着十二厘米的高跟鞋站在发言席上，手握遥控笔娓娓道来。她先颇具“学理感”地厘清概念，梳理源流，然后谈“后真相时代”的文化特征与“后福特主义”社会转型，谈“微时代”带给个人主体性充分成长的可能，也带给个人心灵前所未有的阶层压力和价值观冲击，从社交媒体在信息传播上的杠杆作用，谈到新媒体人必须充分自觉认识到在意识形态建设中不可推卸的社会责任，最后她用《诗经》风雅正变的概念类比推出论点，无论是研究者、投资人还是从业者，都应该秉持“求正容变”的态度，给优质内容和良好的媒体生态以无限的可能。

乌迪后来在网上看到了这段标题为《网红学霸碾压北大博士——震惊了》的视频，她的评价是：“活脱儿又一个艾薇，装×技能满分。”

酱紫告诉乌迪，艾薇好像有什么新计划，不仅不做节目了，也卸任了盛世微光的总裁，新总裁此前是腾讯新媒体网络事业部的总监，他还带了位总编辑过来，所以首席内容官也换人了。

乌迪从酱紫的脸上读出了什么，追问一句，“你也升职了，对吧？”

酱紫挽紧乌迪的胳膊，“CCO 助理。”

乌迪念白似的叹了一声，“侯门一入深似海，从此萧郎是路人。”

乌迪没有成为路人，酱紫越来越在情感上依赖她了。乌迪既然说她们都是修炼成人的爬虫，酱紫和乌迪约好端午一起喝雄黄酒，看酒后谁会现原形，没想到一早林晓筱打来电话，说艾薇约她过来吃饭。酱紫心里纠结了一下，还是去了。

端午清晨落了雨，酱紫和艾薇在二楼阳光房里说话，林晓筱一个人躺在屋里玩手机，一身秋香色暗花软缎长裙的艾薇坐在巨大的根艺茶桌前，低头泡茶，身后一株古桩石榴盆景开着红艳艳的花，她依旧如此明艳动人，酱紫想起初见艾薇的情景，眼眶莫名有些热。艾薇说：“晓筱病了，我要带她去治病。”

酱紫一惊，扭头看室内的林晓筱，这半年没怎么见，刚才只是觉得林晓筱胖了很多，艾薇递给酱紫一杯茶，说：“她已经出现幻听了，是不是精神分裂，还不能确诊。家里接连出事，晓筱的爸爸，年前被双规了，现在还没结果，她妈妈情绪很不好，我这边又这样……她那个老公——还有孩子……本来你是唯一让她感到轻松快乐的人……”

艾薇的声音很轻，口气淡然，且语焉不详，但酱紫迅速理解了全部，一阵咬啮的疼痛开始在胸口蔓延，疼得她暗自无声吸气。

艾薇笑了一下，“丽丽，本来这件事我不打算说，但是我有一位很重要的朋友——如果没有她，说不定我早就是晓筱这样子了。她建议我找个合适的机会告诉你真相。我知道，那个‘风行天下’就是你，你自导自演了一场大戏。”

酱紫血液瞬间凝固了，她看着艾薇，甚至都忘记了反驳——除非撒谎，她也没有什么可反驳的。她在艾薇门外留下了偷拍设备，并且在众人到来后及时取回，利用手机匿名注册微博“风行天下”，发出爆料截图照片，并且@了几个相关的娱乐号，完成了作为她后来自证清白的铁证——这是连乌迪这个同谋都不知道的秘密，现在却被艾薇说了出来。

艾薇捧着只娇黄粑花锦地纹的主人杯，嘴角噙着一点儿笑，“小区是有监控录像的，我知道你躲开了摄像头，没有被录上。但躲避本身，足以说明一切了。我那个朋友说，老天假你之手，用一座虚构的城池，庇护了困顿、疲惫、恐惧之中的我，我该向你说一声谢谢。知道‘法华七喻’里的‘化城喻品’吗?”

酱紫怔怔地点头。

艾薇笑了，“你倒真是无书不读——知道风雅正变，还知道法华七喻……”

酱紫小声说，“是那天在北大开会，有一位不认识的老师告诉我的，我也不是真的知道……”

艾薇说：“既然她说了，我就不多说了。以后经常和晓筱联系吧，多和她说说话。我逼她，她才跟你打电话——她现在已经不愿意和别的人说话了。”

酱紫郑重地答应了一声，默默喝了一口茶，艾薇起身去厨房看饭菜准备得怎样，酱紫一个人，看着雨落在玻璃墙上，留下泪痕一般的印记……她竭力搜寻着记忆里和她说过话的那位老师，越努力那人的脸就越模糊——鲜明的只有那天她们站在校园里一棵老杏树下，风过，有簌簌的花瓣落在那位老师的肩上，她始终不曾伸手拂去……她说，幻化的城，却能提供真实的庇护和休息，但化城很快会消失，因为你还有前路要走……

酱紫当时听得半懂不懂的，现在她也不知道自己是否真的明白了，只是感觉心底有个地方，原本那里像干涸冻硬了的井底淤泥，从来不曾见过天日，此刻却照见了暖暖的光——玻璃墙上的雨痕还在，依稀有了日影，酱紫走到敞开的玻璃门边，切切地叫了一声：“林晓筱……”

帅　旦

1

“辕门外三声炮，如同雷震，天波府里走出来我，保国臣……”

温暖浑厚的豫东调包裹住了赵菊书疲惫的身体，她满意地朝小儿子周卫东点点头，周卫东靠着屋门，溺爱地笑对母亲，“进屋听吧，天儿还凉呢。”

过了二月二，天儿再凉，也是春天了，还有这么好的太阳——赵菊书靠在藤椅上，看着头顶裸露的一小块儿天空，明黄色的阳光从那儿落下来，落在老藤椅的扶手上，灿灿地闪。她怜惜地用手抹着那扶手上的光亮，明天，太阳是照不进来了，剩的这一角被大瓦盖上，院子就没了——成了屋子。

赵菊书从来没想过要把院子变成屋子。她的栀子、腊梅、迎春、葡萄、凌霄，石榴，还有那畦像闺女一样宝贝了多年的芍药，一并无处安置了。可是西关大街要拆迁了。去年传言开始的时候，那畦芍药花开得正好，后来凌霄藤也结了累累的花苞，菊书笃定地等着凌霄开花。架上的葡萄弥散出成熟的甜蜜气息，菊书心里暗笑，那些沉不住气的邻居，在石棉瓦覆盖的院子里度过了一个无比闷热的夏天。仲秋节，菊书还有自家的葡萄和石榴分送亲友，不过她心底已经开始犹豫了，晚上在院子里摆供愿月儿的时候，她忧心忡忡地看着绿叶葳蕤的腊梅，还能看到腊梅开花吗？

腊梅好像预感到了什么，绿叶未落的时候，那些浅褐色的花苞就暗暗地冒了出来，伪装得像枝上小小的凸起。头场雪立冬刚过就落了，没有丝毫的谦让羞怯，汪洋恣肆地下成了一场大雪。腊梅的叶子一夜落尽了，虬曲的褐色枝干被雪半浸半衬的，成了墨色，风过，吹落积雪，一段墨色的枝干又添上了。菊书站在清晨的院子里，感觉有个透明的人在她眼前描着一幅她脑子里的花树作画，那些花正被点染出来，从雪白里透出的一星半点黄，黄得娇媚，明亮……香气却似与那花不相干——香气不在花的附近，凑过去，花只木木地黄着，不应你，等你转身离开，抑或擦肩而过，那香遥遥地像声叹息似的传过来，人心跟着它一颤……

还有残花挂在枝上，腊梅被连根起了出来，菊书早就找好了大蒲包，多带些老土移栽，花木的元气伤得轻些。跟着腊梅一起被大儿子拉走分送别人的还有芍药石榴和栀子，菊书看着在车斗里晃动的花木枝叶，心疼得噙了泪：别的花还好，那芍药，娇气得很，这番折腾，只怕是难活了。她独自站在院门口发呆，知道后院里正在砍葡萄和凌霄的老藤——不看也罢。

老白媳妇端着个锃亮的小锅，隔着街喊："周家嫂子，你到底也动事儿了！"

赵菊书顶看不上老白媳妇成天蝎蝎螫螫的样子，朝她敷衍地笑笑，转身要走，老白媳妇却招着手，躲闪着车，过来了。菊书只得站下等她。

老白媳妇煞有介事地低声说：“石棉瓦盖的不算面积，知道吧？”

菊书笑着说知道，心下嘀咕：你都知道的我会不知道？菊书备下的就是红色大瓦。她朝老白媳妇锅里看，见是从早市上买的粉浆，就说：“这浆颜色怪好……”

老白媳妇“啊”了一声，并没跟着转移话题，反而欲说还休地看着菊书，不无遗憾地叹了口气，“我也是听说，他们要到街道上调查，今年新盖的都不算！”

菊书脸上的笑僵了一下，随即又化开了，她轻描淡写地说：“街道上那几个人，又不是外国来的，跟哪家不是几辈子的老脸？”

老白媳妇像被捏响的橡皮鸭子一样嘎嘎地笑起来，“到底是你赵菊书，经过见过，可不是这个理儿?!”

打发走了老白媳妇，菊书心里那点儿被花草逗引出的伤感也就烟消云散了，蹬蹬地走回家去，指挥催促丈夫儿子和请来的几个帮工。好在兵精将勇，一上午清干净了花草，和泥拌灰，平整地面，日影移上西墙，大半个院子已然成了屋子。

拉来的旧檩条不够使，大儿子要再往熟人的工地跑一趟，菊书也就让帮工走了。等大儿子回来，周家父子三人，搭个黄昏，也就把这一角给盖上了。书菊吁了口气，拉着藤椅坐下，才感觉四肢酸沉，她嘱咐小儿子放张戏碟给她听。小儿子倒是会挑，给她放了《穆桂英挂帅》。

“……头戴金冠压双鬓，当年的铁甲我又披上了身。帅字旗，飘入云，斗大的“穆”字震乾坤，上（啊）上写着，浑（啊）浑天侯，穆氏桂英，谁料想我五十三岁又管三军……”

菊书身子懈着，闭眼随意跟着哼唱，她没学过，天生的本事，连那脆生生挑起的娇俏尾音，也能学得酷肖——封侯拜帅也罢，五十三岁也罢，旦行演的毕竟是女人，金戈铁马，同样脂浓粉香。接下去一大段二八连扳抛珠滚玉地淌下去，絮絮叨叨欲嗔还喜地说儿女，更是天下母亲的口吻。戏词本是烂熟的，她却忽然噎住了，不能跟着唱了，潮水样的万般感慨，汹涌地漫进了她的意识。

2

赵菊书这年正好五十三岁。她生于民国三十一年，也就是公元1942年，那一年，中原年馑，赤地千里，她幸运地托生在了温饱无虞的银匠赵寅成家。菊书七岁那年，父亲在买下这处院子当天病倒了，半年后过世。父亲去世后没过几年，开始有外人搬进了她家的院子，母亲胆小又糊涂，只会背着人哭，也说不清楚为什么腾房子，读高小的菊书要跟人论理，吓得母亲捆了她央告半夜，才算安生了。

那之后，寡母带着菊书姐弟，搬到临街的铺面二楼过活。

楼下是个茶馆，茶馆是街道办的，喝茶的倒不多，主要的业务是卖开水。后来开始吃食堂了，很多人家索性连火也不开了，要热水就让孩子拿上一分钱丢进门口的木头匣子里。烧水的老黄头儿是个五十多岁的老光棍，吃跃进糕吃得腰都塌了，听见分钱落进匣子，就把开水连同他嘟嘟囔囔的抱怨一起灌进暖瓶。

菊书一家与老黄头儿的炉火热水和抱怨，只隔着一层薄薄的木质楼板。天冷时倒好过，天热就难熬了，端午未到，二楼就成了蒸笼。一年两年，菊书被蒸成了珠圆玉润的大姑娘——轻微的浮肿让白皙的菊书着实配得上珠圆玉润四个字。18岁那年，背着母亲，菊书去找街道的人理论。后面的院子是被国家没收了，门面房却是街道跟她母亲租来开茶馆的，如今她兄弟大了，跟她们娘儿俩一个屋没法住，楼下的房子他们不租了。

这是赵菊书第一次为房子拼杀。

“赵菊书撵茶馆”成了轰动整条街的新闻。事情没有那么简单，街道说，他们这个“租”和一般人赁房居住的“租”可不一样，这个“租”是社会主义改造的一种形式。赵菊书说，你们这是要久占为业呀！街道上的人说，菊书你是个年轻人，虽然生在旧中国，可好歹也长在红旗下，怎么满脑子封建思想？菊书冷笑着说，我才不封建呢！

菊书自己夹了铺盖，到楼下去睡了。老黄头儿第二天一早，吓得连滚带爬地揭了门板跑到了街上，结结巴巴地说一睁眼，看见个赤肚露胯的大闺女。看热闹的人挤到了门口，菊书从地铺上坐起来，大吼了声“滚”，就又躺下了。深蓝格子的粗布单子，把她裹得严严实实，什么也没露，只是到了下午，一街两巷却在津津有味地谈论她雪白的大腿。

母亲是管不住她了，菊书泼命地闹，街道开会批判她，她当场撒泼打滚哭个昏天黑地。街道把坚持斗争的任务落实给了老黄头儿，可老黄头儿的革命性毫不坚定，他苦恼地看着菊书近在咫尺的地铺。也许老黄头儿被菊书提醒了，开始思考自己存在重大缺失的人生。也许跟菊书毫无关系，反正他在某个早上，突然消失了。菊书后来听说，老黄头儿抛下一切回农村老家去了。当时正在动员农村来的职工回乡，街道就把老黄头儿当成典型报了上去。

茶馆也就此歇业了。街道上正经大事还忙不过来呢，也就没人理睬菊书了，菊书莫名其妙地旗开得胜。胜利的代价是惨痛的，菊书落了个“刺货”的名声。在钧州土语里，“刺”音同“辣”，发阳平声，有刺的东西扎手，说“刺手”；搀了麸糠的馍粗粝难咽，说“刺喉咙”；用在女人身上，意思就暧昧了，既指泼辣难惹，也指性感风骚。再加上，父亲留下的房子有人没收，可他留下的小业主的成分却没人收去，于是，菊书的工作、婚姻两件大事，竟都无从着落了。

外人的言三语四，到底进了菊书的耳朵，她回家栽在床上蒙着被子哭了一夜。母亲这时倒不哭了，第二天她照常去上班，从仓库里把草绳扎着的粗瓷碗一摞一摞搬出来，放在店门口，掸去灰尘，顺手把毛巾搭在肩头，就去办公室找主任了。

也许主任那天心情不错，也许平时罕言寡语的菊书妈妈竟说出了一排道理来震撼了他，总之，他同意初中毕业、又会打算盘的菊书来顶替不识字的母亲上班了，母亲又成了没有工作的家庭妇女。菊书在土产公司一直干到 1992 年，光荣退休。属于供销社系统的土产公司，这几年闹完承包闹改制，职工工资都发不下来，退休工人更没人管了。去商业局上访要工资，大家又把菊书推为了统帅。

上次接待他们的领导，说这个月给答复，等忙完自己家的房子，就召集老伙计们去催催。菊书也认定自己有胆有识，敢作敢为，是个帅才。只有丈夫周庚甫说，赵菊书啊，这辈子都是听了他的主意，又拿他的主意来领导他。

菊书承认周庚甫比自己有智谋，但再有智谋他也不过是军师，元帅还是她。赵菊书领导周庚甫，算上谈对象的那一年，整三十年了。

三十年前，菊书担着“刺货”的名声，有意无意地愈发刚强自己的性子，嚷嚷着说话，动不动就摔摔打打，她的闲事，愿意管的人不多。她还不肯撇下孀母弱弟出嫁，这无异于要求对方“倒插门”，家境、成分、性子，没一样好的，菊书纵然生得雪肤花貌，到底还是耽搁下来了。

周庚甫那个成分坏透的封建官僚家庭远在武汉，他一个人住在运输公司的宿舍里，正要倒插对他来说无所谓。他虽说小学都未读完就去学修车了，却是个秀才，写得一笔好字，不知道从哪儿念了些弯弯绕在肚子里，说出话来新鲜有趣，更要命的是他能看穿菊书虚张声势的泼辣，不跟她争强斗狠，一味地柔顺，做小伏低，深情款款，菊书反倒被他撮哄得服服帖帖，没见两面就淌眼抹泪地把心里的苦都掏给他。

当年一无所有的周庚甫分担了菊书的委屈辛酸，于是，多年后，菊书给他了一个两儿两女、九间屋子的家。

菊书志得意满地笑谈丈夫当年的一无所有，周庚甫知道，菊书是在变相表达她的幸福和满足。可惜这种深刻而准确的理解力，在周庚甫提前退休后随之退化，他竟开始激烈反驳菊书：什么叫你给我一个家？这家是我们共同打下来的！

3

藤椅上的菊书，想起丈夫暴着青筋跟她争功，不觉心里一躁，可身子又懒得动，只是恨恨地用力拍打了几下藤椅扶手。谁都不能跟她来争，她豁出自己拼打来的家——丈夫，母亲，兄弟，儿女，甚至侄子侄女，都可以享用她的胜利果实，只是不能跟她争功！

婚后菊书跟丈夫一直住在西关大街铺面房的楼上，好不容易从供销社分到一套新公房，她让弟弟一家带着母亲去住了。老房楼上楼下又变得拥挤不堪，她那两双儿女噌噌地长，再也摁不到一张大床上了。

小女儿周爱冬上小学那年的冬天，周庚甫和赵菊书在灯下为落实自己家的房产政策准备材料。周庚甫写材料自然没有问题，写完了他看着赵菊书，那目光在无声地发问：平白地要回自己的房子，这可能吗？

赵菊书一把抓起他写的那摞纸，塞进抽屉，上床睡觉。她不跟丈夫讨论，甚至都不看丈夫的目光，看了会心慌，看了会害怕——菊书也不知道会怎么样。她的泼悍就像荒野中走夜路人的叫喊，不过是给自己壮胆而已。

街道，办事处，房管局，法院——从市中院到省高院，铜墙铁壁，千坑万陷，也是一座天门阵！赵菊书人生最激烈也最辉煌的一幕就此拉开。

三十七岁的赵菊书，自然不再轻易撒泼打滚了，她敲开各处办公室的门，耐心地记下里面那些人措辞费解含义模糊地话——他们的话就是具体的现实的政策，对于政策要好好领会，菊书也没白受这么些年的政治教育，记下后回家和周庚甫深入探讨，寻找到最适合自己的解释角度。当然，要让“他们”同意这个角度，还需要一些沟通。于是菊书带着些难得一见的东西，诸如香蕉菠萝哈密瓜上好的大枣木耳黄花菜等等，去跟他们沟通了。物质匮乏时代严格的配给制度下，在供销社系统工作的菊书拿出来的礼物，还是有些影响力的。

最终的结果还算理想，父亲买下的那处院子后面共七间房屋，四间无偿返还，剩下的三间，现在的租户不买，菊书可以购买。他们这样处理自然有他们的根据，菊书全力拼凑够了二百八十块钱，拿到了一纸拥有房产的凭证。只是要把这张纸变成可以住的房子，还要颇费些周折。

七间房里住了六户人家，除了两家听说自己住的公房变成了私房，觉得不可靠，当即就打算搬家了，剩下的四户都不肯搬，当过街道干部的老司婆甚至警告菊书别得意，这事儿不定怎么样呢！

去法院是周庚甫的主意，菊书开始也听了，后来发现打官司是个陷进去就拔不出腿的泥坑，没完没了地调解，好几年下来，也没人给她个痛快话。周庚甫倒像是上了瘾，写的诉状被受理案子的法官夸奖了两句，他就不知道自己姓什么了。谁知道那人反而判得更不好，他们连撵人的权力都没有了。

周庚甫拉菊书去了省城，费了好大的劲让案子发回市中院重审。又有两家不耐烦折腾，搬走了，剩下的殷老师家是没地方搬，老司婆还是死硬，菊书也就来硬的了。

菊书要翻盖房子，那房子算来七八十年了，再不翻盖，就住不得人了。菊书请了乡下做泥瓦匠的远亲带着帮工来施工，又嘱咐两个女儿放学去姥姥家，自己和丈夫都请好了假，大儿子摩拳擦掌——开工就是场硬仗！

果然，一抓勾筑到墙上，老司婆就跳出来骂人了。她住的房跟隔壁伙用山墙，菊书这边一扒，她家就只剩三面墙了。司家儿子媳妇接到信儿也赶了过来，冲突很快升级，骂对骂打对打，菊书勇猛不减当年，看热闹的挤得半条街水泄不通，反倒是周庚甫臊得躲到后街去了。大儿子周文革性子暴，不是菊书拦得紧，手里的砖头就奔司家儿子脑袋过去了。菊书又气又笑——比划比划就行了，不能来真的！大女儿周爱红读高一，中午放学听说了赶来给母亲助阵，菊书嘱咐小儿子把姐姐摁到屋里不准出来——菊书“剌”，可不舍得让女儿大庭广众之下跟着“剌”！

赵菊书马踏天门，大获全胜。老司婆骂骂咧咧搬到儿子家去了，殷老师的爱人跟菊书说了软话，菊书就让殷老师一家挪到临街的二楼上去了。

工程顺利进行，上梁那天放鞭炮，中午给师傅上酒，赵菊书正张罗时忽觉天旋地转，被送进了医院。菊书不知道自己有高血压，知道了也没大惊小怪。

老房子翻盖成了两层红砖小楼，楼下客厅墙上，周庚甫当时赶时髦，装了面巨大的镜子，后来他动不动就指着镜子里的菊书说：“你看看自己，都成皮球了！”

菊书不看镜子，她生完一个孩子胖一圈，几年来为房子奔波，肚子反而更加滚圆起来，冬冬纤细的胳膊都搂不住妈妈的腰了，她抓了小女儿的手摩挲自己的胖肚子，笑说里面还有一个小弟弟。菊书不在乎腰身，对周庚甫挑剔她的歪话更是鄙夷不屑，她又不去选钧州小姐，再说，大儿子文革说话就把媳妇都给她领回家了，眼看要当奶奶的人，还臭美什么？

一个人的时候，菊书反倒会看看镜子里的自己，她知道自己本是好看的，那眉眼脸庞，依旧能辨出曾经好看的轮廓，只是菊书的好看，连她自己都没来得及好好看，就过去了。

菊书的好看折变成了她的房子和儿女，菊书还是幸福满足的。幸福满足的菊书喜欢上了养花，石榴树是几十年的老树，腊梅凌霄葡萄芍药，都是新房盖好后，菊书栽的。她精心侍弄自己的花草，花叶掩映下看自家红楼，越看越爱。

她没想到，儿子给她领回来的那个差点儿选上钧州小姐的准儿媳妇，一句话，就毁了菊书的功成名就志得意满。

4

墙头有棵没被铲掉的瓦松，在风里摇摇晃晃的，肉质肥厚的叶子饱满挺拔，不知道是不是夕阳的缘故，那苍色的叶片竟露出抹紫红。

戏里的穆桂英依旧壮怀激烈，诉说着祖辈的丰功伟绩，梆子声忽的远了，模糊了，菊书热腾腾的心事也冷下来，没来由的悲凉跟那瓦松一起在晚风里摇。

文革领回来的女朋友叫萧露桐，高中时两个人就好上了，儿子技校毕业进了运输队，露桐师范毕业去了报社，俩人还一直好，文革就把露桐给妈领回来看了。

菊书一眼就喜欢上了露桐，模样好倒在其次，难得她稳重大方，对人礼貌，话不多，却会笑，看文革的眼神又专注又柔顺。菊书本就很为一米八六的大儿子自豪，如今借了露桐的眼光看去，儿子越发俊朗不凡了。

周庚甫夸露桐的名字好，又问可是出自《世说新语》，“清露晨流，梧桐初引”。露桐笑着点头，赞叹周伯伯好学问。

周庚甫被夸得心花怒放，大笑着说你父母也好学问。

文革说，人家当然好学问，露桐的父亲是钧州市文联主席，还是一位作家。周庚甫瞪了儿子一眼，哦了声，随即跟露桐大谈起了文学。

菊书本就不喜欢周庚甫卖弄的腔调，又担心他麒麟皮盖不住马脚，闹出笑话，插嘴拦他：“我这初中生还没吭声呢，你这小学没毕业的就少说两句吧。”

周庚甫气青了脸，露桐抿嘴一笑，说学问不等于学历，周庚甫这才转怒为喜。菊书把这个准儿媳妇爱进了心坎里，好好招待了人家姑娘一番，等文革和露桐出去了，就拉着周庚甫去了文革房间，商量如何铺地板砖，如何添置家具。

女儿爱冬嗤笑着出现在门口，“您二老省省吧，那个萧露桐说了，人家才不往咱这贫民窟里钻呢！周围都是小市民，日子没法过——就刚才，跟这屋，对我哥说。”

菊书登时气噎了，“她是大市民，她——”

周庚甫连连摆手，“没文化，没文化——贫民窟？她懂什么？去看看钧州县志，这西关大街当年都是什么人住的？让她回去问问她爹！”

西关大街住的是什么人？

住在西关大街上，是菊书父亲赵寅成一辈子的梦想。赵家的房子，本属于钧州城赫赫有名的端木家。端木家的宅子占了半条街，赵寅成买下的不过是个小院，属于端木家最不成器的七爷。写文书拿房契的那天，赵寅成在宴宾楼摆了酒，那是他人生的大日子，他带上了自己的一双儿女。

菊书被母亲着意打扮了一番，老油绿的纺绸棉裤上是枣红大袄，挂着沉甸甸的银锁，自然是父亲的手艺。赵寅成的好手艺不只在钧州有名，开封城都有特意跑来打首饰的。菊书的锁自然不是平常银锁如意元宝的样式，下端是朵盛开的牡丹花，上面是飞舞的凤凰，凤头优美而高傲地抬起，头翎都纤毛可见。

菊书的小脑袋也昂得跟那凤头一般，她似乎能察觉父亲胸口奔涌的热烈高亢的情绪，菊书胸口也像被鼓槌一下一下敲着，胀胀的却充满愉悦快感的微痛，然而她却压得住那激动，走上宴宾楼的楼梯时，脚步放得格外郑重，弟弟平素就乖，出来更是胆小，可菊书还是紧紧拉着弟弟，生怕他挣开去闯祸似的。

楼上雅间，七爷和作中人保人的两位伯伯先到了。有一位来过家里，菊书记得姓刘，刘伯朝菊书笑，菊书也羞涩地回应了一笑，低了头。大人们寒暄，落座，菊书的胸口那股劲儿还在膨胀，弄得她头晕乎乎的，几乎听不见人家说了什么，听了也未必懂，菊书只是知道，今天过后，西关大街那片灰蓬蓬的青砖院落里，有一个就属于他们家了。母亲说，菊书进了那院门，就成了大家小姐，回头让爹给你买了丫鬟，就像戏台上那些小姐一样。菊书抿嘴笑了，她要是有个丫鬟，绝不给她起名叫春香，春红，梅香——那叫什么好呢？

桌上的气氛忽然有些不对，弟弟的小手指头勾着她的手心，菊书回过神来，愕然发现父亲的脸色铁青。刘伯在低声劝七爷，另外一个人则跟父亲在耳语，父亲的脸色更加不好了。这时候，又有请的客人来了，推门就笑着作揖，“恭喜赵掌柜，恭喜赵掌柜！”

父亲有些尴尬地站起来，招呼人落座，七爷不停地拿起手帕捂着口鼻，用力吸几下鼻子，放下，很快又拿起来，一点儿血色都没有的瘦脸上，那双眼睛格外地大，暗沉沉的黑眼珠，眼白却有层古怪的淡蓝色。

紧张尴尬的气氛，似乎得到了缓解，只是父亲的脸色一直没有恢复。笔墨纸砚端上来，刘伯看看七爷和父亲，两个人都对他点了头，他落笔成文，诸人签字画押。酒菜端上来，虽然大家都在恭喜父亲，菊书和弟弟也得到了很多夸奖，她心里却惴惴的，连宴宾楼最好吃的铁狮子头，都没吃足十分的滋味。

菊书的不安是有道理的，父亲到底没有坚持到酒宴结束，扫尾的鸡蛋汤上桌了，父亲突然从椅子上滑到桌子下面去了。

菊书守着躺在床上的父亲落泪时，听到屋门口刘伯对母亲说：“端木家老七，太阴！都坐上桌了，他不卖了，最后拿了一把，又涨一成——寅成兄弟也是心劲儿提得太大了，我劝过他，你说这兵荒马乱的，置什么院子？”

母亲哽咽说：“他想到那儿了，谁有什么办法？”

父亲想到，也做到了。从民国三十八年元月六号那天起，西关大街上有了属于赵寅成的宅子。父亲到底挣扎了些日子，翻过年出了正月，二月二那天，菊书一家搬进了这院子，父亲看见了院子里的石榴树开花，却没捱到端午，走了。

5

菊书似乎一直在用父亲的目光贪恋着这个院子，爱得愿意豁出自己为它拼杀，还为那拼杀感到自豪。那天听女儿传了露桐的话，菊书先是气，等气平了之后，突然换了看这院子的眼光。

依旧爱恋，却多了一层抹不去说不出的悲怜。父亲那灰蓬蓬的大家院落，已然不在了，自己的红砖院落，在花草枝叶遮蔽下，正跟着时间老去。偎着墙脚栽了一圈的迎春越发越茂，年年早春迸出满院的黄花，娇滴滴黄得稚气，院墙和房子却被那不变的稚气比出了年纪，那砖红一年一年暗下去了。

菊书没拿着那话跟孩子们置气，还紧嘱咐周庚甫不能在露桐面前提这话，只是那话像根刺，扎进了菊书的心，再也没有拔出来。

那根刺，扎进去时疼了一下，过后竟不觉得了，微微的不适，触碰到了才会疼，是木木的钝钝的疼，深吸一口气，慢慢吐出来，疼也就过去了。

心里的疼，菊书跟谁都没说，就是想说，她也不知道该怎么说。露桐从来没在菊书跟前有过一丝一毫类似的表示，菊书后来都忍不住想，到底那话是露桐说的，还是爱冬那丫头弄鬼？不过哪个孩子说的，对菊书来说，并不重要。

露桐还是嫁进了菊书的院子，新房就是楼上文革的那间屋子。露桐在报社分有一套半旧的两居室，文革不去住，露桐也只得顺着他。菊书和露桐处得还算和睦，婚后半年，菊书帮着媳妇劝儿子，他们才搬到报社家属院去了。

急急的锣鼓点，锵锵的梆子声，藤椅上的菊书知道，抱着帅印的穆桂英要去校场点兵了。她深吸了口气，却无力缓慢地吐出来，那口气先是哽在喉头，猛地呛咳似的喷了出来。

夕阳落下去了，空气里有了凉意。菊书看着那角还在天光里的院墙，那棵瓦松成了黑色的剪影。菊书忽然感到拽不住那天光了，一日将去，雾霾般的恓惶不安，随着她不大均匀的呼吸进到心肺里去了。

"他们要到街道上调查……"早上老白媳妇的话里，此刻再想，竟有幸灾乐祸的底色。老白媳妇不是"他们"，她的话是不作数的。菊书见识过"他们"，各种各样的"他们"，站在浓雾中的"他们"，面目模糊变幻无常的"他们"……不知道这回的"他们"是谁——会知道的，菊书不仅会知道他们是谁，还会知道他们的办公室、家，多半还会知道他们的亲戚朋友……戏里的穆桂英说："……这些年我不往边关走，砖头瓦块都成了精……"

好大的口气！菊书心里笑了，她要抖擞精神，提起心劲儿，"他们"也不过是成精的砖头瓦块，有什么好怕的?!

攥紧拳头提足气说"不怕"，其实还是怕。

骨头缝里有些酸冷，四肢变得沉重——累了。这才哪儿到哪儿呀？别的地方拆迁时发生的故事，菊书听得多了。"礼"和"兵"两手，菊书都备下了。这一阵，她老将出马，得拼下一大一小两套房来——小儿子卫东也该成家了！

周卫东扯了根带着灯头灯泡的电线过来，用个钩子挂在新出现的屋顶下，黑洞洞的由院子变成的屋子，亮堂了起来。菊书朝儿子微笑了一下——她的儿女个个都是好的，说不上有多大出息，可知道跟她亲，知道顾家，还求什么呢？

煞戏的鼓乐起来了，卫东调整着灯泡的高度，“妈，不是我跟你犟嘴，还是京剧雅致，一样的戏，你听人家——”

卫东教小学数学，却喜欢京戏，还喜欢旦角，玩票的水平很高，一开口能吓人一跳。菊书身上没来得及发挥的艺术基因，一点儿没糟蹋地传给了小儿子。菊书听着儿子亮嗓子唱了几句，“猛听得金鼓响画角声震，唤起我破天门壮志如云，想当年桃花马上威风凛凛，敌血飞溅石榴裙……”

菊书竟听出了两眼泪。这个穆桂英也在自己给自己提心劲儿呀！桃花马，石榴裙，当年她是何等鲜亮人物！菊书眼皮剧烈地抖动起来，两行泪不听话地滚了下去，她看见儿子脸上绽出了惊愕、慌乱的神情，听得到远远有汽车停靠的声音，丈夫和大儿子回来了吧？小儿子挂上的灯泡晃得厉害，光也昏暗了，汽车声竟变成了沙沙的雨声，远得听不见了……

6

菊书中风的后果除了说话、行走不便，还有就是他们只得到了一套低价的回迁房，这使菊书下决心买下同病房病友东郊的那处院子。

病友丝毫没有瞒她，之所以如此便宜卖那院子，是因为村里人三天两头找麻烦，欺负他们是外来户。菊书的决定，家里没人赞成，可也不敢直接反对。

周庚甫期期艾艾地说：“郊区农民，最难惹，城市农村的坏，都会使……”

菊书手里的拐杖噔噔捣着地，嘴角歪了半天，带着口水喷出两个字：不怕！

十五年之后，菊书的孩子们会充满感激和感慨地想起母亲的这声“不怕”。随着钧州城的迅速膨胀，他们发现，当初对着碧绿麦田和金黄菜花地的那处院子，竟然被拉进了这个城市新的黄金地段。

这是后话，菊书不知道的后话。她捣着拐杖歪着嘴角，在东郊那个叫陈官村的地方，率领丈夫儿女跟各色人物较量了近十年，赴单刀会，摆鸿门宴，软的硬的，明的暗的，大大小小无数阵仗，输输赢赢也算不清楚，她这个村头临路的家，却变得固若金汤，轻易没人能动得。

菊书院子里很容易又有了葡萄石榴凌霄和腊梅，芍药不要了，没气力伺候，这些花木也由着它们自己长。石榴花开满树，一年才结三五个果子，葡萄果子倒多，味道却差，腊梅开出花才知道品种不对，菊书此前那棵是上好的“倒挂金钟”，只有凌霄差强人意，橙红色的花年年累累地铺在墙上。

深秋了，阳光很好，菊书坐在那把老藤椅上，看凌霄花一朵一朵落在地上，噗噗的发出了声响——不只是听觉，菊书所有的感官都尖细敏锐起来，透明的空气在流动中弯曲她都能察觉……她真的听到了，母亲的声音，依旧年轻，低低地像是自语地念着：老不死的佘太君，长不大的杨文广，打不败的穆桂英……一个小女孩跟着在念……那是她，五六岁的菊书，跟着母亲一句一句在念……母亲在她耳边低笑了一声，那是戏……

是啊，那是戏。现实中她的母亲老了，死了；她的孩子长大了，各自干各自的去了；菊书呢，拼杀了一辈子，输赢难计，可最终还是败了，败给了时间……在败给时间之前呢？自己给自己扎靠插旗，想要扮威风八面的帅旦，可惜人生没给她备下华冠霓裳，她的行头太简陋了，简陋得做什么身段都会惹笑……菊书粗粝衰老不大灵便的右手，迟缓地摩挲过光滑润泽的藤椅扶手——帅旦也许只在戏台上有，在戏台上才会有浴血拼杀依旧雍容华贵的女人……

菊书在意识消散的最后一瞬含混地想，也许她的人生角色本不必这样演……

殷红的纸，饱满的墨汁，规规矩矩的正楷柳字，父亲写得很用心，六岁的菊书站在桌边，四岁的弟弟踩着紫榆条凳趴在方桌沿上，小手沾着红纸的褪色，父亲写完那副春联，念给菊书听：新年纳余庆，佳节号长春。

菊书并不懂那联句的意思，只觉得那是两句灵妙的符咒，念动它，一个福祉无限的世界就敞开了，雅正，蕴藉，温暖，四时有序，父母在堂，无忧无惧，不急不躁，千秋万世的安稳岁月在那里缓缓流淌……

你　我

1

不知道这故事是不是真的。很可能是真的，因为这是许多三十五岁以上的中国人都不陌生的一类故事；但也很可能是假的，因为这是许多三十五岁以上的中国人都不陌生的一类故事。

故事发生二十世纪八十年代末，大别山区，山下有个周锅村，村里一个叫周志伟的年轻人，考上了远在长沙的中南理工大学。山上有个东马庄，庄上有个女子，一直跟在大学校园里的周志伟互相通信。寒假暑假，周志伟朝山上走，那女子朝山下来，他们在半山腰的老龙潭边见面。

大四那年，女子来信，告诉周志伟她进城打工了。这是周志伟与那女子之间来往的最后一封信。周志伟没有回信，没有回信的原因是他没有办法回信——那个女子没有告诉他进城后的新地址。

毕业，周志伟就职火电一公司，很快被公司派遣去了巴基斯坦在建的电站。出国前他回了一次老家，被母亲抱着哭得心乱如麻；去车站前跑到老龙潭边站了站，又被父亲催着去赶一天只有一趟的出山班车了。

从国外回来再回老家，已经是数年后的春节。大年初一陪母亲上山烧香，在庙外头看见了东马庄那女子，躲在背风的地方奶一个襁褓中的孩子，一个路还未走稳的女孩儿扯着她的后襟一直哭闹，她也不曾转身。

这就是周志伟的初恋故事。

2

电视信号突然断了，一片冷漠沉闷的蓝漆刷在荧屏上，支瑾抓起遥控器关掉了电视，无意间一抬头，正撞上周志伟的目光，夫妻俩笑了笑，突然降临房间的安静，成了他们需要解决的问题。

支瑾站起来，走到落地窗前。周志伟开始抽烟，支瑾抬手开了一扇窗户。窗外是初春的晨曦，窗下是萌了一层新芽的女贞丛，一蓬暗绿顶着一层碧嫩，道边的白玉兰在落花，有一些花瓣很走运，没落到道上遭人踩，落在了女贞丛上，一大瓣，一大瓣，还是纤尘不染的甜白色。

支瑾准确地知道这种介乎乳白与牙黄之间的颜色是甜白——难为想得出来！支瑾有些感慨最初为这个颜色命名的人，能把“甜”跟“白”联系在一起，多半是个兰心蕙性玉窍玲珑的女人……

烟从周志伟口鼻手指间出发，迤逦穿过房间，攀过支瑾的肩头，踱出窗外。

他以前不抽混合性外烟，支瑾从更富刺激性的烟味里，察觉出丈夫的某种改变——他心底有东西在膨胀——是她多想了吧？她的目光投向那株一个冬天都在温暖的室内不知世事傻长的绿萝。绿萝立在空调旁边，顶端新生的细蔓招摇着伸向落地窗前的护栏，有一根还成功地缠了上去。支瑾浮出一丝洞悉真相的微笑，轻巧的手指将那一丝野心勃勃徐图大举的细蔓劝回到盆中的棕柱上，又带点儿警告意味地轻轻弹了弹绿萝丰腴的叶片。

周志伟似乎先说了点儿别的什么，支瑾漫不经心地应着，眼睛瞟向墙上的钟，至少还有一个小时，周志伟才会离开家去机场——支瑾的目光落回来，发现周志伟在看他腕上的表。

周志伟戴的这块表，是几年前支瑾去欧洲，回国前匆匆在机场免税店里买的。大老远去一趟，不带点儿什么似乎说不过去。就像此刻，离别在即——虽说不是什么生离死别，两地分居的夫妻，离别是常态——两个人要是各自做事，不支应着对方，似乎也说不过去。

本来事情没这么困难，有新闻播音员的声音填充空间，俩人就不用找话说，偏偏电视信号断了。还有一个打发时间的简单方法，就是做爱。这次见面是计划外的，周志伟昨天突然得去“小浪底”出差，完了顺便回家。晚上上床，他拥抱妻子，支瑾有点儿踌躇，他松开她说：“没关系，我坐飞机也累了，睡吧。”

支瑾想他一定是洗澡时看见了那些东西，知道她身上不方便，也就没多说，温存地回应了他一下，翻身睡了。支瑾今天方便了，可她有些怜惜自己早上浴后初着春衫的清新，念头一转也就算了。

周志伟抽完了一支烟，靠在沙发背上，自嘲地笑了一下，“想想我这个人，有时候也马虎得可怕……”

支瑾从绿萝旁走回到丈夫对面的沙发前，把堆在上面的杂志哗啦扫到地毯上，人舒舒服服地窝了进去。

周志伟望着天花板，仿水晶枝形吊灯上落着无数阳光的碎片，“读大学的时候，老家有个女孩子，我们一直通信……”

周志伟要讲故事，支瑾有些意外，也来了兴致，笑着接口：“刘巧珍！”

周志伟也笑了，目光落下来，望着支瑾。支瑾怀着巨大的善意含笑回望着他，鼓励他讲下去。

周志伟讲了他的初恋故事。

“……信里没有不再联系的话，可她为什么不给我留地址？我怎么也想不明白……我一直把那封信带在身上，换衣服从来没忘过，开始的时候天天看，后来就是摸一摸，真的很痛苦……”

支瑾的笑比方才鼓励他开始讲述时稍稍收了一些——笑得太充分显得对人家的痛苦不尊重，缺乏理解力；完全没有笑，会被误会成吃醋，生气了——那增一分太肥减一分太瘦的微笑，楚楚动人地牵着支瑾的嘴角。

周志伟苦笑了一下，“我给你说过，在国外很寂寞，巴基斯坦那儿不安全，弄不好会被绑票，我们都不大出去，没事儿就窝在宿舍里看黄碟，你不能想象，一群荷尔蒙分泌旺盛的精壮汉子，天又热，看着那些东西，空调也降不下去体温，屋子里那味儿……”

支瑾充满同情地看着周志伟，他对这种苦闷的表述，显然更具感染力。

“也不知道怎么回事，那天我看着屏幕上那些白花花的人肉，忽然恶心起来，跑到卫生间吐得一塌糊涂。吐完了我就出去走，从我们驻地出去没多远，就是海滩。那片海滩也在警戒范围之内，平时就没外人，那天风很大，一个人也没有，我顶着风走。走的时候，我摸到了屁股兜里放着的那封信，我还一直随身带着它，虽然不再看了，也很少摸，可还是带着。那天我把信掏出来看，风太大了，我一没小心有一页被风刮走了，追了半天才捡回来，我捡起那页信纸的时候，忽然发现就在那页的背面，写着一行字——”

支瑾说：“地址！”

周志伟用力地点了点头。

支瑾轻轻地叹息了一声，“天哪！”

周志伟说：“我那一刻都不知道是什么感觉——你说，你说，我看了不知道多少次，我怎么就没想到把信纸翻过来看一看呢？！”

支瑾没有说话，周志伟的口气似乎要表达椎心泣血的后悔，可给人的感觉却是恼羞成怒气急败坏的，捎带着连听故事的支瑾都被埋怨了。

恰当的片刻安静，间离了方才戏剧性的空气，墙上的钟，适时出场，悠扬地提醒他们，是时候告别了。

两个人都有些慌乱，仿佛晚了一般，匆匆忙忙的，支瑾说我下去我下去，周志伟说你不用你不用。还是在玄关处拥抱了一下，两个人同时张开胳膊，然后支瑾笑着投进了丈夫怀里，在他耳边说：“我爱你！”

周志伟拎着包的手揽在支瑾的身后，“我爱你！”

支瑾能感觉到他说“我爱你”的时候，胳膊用了一下力，作为对语气的辅助表达。周志伟笑着说：“走了，照顾好自己！”

支瑾笑着挥手，“你也是！”

3

“韩剧看多了吧？”艾琳笑得像听了个段子。

支瑾挖了一勺香草冰激凌，没有往嘴里送，“周志伟不看韩剧！再说人家的初恋故事多乡土中国呀！”

艾琳在“湖畔咖啡”巨大的绿绒沙发上东倒西歪地笑，雪白的真丝衬衣被波涛起伏的前胸推着要从窄袷的黑色套装里跳出来，短短的 A 字裙，两条在细黑网格连裤袜里闪着白亮肉皮的腿，跷来跷去，无限春光时不时就落人眼里一点儿。

支瑾故意沉了脸，“有那么好笑吗？”

艾琳的笑这才雨罢云收，坐正了，盯着支瑾的脸，点点头说：“你吃醋了。”

支瑾从鼻子里哼出一声笑来。

“你就是吃醋了，别不承认！”艾琳微微一笑，“刚才你讲那段儿，酸得脸都歪了，老龙潭边，你们家周儿跟那女的——”

“刘巧珍，就这么叫吧，知道意思就行！”支瑾说。

“刘巧珍——”艾琳可能觉得这名字耳熟，皱着眉头在想，支瑾有些不耐烦地提醒她，“高加林！”

“《人生》！想起来了，咱俩一块儿看的，你哭得一个半劲儿的，高中还是初中？不管了。刘巧珍嘛——刘巧珍当然要怀念了——你用不着吃醋。”

支瑾说：“我没有吃醋，听的时候也没什么感觉，就是这会儿跟你一讲，讲得有点儿……难受……”

艾琳笑道：“大龄文艺女青年！”

支瑾拿勺砍着玻璃盏里的冰激凌，艾琳这样的讥讽，没有还口的必要。

艾琳端起咖啡喝了一口，“你们家周儿一个搞理工的，也这么文艺——你俩还真是一个调调——瞎难受什么呀？你不觉得这是他编的？可能有那么一点儿影儿，然后添枝加叶给自己弄一个酸酸的初恋故事，拉着你一块儿意淫！”

艾琳想象中的周志伟，让支瑾忍不住微笑。支瑾知悉艾琳所有韵与不韵的事，包括床笫之间的细节——向支瑾诉说带给艾琳的快感，不亚于本事自身，她上瘾。

支瑾向艾琳透露的自己，却是相当有分寸的。她的世界里有太多难以界定的感觉，像南宗的禅，不可说，一说就错。跟艾琳更是说不清楚，譬如她对周志伟的感觉，支瑾只能让艾琳想象——他们是互补而和谐的。

艾琳正色道："你别不以为然地笑，他编的漏洞百出！第一，他那个巧珍又不是拉登，地址那么难打听？村里就没人知道？第二，他们通了几年信，如此惊世骇俗的爱情，两个村早人尽皆知了，他爹妈呢？巧珍爹妈呢？第三，你把一封信在口袋里揣几年试试，看看会变成什么样？最最可笑的是高潮部分，大海，狂风，随风而去的信纸——这可真韩剧。更富想象力的设计应该是这样的：巴基斯坦可以保留，狂风也要，风在屋子外头刮，人在里头，看黄碟这部分最精彩，要保留，周志伟起身进了卫生间，解决生理需要——你表情不对啊，不要往歪里想，人有很多种生理需要得在卫生间解决——他忽然发现，卫生间没有纸了，情急之下，从身上胡乱摸出信封里那几张纸，擦完要扔的时候，才看见了信纸背面的地址。信纸还是被丢进了抽水马桶，哗啦——自古人生长恨水长东！"

支瑾皱眉笑道："看你把人家初恋糟蹋的！"

"初恋就是用来糟蹋的！"艾琳应了这句，招手叫服务生。

艾琳给自己点了一客紫雪糕，支瑾认为不应该再吃凉的了，想要一杯花草茶，正看单子，艾琳一把夺过来，对服务生说："玫瑰。"转脸命令支瑾，"看看你的手机，我这儿怎么没尹健国的电话呀？上次同学聚会，我记得我存了……"

支瑾翻出手机给她查尹健国的电话，"怎么？想起自己的初恋了？你当时恋的不是张伟吗？怎么找尹健国？"

艾琳低头编着短信，说："我恋的是张伟，尹健国恋的是我，你的明白？"

支瑾把电话号码念给艾琳。艾琳给支瑾看刚发出的短信：

一个人，在湖畔，点了一客紫雪糕，忽然想起了你。艾琳

支瑾从牙缝里吸了口气，说："冷！"

艾琳微微一笑，“尹健国现在是 XJ 集团的 CFO，他们下面那么多分公司，帮我弄几个大的团险应该不成问题——管他呢，试试呗！”

支瑾又作齿冷状，艾琳针锋相对地蹙眉作悲苦状，“你命好——纳税人养活你，老公养活你——我呢？孤苦伶仃一个单身女人靠卖保险养活爹妈孩子——”

支瑾隔着桌子拍了拍艾琳的手背，“拜托实事求是一点好不好？”

艾琳说：“好吧，实事求是地说，我病态地喜欢催眠别人的推销过程，看到人家把口袋里的钱掏出来，我充满了邪恶的快感——怎么会这样呢？”

艾琳的手指放在厚厚的嘴唇上，眼睛迷蒙蒙的，本来是要装困惑，结果成了诱惑——她撑不住，笑出来。粉黛把五官点描得太过分明，透着与岁月对抗的紧张，笑起来那份紧张不明显了，只是风尘气开始弥散。艾琳身上的这点儿风尘气有着重重叠叠的掩映：欲语还休的凄楚；故作刚强的佻达；貌似没心没肺的疯傻，实则是洞明世事的自嘲……笙箫夹鼓琴瑟间钟，那点儿风尘气不仅与低俗无涉，反而成了意味无穷的暗示，其审美效果在张力中对比上升……

如果代价不构成负担，男人多少都有些救风尘的侠气，谁不喜欢充当拯救者呢？艾琳常常在支瑾面前嘲笑男人的自以为是，一边嘲笑一边又无比真实地喜欢他们，为他们受伤——弄不清到底谁上了谁的当。尹健国会如何反应？这么久都没有回短信，艾琳已经看了几次手机，后来索性把手机放在桌上，盯着。

支瑾正暗笑，手机滴的一声，艾琳立刻抓起来，读后闷笑，递给支瑾看。

还记得紫雪糕！想不起上次聚会时你的模样，脑子里还是你原来的样子。

支瑾摩挲着自己的胳膊笑，“这一身鸡皮疙瘩！”

艾琳连连拍着桌子沿，“快说，快说，怎么回？啊，怎么回？”

支瑾慢慢呷了口芬芳却微微发涩的玫瑰茶，笑道：“顺着往下说——调情的路数，你还用得着我教？”

艾琳嗲声说：“人家一动真情就蒙了嘛，智商归零——怎么顺着说嘛？”

支瑾差点儿把茶喷到艾琳脸上，扯了张纸巾擦完嘴，略想了想，故作抒情状念：“原来的样子，太遥远了，我自己都忘了，能告诉我吗？”

艾琳边听边记，发出短信，抬眼对支瑾说：“你才是高手啊！”

这次尹健国回得很快。

单纯，青涩。

艾琳和支瑾同声大笑，又同时迅速抑制了音量，相对伏在桌沿上抽动肩膀，艾琳的手伸过来，笑得一哽一哽地推着支瑾问：“这可怎么回啊？”

支瑾摆手，这招架不了——尹健国的短信又发过来了。艾琳低头看后，眼睛发亮地望着支瑾，“他约我中午吃饭！”

艾琳回短信时的神情，倒真像坠入爱河的女人了，欢喜得带着蠢相。支瑾冲她做了个 OK 的手势，抓起包闪人。艾琳伸手拦她，“你干吗——”

支瑾戳了她的头一下，“你不是告诉人家，你一个人吗？”

艾琳傻傻地笑了，站起来，抱着支瑾，轻声说：“亲爱的，我好幸福好幸福！”

支瑾推开了她温软多肉的身子，有一点羡妒的酸在腐蚀支瑾的宽容，她半是鄙夷半是怀疑地挖苦道：“有那么幸福吗？”

艾琳丝毫没有察觉支瑾的刻毒，笑着说：“有啊！你忘了我的名言，每一次都怀抱着初恋般的真诚开始！所以，很幸福！”

支瑾的手机响了，看看是北京的号码，知道周志伟平安到达了，她朝艾琳挥挥手，边接电话边朝外走。

4

大概是听到了周志伟打电话的声音，小田从办公室隔子板背后露出半张脸——那一半被长长的刘海挡下了，“回来了！”

她说完一笑，抬手撩了一下头发，可丝毫无意将那头发撩上去，还是任它盖着眼睛和半侧脸庞。脸上又没有疤痕胎记，干吗用头发盖着脸？对生于 1983 年的小田，周志伟的理解是有边界的，小田的刘海就在边界之外。

即使把头发撩开，小田也算不上十分漂亮，唯一难得的是她的笑，如逢花开，如瞻岁新，那笑容把五官的线条都改柔和了，连肤色都提亮了。

在公司难得见这么一张脸。也许那些女同事不得不在北京没正形的风沙里奔跑，脸木木地迎着风沙的那份焦灼与愁苦，透过皮肤变成了肌肉的记忆，洗不掉，忘不了，再雪白细腻脂光粉艳的皮肤，搭上这样的表情底色，也都跟着黯淡了。

不过，小田的笑靥，似乎只为周志伟一个人明媚。另一个隔子里，大刘边穿外套边叫：“田儿，吃饭去？”

小田转过去，脸上的笑还在，却不再明媚，像玻璃反光，“刘老师，我不吃。”

大刘走过来，拍了拍坐在电脑椅上的周志伟。周志伟忙说：“飞机上吃过了。”

大刘问：“拿下了？”

周志伟点点头。大刘的手握成了拳头，照他肩窝敲了一拳，“你得请客！”

周志伟笑道："没问题。"他调整了电脑椅的角度，正对着伏在隔板上的小田，"不吃饭怎么行？身体会搞坏的……"

小田回身抓了盒酸奶，冲周志伟摇了摇，又笑了，笑得周志伟心神一荡。他把目光挪开了。午餐时间，办公室里只剩了他们两个，两个人一时都没说话，不知道谁的办公桌上的电脑响起QQ的提示音，砰砰的敲门声似的。在林立的高楼间穿行的阳光，千回百转地射在了宝蓝色的隔子板上，斜斜地画出一块平行四边形的光影。

四边形里出现了一簇晃动翻卷的黑，那是小田的裙影。她挪了过来，站在隔子口，手里还握着那盒酸奶，略微扭动身子，千层糕似的咖啡色短裙上坠着累累的奶油色蕾丝花边，她亭亭地立在那杯"花式咖啡"里问："想什么呢？"

周志伟脑子本是一片空白，可不知为什么，被小田一问，思绪却落在了离家前与妻子的对话上。他好像是把那个故事讲完了，可似乎又没有讲完。不充分的感觉闷着他，胸口有一股气在鼓荡，寻不到出口——心脏被那股气充得胀起来，有种怪异的却不无快感的钝痛。

小田踢了一下他的椅子，周志伟的话头也被她踢开了，他开始用相同的开头讲述他的初恋故事。

周志伟刚开了个头，办公室陆续就有人回来了，他放低的声音里有了丝紧张，几乎想立刻停下来，可小田目光里有一种哀伤的央求，他只得讲下去，"……半山腰那儿有个老龙潭……

一张粉黛俨然的脸出现在小田的肩上，那是肖丽，她意味深长地笑着加入，成为听众。周志伟与小田默契地交换了目光，他几乎没有停顿，"云台山就是有水，北方的山有水的不多，云台山这点儿就难得，有峡谷，还有很多瀑布，潭水……"

"周工啊，你不要光说说呀，组织大家去一趟嘛！"肖丽近乎揉搓地搂着小田，嗲嗲地笑道，眼波横流。

小田有些烦躁地挣脱了肖丽的搂抱，退到周志伟的隔子里面来了。周志伟从小田微微蹙起的眉头上，感受到一丝尖锐的焦灼与痛楚。他不知道自己的目光里是不是流露出了心疼的神色，肖丽脸上的笑变得暧昧，带着份心照不宣的嘲讽。他立刻收敛心神，笑着说："组织大家那是领导的事儿，带你一个人去，我倒可以考虑!"

"好啊好啊，说话算数!"肖丽笑得花枝乱颤，却丝毫没有走的意思，周志伟的话题也就从云台山上下不来了。

小田揭开了那盒酸奶，探手从自己桌上拿过一把折叠小勺，开始吃。

远远有人叫肖丽接电话，肖丽才悻悻地走了。

隔子里的两个人落进了瞬间的真空，小田低头看着手里的酸奶盒，轻声问："后来呢?"

周志伟的讲述里忽然有了颇具感染力的忧伤，他似乎想用那忧伤去抚慰小田，被强势的、粗暴的、冷酷无情的力量肆无忌惮伤害的感觉，他懂。

小田站得离他很近，他能闻到一股玫瑰的气味。妻子身上的香水清冽强大，浩浩荡荡吞没了一切其他气味，不像此刻小田身上的玫瑰香，从周遭一切气味的夹缝里钻出来，钻进他的鼻息里去，甜美而柔弱。

周志伟自觉地删了在巴基斯坦看黄碟的段落，大风刚在他的讲述中刮起来，部门经理余浩连声叫着周志伟的名字一阵风地闯进办公室来。

"你老兄可以呀，回来不找我报到，先在这儿跟美女起腻……"

小田在余浩走过来之前就闪回到自己的隔子里了，余浩堵在周志伟的隔子口，嚷嚷完了，又奉送给小田一串豪爽的笑声。

小田略带羞涩地一笑，消失在隔子板后面。

周志伟站起来，从公文包里抽出中标合同，啪地拍在余浩的胸口，"不是怕打扰你老人家用午膳嘛!"

余浩左手按住胸口上的档案袋，右手点着周志伟，声音低了，情绪却没低，“我就知道得你去！你的老根据地嘛！晚上还‘湘西往事’，把你摁酒杯里好好洗洗！”他凑近拍隔子板，“田儿，你也去，啊？”

小田站起来，没说话，笑着看周志伟。

周志伟忙说：“改天改天，连着两天飞来飞去的，没战斗力！”

“I see！I see!”余浩的右手做了几个上下翻飞的手势，笑道：“你们家那位舞蹈家，肯定累着你了！”

周志伟“嘁”了一声，把余浩从自己隔子里推了出去。

两个人隔着隔子板站着了，小田一脸平静，那平静是层半透明的薄膜，一碰就破，里面包着兜儿随时准备四散流淌的委屈，“讲吧……”

“讲到哪儿了？想想……”

办公室嘈杂起来，嗡嗡的到处是人声，肖丽标志性的笑声从另一角爆出来，烟花似的升向办公室的天花板，大刘吃完饭回来了，远远地丢了声：“姐姐！您这笑——杀人于无形!”

周志伟的故事在众声喧哗中走向了命定的结局，小田抬手撩了一下头发，也许因为用力，那头发竟然在她的耳朵上方停留了一会儿，周志伟终于获得了对小田脸型的完整概念，那是满月一样的圆脸，晶莹饱满，眼睛却是狭长的月牙，密密的睫毛半垂着抖动。她终于抬起了眼帘，“你，你一直还爱着她，对吗？”

周志伟愣了一下，这问题与他的故事衔接得十分自然，符合逻辑，可他却敏锐地嗅到了藏在这问题后面的某种危险……他沉默了。

柔和的电铃声在办公室里响起来，提醒上班时间要到了。铃声仿佛震落了小田暂栖在耳廓上的刘海，那满月的脸又被头发削去了一半。

大家纷纷离座去打卡机那儿打卡，小田从眼前离开了一会儿，周志伟才清醒过来，也去打卡。回来的时候，他犹豫了一下，还是在小田的隔子口站下了。

小田低头坐在桌子前，手指拨弄酸奶盒大小的一盆多肉植物，婴儿手指一样的绿绿的一簇，刺也不大像刺，成了黄色绒毛，间或缀着有星星点点的红色，不知道是花蕾还是别的什么。周志伟察觉小田鼻息很重地吸了一下鼻子，他心里一顿，低声说："想什么呢？"

小田受惊似的猛一抬头，看见是他，笑了笑，那笑是白色的，没有光泽，也不透明，乌嘟嘟的面纱一样。小田说："想北京的'两限房'呢！满三十岁，单身，按揭要首付，每月得还贷……"说着又笑了。

有些什么从那白面纱一样的笑后面透了出来，混沌不清的，有几分哀矜，似乎还有几分没有方向感的嘲讽……有人从周志伟背后走过，他赶忙说："给大亚湾的那几张图，该晒出来了，你催一下。"

小田应了一声，抓起电话。周志伟回到了自己位子上，小田在跟晒图室的人通电话，细细的声音轻快地在他耳边跳，宝蓝色的隔子板上，那块阳光投下的四边形的角，变得更尖锐了些，光柱里有无数灰尘在飞舞，一种极度的空虚从身体最深处弥漫出来，他感觉整个人都涣散成了午后阳光里飞舞的灰尘，毫无意义毫无目的——为什么要讲那个初恋故事呢？

5

"你说，他为什么要给我讲他的初恋呢？"支瑾伏在松软的枕头上，声音有些被闷住了，不大清晰。

"嗯……"崔嵬含混地应了声，嘴唇继续在她光滑的脊背上移动，她的肩胛骨抖动了一下。午后的阳光从金红色的纱帘后透进来，在支瑾的皮肤上涂了一层蜜色，崔嵬用舌尖去舔那层蜜。

他的手环在她的身前，能感觉到细小的惊栗在她皮肤上出现，看不见的风暴正在她身体深处生成，起伏的小腹只是蝴蝶轻轻扇动的翅膀。

支瑾是那种质地绵密鲜花着锦的女人，耐得住把玩又需要细细把玩，她会有层出不穷的细节上的好处等着你领略……崔嵬从侧面拥着她，觉得她足够纤细；可把她铺展在自己身下，又觉得她足够丰腴……

崔嵬在她胸口留下一个深吻，直起半身，脱掉了身上的T恤，也就这不到一秒钟的停顿，支瑾就从方才的迷醉中清醒了。当他从T恤中掏出脑袋，发现枕上的支瑾睁着眼睛，看着他，"他为什么……"

崔嵬知道必须谈话了。他跳下床，从门厅处的小吧台上抓了瓶矿泉水，顺便在宾馆墙上的镜子里打量了一下自己的裸体。

他们身处的这座建筑物，也像男性生殖崇拜的图腾似的，在这个城市边缘矗立着，他们又在二十几层，窗外就是天，崔嵬为了支瑾的情绪才拉上了金红色的纱帘，支瑾不喜欢强烈的光线——良家妇女的标志。崔嵬很清楚，与良家妇女上床的代价之一，就是必须承担谈话的义务。

在他开始舔舐支瑾皮肤身上的蜜色之前，他已经心不在焉地听完了支瑾转述的周志伟的初恋故事。崔嵬能感觉到，周志伟的故事，带给了支瑾巨大的不安，而她自己却没意识到，她认为自己只是有些困惑——她不知道自己是在恐惧。

崔嵬自然不会去戳破那层被遮蔽的恐惧，他有些怜惜地望着靠着床头的支瑾，她拉起雪白的被子搭住身体，遮光布做的外窗帘堆在窗边，床头全在阴影里，支瑾的脸躲在里面，伶仃的下巴和脖子却暴露在金红色的光线里。

"有点儿——难过？"崔嵬喝了口水，踱过来，坐在床边。

"我不是吃醋——真不是，我——"那金红光线里的下巴随着这话在抖动。

崔嵬的手端住了那下巴，"也许你该吃醋——"

支瑾脸上有了戚容，崔嵬心里的怜惜更浓重了。支瑾这样的女人，最容易让人产生悲剧感。花团锦簇的天性，不知道被什么拘住了，只能在极小的空间里翻转，像万花筒里那些色彩的碎片，在黑暗的小筒里繁复地拼凑着虚幻的图案花卉——这种繁复和变幻并不是真正的丰富，恰恰相反，她精神基调是简单甚至乏味的——一腔无处着落的怨主宰了一切，好的只是细节，聪明也落在小处。可这些对崔嵬的需要来说有什么妨碍呢？明白筒子的形状，丝毫不妨碍朝里窥视带来的视觉愉悦。

支瑾知道了会伤心的——崔嵬松开了端着支瑾下巴的手，疼爱地摸了摸支瑾的脸——话又说回来，失去他目光的抚摸，那筒中万花岂不更加悲凉？

崔嵬笑得很温柔，"他讲这个故事——也许应该说他编这个故事的目的，可能就是为了让你吃醋。"

作为一个男人，崔嵬很容易解读出那个讲故事的男人对妻子的巨大不满——不是一般意义上的不满意，而是一种彻底的否定。这种伤人心戳人肺的判断，崔嵬不能说，说了估计支瑾就彻底没情绪了。

支瑾没说话，忧郁地想着什么。崔嵬在心里叹了口气，支瑾这样的女人，经常要在面霜粉底防晒霜湿粉干粉定妆粉之外，还要涂一层忧郁，认定那是自身美不可或缺的组成部分。可惜她们自顾自的忧郁与周遭的环境混搭在一起，就会出现喜剧性效果，譬如此刻，譬如崔嵬决定勾引她的那一刻……

认识支瑾是因为朋友的朋友出书开研讨会，崔嵬去捧场说好话，完了吃饭，饭局上有支瑾。她跟出书人是一个系统的同事，她的同事又补充介绍说她是著名舞蹈家，支瑾有些羞恼地反驳，结果赢来了一大堆肉麻可笑措辞混乱的赞美。她无奈的笑笑，满眼忧郁，崔嵬又好笑又同情地看着她，决定勾引这个女人。

那天的情势对崔嵬有利，是个很容易让初识的人对他产生"光环效应"的场合，他也借势着实卖弄了一番。第二天崔嵬约支瑾去看画展，支瑾先把调色盘打翻在了自己身上——没关系，反正衣服是要脱掉的——这种妆扮上的失措，无疑是因为内心的慌乱，崔嵬需要她慌乱。

她的慌乱在他吻过她之后，反而消失了，她偎在他怀里，略带忧郁地回忆那天晚上，“……你说搞创作的人是去迎受痛苦，而你是上学毕业当教授，专门讲授别人的痛苦。我觉得你说得真好，搞创作的人内心都有无法痊愈的伤口……”

崔嵬已经揽她在床，虽还未宽衣解带，沸腾的身体也快把衣服顶破了，可怀里的女人清清冷冷像首宋诗——不仅沉郁，还要说理！崔嵬最难克制的倒不是欲望，而是要爆出来的笑。他埋头在她的头发里，嗅着薰衣草的香气，镇定下来，然后抬起脸来，“那不是我的话，是克尔凯郭尔的，他写了本很有名的书——”

看见她眼睛中被“名著”引出的期待，崔嵬立刻又把脸埋进了头发，压下了那阵笑，然后凑到她耳边上说：“《勾引家日记》。”

她动了一下，似乎想把脸扭过来，好听清楚他说话，崔嵬的手按住了她的肩膀，没让她动，自己把脸挪到了她的上方，“勾引家——”

支瑾嘴边终于浮出了一丝会意的微笑，崔嵬不失时机地吻她，同时将那色彩混乱的衣服从她身上扫荡了，手过处，她的身体一阵一阵剧烈的颤抖，实在是可爱极了。

今天不能再求助克尔凯郭尔，崔嵬想了想，决定求助路遥和弗洛伊德。

“其实很简单——”崔嵬站了起来，赤着脚也赤着身子，握着一瓶矿泉水在地毯上踱来踱去，他言简意赅地分析了城乡二元结构对几代人心理构造的影响，周志伟和支瑾之间的差异与矛盾，有着深刻的社会文化背景，周志伟有着所有“进城后的高加林”都有的自卑情结，别人毫无感觉的事情，可能就会对他造成刺激。这种负面情绪在无意识中反复积淀，总是要寻求宣泄的，梦，或者白日梦，就是编故事，都是一种宣泄。支瑾做得很好，用一种宽容和理解承受了他的宣泄，当然可以做得更好——在宽容和理解的大基调上，稍稍表示一点点醋意，那对他的心理疏导就非常完美了。

支瑾扑哧笑了，“你这戏码技术含量也太高了，我来不了！”

崔嵬知道他的分析恢复了支瑾被那故事动摇了的自信——他们夫妻相处的情形，支瑾不说，崔嵬也猜得出，举案齐眉那点儿小聪明，她还是有的。他把矿泉水瓶子放在床头矮柜上，坏笑道：“你什么来不了?!”

他掀开被子上床。他的身子凉，支瑾被被子捂得温软的身体碰上却在发烫，他不觉起了层愉悦的鸡皮疙瘩。他把支瑾揽在了自己的胸口上，抚摸着她的背说，“我知道你做得很好——如果说他真的在你面前有无法克服的深层自卑，你也毫无办法——你总不能毁掉自己的优雅、曼妙，灵性，冰雪聪明……”

他一边嘴角淌蜜地说，一边把伏在他胸口的支瑾沿着他的身体向下推，“小弟”在清冷的空气中也跟着听了半天的道理，与支瑾一样，身子变得软哒哒的了，需要她用稍微温润热烈的方式召唤一下。

崔嵬满足地吁出口气，为了巩固得来不易的胜利果实，他怕疼似的吸了口气，坚持着又说了句，“情绪性的东西，过去就过去了，没必要——不安……”

6

太阳还没落，云开始变灰变厚，敛走了天空中明亮的光线，夕阳成了彩色铅笔涂出来的圆，淡淡的一团，没有润色没有光泽，红也红得局促不安，不知道是该再盘桓片刻，还是识趣地立刻消失，让位给已遥遥立于东边侧幕的新月。

下班了，同事在身后叫她一起去坐班车，站在窗前的支瑾忙回头，

“晚上我去我妈家，你们先走。”

办公室的门关上了，支瑾感觉脸上的笑还没消失，回头，太阳消失了，西天上灰白的云在缓慢地流淌。

支瑾觉得有些累，她坐回到办公桌前——崔嵬太能折腾了。支瑾的嘴边浮出一丝笑，一眼从桌上的小镜子里看到了，又觉得自己笑得莫名其妙。她不是艾琳，天真到这般时候，还能“怀抱初恋般的真诚”去感受“幸福”……镜子里的支瑾笑意更深了，她摇散头发，仿佛要把那笑从脸上摇掉。

镜子里的她风鬟雾鬓，脸上散着不少蜷曲的发丝，笑纹却还在，可笑吗？

是很可笑。早上因为要送周志伟，请假没去上班，莫名其妙听了他的初恋故事；然后被艾琳拉着瞎聊，替艾琳聊出了来第 N 次初恋；从“湖畔”出来竟有些失魂落魄的，打电话约崔嵬，难得他有空，立刻出现，打点出那么多好话供她享用；翻云覆雨之后再人面桃花的出现在办公室，同事自然拿老公回家开她玩笑，说笑着到下班——就这样过完了一天……

支瑾从抽屉里摸出把小巧的鱼形紫檀木梳，握着慢慢梳理短发，理顺了，拿那鱼背温和的弧形靠在腮上。镜中人脸上的笑此时落尽了，显出法相庄严的忧郁。

自己的每一天都让自己失望，她仿佛永远等在混乱的后台，不知道命运何时通知她上场——工作是维持生存，丈夫是敷衍现实，崔嵬是聊慰寂寞……她真正的人生什么时候开始呢？有什么是她长久的可以持续不断去信靠的呢？

一日复一日的失望叠加至死亡，就是她全部的人生——她的人生一眼就看到头了，一眼看到头的人生还值得过吗？什么样的人生是值得过的呢？

这是个让人疯狂的问题——支瑾其实无力真的跟这个问题纠缠，她不过偶尔拽着这个问题从让人窒息的庸常中探出头，呼吸一口冰冷荒凉的虚无，然后呛咳着又坠回暖烘烘的庸常中来了。她若被人发现长久地挂在这个问题上，好心人多半会建议她去看心理医生了。

她把梳子丢回到抽屉里——罢了，用母亲的话说，胡思乱想耽误瞌睡——她弯腰从办公桌下面抽出崔嵬带给她的一提淮山药，拎着回娘家吃晚饭了。

7

北京五环外，沃尔玛超市的二楼拐角处，“呷哺呷哺”店门外，周志伟和柳洁拿着号牌在等位子，前面还有二十多个号，周志伟叹了口气，吊在他胳膊里的柳洁把脸埋在他怀里，偷偷抿嘴笑了。

柳洁今天不想做饭。平日她喜欢亲手喂饱周志伟，就像喜欢喂饱阿乖。

阿乖是柳洁捡来的一只猫，捡到它时眼睛还没睁开，趴在一个装汉堡的盒子里，盒子被丢在地铁站外的垃圾箱上。如今阿乖被柳洁喂成了现实版的加菲猫，肥胖的身体披着蓬松的黄白长毛，除了吃东西，就是在柳洁的屋里找个舒服地儿打瞌睡。周志伟在柳洁的屋里和阿乖一样，除了吃饭就是睡觉。不同的是，阿乖被柳洁喂饱了，再也不会离开，而周志伟被柳洁喂饱了，还会离开。

柳洁喜欢阿乖吃她准备的猪肝泡馍时发出的满足的呜呜声，也喜欢周志伟酣畅淋漓地吃完她做的一大碗捞面条之后，从皮肉底里滋溢出的满足的光泽。

那一点油腻与汗意，让柳洁觉得可亲，她宁肯他一直是这样的。可她偏又喜欢他那身上那种冷冷的洁净的气息，那气息属于名称由字母组成且含义不明的写字楼，那气息是银灰色的，泛着金属的光。

感觉过去了好久，像上辈子的事，其实还不到三年，18 岁的柳洁还是那家山西小馆的服务生，周志伟去他们店里吃面，她端面的时候听到周志伟在用家乡话打电话——他们应该是老乡。

柳洁等周志伟挂了电话，问了他一声，周志伟点头笑了，露出两排大而白的牙齿。正是中午上客的时候，她没机会跟他多说，可是在他离开时，她的目光跟着他的背影，出店门，过天桥，一直跟到那座银灰色大厦的暗色玻璃门前。

周志伟又来了，还带了一男一女，柳洁的眼睛忍不住要往那边瞟，有一次跟那女孩子的目光撞了个正着，女孩子低头跟周志伟说了句什么，周志伟的眼光朝她扫过来，柳洁低头躲闪了。柳洁端着一大摞油腻腻的粗白大碗，偷眼看他们三个在笑——一定是笑她！柳洁当时气得噙了两眶眼泪。

不过那次柳洁也有收获，她听到那女孩叫他“周工”，听到那男人叫他“志伟”，柳洁就这样知道了自己心上人的名字。

他再来，柳洁抢着迎上去，把菜单摁在桌上，低声问：“周工，吃什么？”

周志伟惊诧得眉毛一抬，柳洁得意又调皮地说：“我还知道你的名字！”

以后点单的时候，他们总会攀谈几句，他们是“亲老乡”，一个县的，在千里之外遇上，这是什么样的缘分？！

柳洁的时间分成了两部分：周志伟出现的时间和等待周志伟出现的时间。她知道自己在做梦——做梦怎么了？谁敢说她就不能看到所有梦想都开花？不是因为梦想，她干嘛跑北京来吃苦受罪？

九零后的柳洁，勇于且善于行动。她能够想到的行动就是送周志伟一件礼物——所有的人都喜欢收到礼物，也都会喜欢送礼物的人。在柳洁的世界里，她的感受当然就是真理，而真理往往是简单的。

柳洁在那些大热天还穿着皮毛衣服的藏族人摆的地摊上，买了一只银鹰，柳洁觉得它与周志伟很配。可是柳洁买下那只银鹰后一个月，周志伟一直没来。那家山西小馆要重新装修，柳洁失去了工作，同时也失去了住处。

柳洁背着简单的行李，站在北京七月的烈日下，漫天飘着“同一世界，同一梦想”的小红旗，整个北京都在跟她一起燃烧。她踩着滚烫的过街天桥，在那些小红旗的呐喊声中，走到了对面那座银灰色的大厦前，她被门卫拦住了。柳洁准确地记住了周志伟的部门名称。门卫在打电话，柳洁不敢听，后背僵硬地对着门卫，执拗地盯着那两扇弧形的暗色玻璃门——过了不知有多久，那两扇门——不只那两扇门，一切都像被施了魔法一样向旁边闪开，周志伟从沉沉无光的所在，走到白花花的日头底下了。

柳洁的眼泪一下就出来了，她开始哭，喉头胸腔剧烈地疼，眼泪里的盐分烧灼着脸上的皮肤——她哭着把手里握着的那只银鹰递了过去……

柳洁甜蜜地想着他第一次拍着她的背安慰她时的感觉——阿乖跑过来蹭她的腿，柳洁知道阿乖饿了。本来今天轮休，她照例会好好做顿饭——可她今天没有喂阿乖，也没有喂自己——因为周志伟回家了。

周志伟昨天回家，也不知道今天会不会回来——她不能打电话……

周志伟是已婚男人，是柳洁买那只银鹰之前就知道的事。周志伟不可能跟她结婚，是他帮她找到住处她哭着求他留下时就知道的事。周志伟真的不可能跟她结婚，是她无意间在他手机里看到一张支瑾的照片之后知道的事。

对于柳洁来说，周志伟是个庞大而复杂的世界，可除了他对她喜爱的程度，柳洁对别的也没什么兴趣。周志伟是喜欢她的，他对她有无数的昵称，黑黑——她有些黑，胖丫儿、猪猪——她浑身肉乎乎的，当然最多的还是“乖”。

“乖，离开你我就饿！哪儿都饿，啥都填不饱！”周志伟说这样的话，柳洁心里闪闪烁烁的小火苗就遇上了风，被蛊惑得摇曳蓬勃起来——也许，也许……她会奋斗，会努力，不抛弃，不放弃，柳洁 20 岁的世界里，一切皆有可能！

房间里光线暗得只能模糊看见家具的轮廓，柳洁嘟着嘴坐在黑暗里，阿乖蹭了半天，喵了声发泄不满，无聊地在屋子里东扒西扒的，一会儿推着什么推到柳洁的光脚上，柳洁捡起来发现是那只银鹰——周志伟当然不会戴这种东西，柳洁现在知道她当初买的这个礼物有多可笑了。虽然可笑，搬了两回家后找不见了，她还是有点儿心疼——那是她的吉祥物。

握着失而复得的吉祥物，柳洁心里火在烧——周志伟回来了！他在客厅里与合租这套两居室的另一对夫妻寒暄，柳洁没有动，等着周志伟摸黑进屋。

周志伟轻手关门，丢下了包，一下就把坐着的柳洁扑倒在床上，搂起她的毛衣，捧着那对饱胀得像柳洁一样嘟着嘴的乳房，舔嘴咂舌地吃了个痛快。

柳洁扯起毛衣捂在自己的嘴上，客厅里毕竟有别人——等周志伟结束，起身穿衣服，柳洁发现右手一直握着自己的“吉祥物”。

也许是“吉祥物”给了柳洁勇气，她带着委屈跪在床上扒着周志伟的肩，要他带她去吃“呷哺呷哺”。周志伟顺势把她像抱孩子似的揽在怀里，柳洁意外地发现他也像在哪儿受了委屈，一脸的不高兴——他说，密密麻麻一排几十个人，像上晚自习似的守着一张巨狭长的台子吃小火锅，傻不傻？

为了上这个“晚自习”，还要等如此久，更傻了，可他还是为她傻了——柳洁很开心。她低头挨个儿叼着周志伟的手指头玩，周志伟咬她耳朵说："你再玩儿可就吃不成了——第六套广播体操，再做一遍！"

柳洁闷笑，周志伟忽然说："坏了，乖，没吃药吧？"

柳洁的脸还在他怀里，朝上看着他的下巴上的胡茬，"哦，药没了。"

周志伟把她拉出来站好，自己跑出去买药。柳洁有些怔怔的，不是生气也不是难过，就是觉得身上有些凉。她吃避孕药有反应，恶心头晕，可周志伟不喜欢套子，没办法。药买回来了，他还多买了一盒事后吃的。

柳洁把药收进了包里，手臂又吊上了周志伟的胳膊，晃着身子，"我知道你不是真喜欢我这样儿的——我不管，你要我一天，我就跟你一天！"

周志伟跟着她晃，"那我真喜欢什么样儿的？"

柳洁把脸埋进了他怀里，瓮声说："支瑾那样的——我就是你的玩具！"

周志伟笑起来，"不是玩具——是玩物——"他忽然觉得不对，柳洁竟突然在他怀里哭起来了。他捧起她的脸，噘起嘴朝她嘘嘘，总算把她的哭声嘘成了哽咽，他低声说："开玩笑呢！以前还说一次多少钱，要记账，都没恼，怎么啦？"

柳洁的嘴又瘪起来，周志伟一把揽她入怀，"我就喜欢你这样的——真的，很早以前就喜欢，我初恋的女孩子，就像你这样……"

负责叫座的女店员扯着沙哑的嗓子叫："239号两位，239号在吗？"

"在呢！"柳洁从周志伟的怀里探出头，高声应着，拉起周志伟直奔空位。

周志伟把自己塞进小小的圆形吧台椅，虽然伸胳膊幅度大点儿就会碰到邻座，可大家都自顾自地跟同来的人说话，大声小声随意，也有独自埋头吃的，如此的拥挤嘈杂，反倒成就了栖身其间者异样的独立与安静。

柳洁在点菜单上勾着，“要沙茶酱吧——接着说嘛!”

“说什么？麻酱，我要麻酱调料，谢谢。”周志伟好像忘了刚才的话茬。

“初恋啊!”柳洁把圈定的单子交给台子里的服务生，扭头看着周志伟。

周志伟脸上的笑很复杂，说不清楚是高兴还是难过，可他的确是在笑，笑着说：“我的初恋就是你!”

柳洁把脸逼过去，顶着他的鼻尖向后逼。柳洁知道他没有躲闪的空间，再躲就靠到邻座女孩子的身上了，他只能投降。

周志伟的初恋故事单纯得约等于无。柳洁追着问，那个很像自己的十八岁的留在老家村子里的女孩，如果没有主动终止与他的通信，如果不急着二十岁时就嫁人，如果她一直等下去，如果她始终追在他身边，他又如何？

周志伟躲闪地笑，“人生不能假设……”

柳洁不依不饶，“如果她一直很爱你很爱你，你会娶她吗？”

周志伟夹起一筷子肥牛，放在料碗里，他似乎被触动了心事，表情有些沉重，柳洁又追着问了句，周志伟叹了口气，说：“当时我要有现在的想法，肯定会。”

柳洁惊喜地叫道：“真的？!”

周志伟朝她苦笑了一下，“真的——那样的话，我可能活得更踏实，简单，快乐——像我这样的庸人，都是后知后觉的……”

柳洁获得了肯定性答复后，敏锐地发现上来的青菜不是他们点的蒿子杆，而是水芹菜，忙着叫服务生来换，没在意他后面冗长的解释。

愉快的晚餐，吃剩的从锅里捞出来拎回家，阿乖闻到味儿就喵喵叫着迎过来，绊着周志伟的腿跑，他躲着怕踩到猫，又低声提醒柳洁，“药。”

柳洁内心笃定地朝他一笑，拿起水壶去烧开水了。

8

支瑾一进门，母亲劈头一句就是：“志伟呢？”

屋子里有炖牛肉的香气，厨房里油锅噼啪作响，一会儿炸鱼的香味也出来了。父亲在做拿手的干炸鱼块，支瑾抽了抽鼻子，一边换鞋一边说：“好香！”

“志伟呢？我问你话呢！昨儿我打电话时，你不是说志伟回……”母亲的声音焦躁起来。

支瑾轻描淡写地说：“上午的飞机，又回北京了！”说完她往屋里走。

母亲紧跟着她，声音低下来，却充满了晦暗的紧张，“怎么了？你们怎么了？吵架了——还是出，出什么事了？”

“能出什么事——”支瑾的声音有些失控，高而尖利，她自己听了也是一惊，扭脸看见母亲淤胀的脸上那让人可怜的恐惧，心一酸，口气软了下来，带着笑说，“老太太，您没写电视剧都可惜——你女婿给你的！”她说着把手里拎的淮山药塞给母亲。

母亲高高地拎着装山药的纸盒，一边朝厨房走，一边仔细看上面的文字。父亲端了炸鱼块出来，对支瑾说：“洗手，吃饭！”

支瑾看了看桌上的晚餐，西红柿炖牛腩，干炸鱼块，蒸排骨，糖醋里脊，香椿煎蛋，韭菜炒千张。母亲有严重的高血压，父亲有糖尿病，平时饮食控制都很严格，桌上这些东西，除了几根韭菜，没什么他们能吃的。父母对周志伟带着惶恐的重视，让支瑾陡然起了一阵悲愤。

支瑾勉强压下了偏激的情绪，洗了手，默默地帮母亲端熬得金黄的棒渣粥。终于坐下了，母亲歪头看支瑾的脸，“乖乖，你给妈说实话，是不是出事了？”

支瑾说：“没事儿。”

母亲的声调一下高起来，“事儿就在你脸上摆着呢！你让你爸看看……”

父亲告诫母亲：“血压。”

支瑾说：“我不高兴不是因为周志伟，是因为你们，你们看看，”她拿筷子点着桌子，“这是干什么呀？接驾呀？”

母亲的筷子也点过来，“不就几个家常菜吗？待女婿好我还有错了？不是为你，我认识他周志伟是谁？对你男人好你不高兴——这是什么理，你给我说说！”

支瑾的筷子收回到自己的碗里，一道一道地去划粥上凝的那层皮儿，嘟哝道：“什么男人男人的，难听死了！”

“周志伟不是你男人？我哪儿说错了？”母亲拿筷子点着支瑾，“你以为我不知道你成天想什么，我喂的狗我知道！周志伟就算再配不上你，他也是个男人，男人三十一枝花，女人三十豆腐渣，你现在就是豆腐渣，还是不怎么新鲜的豆腐渣！——再说人家哪点儿配不上你了？”

支瑾被母亲的话气笑了。当初支瑾与周志伟结婚，在周围人眼里还算是金童玉女十分般配的，支瑾以二十九岁的“高龄”还能觅得如此美满姻缘，不少人为她庆幸，尤其是母亲，只叹天可怜见。

对于女儿，母亲有一种带巫气的直觉，支瑾从来不跟母亲说自己的事，可什么都瞒不过母亲的眼睛。婚后周志伟不常跟支瑾回娘家，但每次来都做得亲热周全，不笑不开口，开口必叫爸妈。支瑾为了让母亲安心，也会格外对周志伟亲热些。母亲偏就能看得出他们之间无法克服的距离感，碰上母亲那无法自控的心疼而悲哀的目光，支瑾瞬间就丧失了表演的能力。

支瑾在婚姻中，并不像母亲理解的那么委屈，她眉梢眼底那点儿驱不散的忧郁，其实与周志伟关系不大。同样，他们的婚姻也不像母亲想象得那么脆弱与危险。支瑾对自己的掌控能力还是有信心的。

三年前，周志伟遇到一个很好的机会，跳槽去了北京，他们即将开始的两地分居生活，让母亲焦虑得血压骤升，住进了医院。戏剧性的是，他们俩的婚姻并没有像母亲预料的那样变得风雨飘摇可堪忧虑，反而通过一次又一次的分别小聚，回春了——对于支瑾来说，短时间内打点出精神来支应丈夫，总比白天黑夜在一起要容易些。

支瑾似乎比早些年更能体恤母亲，学会了报喜不报忧，时不时给母亲透露一些正面的信息，让她放心，在母亲面前也竭力要表现得快活些——有母亲，她就没有权力不幸。

可惜，支瑾是母亲“喂的狗”——她喂的狗她知道！这份“知道”常常让支瑾很无奈。母亲要的不是她的“汇报”，而是她真的幸福——真的幸福很难模拟。支瑾虽然常常露马脚，但总算展现了对婚姻的珍惜和积极的态度——母亲大概是从这个意义上，多少表现出了点儿欣慰。

母亲当然没有真的放心，遇到某些刺激——譬如今天周志伟没来，还会发作。支瑾的承受力比二十多岁时强大多了，母亲的难听话，她基本都能笑纳。父亲夹了一块炸鱼给低头喝粥的支瑾，缓声说：“吃鱼。”

母亲就着两根韭菜喝了口粥，又问：“志伟怎么在家一天都没停够呢？”

支瑾说：“单位还有事——”她抬头笑了一下，“周志伟今天给我讲了一件特别好玩儿的事……”

支瑾怀着斑衣戏彩的孝心，删繁就简地给父母亲讲了那个“消失的地址”的故事，她篡改了周志伟的口吻，一个让人怅惘的初恋故事，变成了对马虎粗心轶事的轻松笑谈。

支瑾感觉母亲的目光在一寸一寸地度量自己，定是在跟另一时空中的那个农村女子比较，比较的结果可能还令她比较满意，这个晚上母亲终于露出了一丝舒心的笑，转瞬忧虑的阴影又袭过来——果然，母亲说：“孩子的事，你们可得抓紧时间，也不想想都多大了……”

支瑾忙说：“正在努力！放心吧！”

母亲不能放心，又开始嘱咐，“不行去医院查一下，要是……”

父亲拦进来：“他们懂。”

母亲瞪父亲，“你这老头儿怎么不让我说话呢？我提醒一句多余吗？他们懂，他们什么都懂……你闺女她什么都不懂！周志伟话里有话她听出来了吗？他要是娶个农村女孩，不要说一个孩子，两个三个都有了，大的说不定都上中学了……”

父亲哭笑不得地说：“瞎胡联系！”

母亲的声调高上来，“我瞎胡联系？！……”

支瑾无助地看着餐桌对面的一把空椅子，母亲的脾气到底还是发起来了，父亲的劝解，每句都成了火上浇油。支瑾默默起身，端着碗筷进了厨房，丢在水池里，无意间低头，看见地上放着那提淮山药，包装盒上有一行红字，写着某某文化节纪念的字样，不觉脸一热，在心里骂崔嵬不说明，带累她丢人现眼。

客厅里母亲焦灼的声音猛地停止了，支瑾浑身一麻，她返身奔回客厅，面色煞白的父亲已经托不住母亲向下瘫滑的胖大身子，跟着倒在了地板上。

9

母亲去世了。

支瑾没想到，天塌地陷竟然是无声的，缓慢的，世界粉尘一样四散开来，她孤伶伶地被抛在一个没有声音没有色彩的空间里，时间融化变形，一线晶亮的金属溶液，滴在她的皮肤上，她迟钝地看着，时间一滴一滴地渗进她的身体里去了。神经末梢从皮肤里扎出来，变成了根根透明的尖刺，风拂过，皮肤上的尖刺铮铮的——不是真实的声音，是幻觉中的幻觉……

没人知道，支瑾的世界里正在发生什么。

烈日下，她站着看那些拿红绸扇的黑衣女子们起舞，音乐在耳边轰然而起，“唱支山歌给党听，我把党来比母亲……”

艾琳脸上遮着大墨镜，走到她的背后，递给她一瓶水，“结束吧，差不多了。”

支瑾的反应显得滞后，半天才点了点头，喝了两口水，等音乐停了，慢慢走到体育场中间，宣布彩排结束，“七一”那天正式演出。

艾琳发动车，“晚上尹健国请客，去吗？”

支瑾伸手关了空调，她受不了那冰冷的风，“不去，周志伟晚上走。这回跟尹健国时间不短，一百零三天了。”

这个时间数字带来了某种压迫性力量，艾琳落下了车窗，灼热浑浊的风吹得两个人头发狂飘，支瑾知道艾琳在墨镜后面看自己，她转开了脸。

母亲去世一百零三天，这些日子安慰她成了艾琳的任务，支瑾体恤艾琳的无能为力——面对这样的任务谁都无能为力，她很得体地表现出仿佛得到了安慰。

支瑾似乎太得体了——适度的悲伤，适量的眼泪，适时对关心的回馈，恰如其分地在工作上投入，她在完成一个角色，扮演一个痛失萱堂的成年女人。没人知道，支瑾在母亲倒地的瞬间，退化成了一个小女孩，在自己那片废墟上，怀抱着母亲的死讯，无处安放。

悲伤是一个太过简单也太过确定的词，支瑾心里的感觉更加复杂动荡——母亲的死一直滚烫滚烫的在她胸口捂着，她的身体被灼出了黑洞，浑身痛楚地感受着母亲死亡的瞬间——时时刻刻都是现在，母亲一个人在死，孤单，恐惧……

崔嵬为了安慰她，曾泪眼模糊地向支瑾说起他母亲的突然去世，“……这是人生的大苦，你我都逃不脱，只能等着时间来解决。时间久一些，我开始怀念她，我知道，我已经把她从我的生活里剔除了，放进了怀念里；再久一些，我开始写回忆母亲的文字，我知道，我已经把她遗忘了，回忆就是遗忘的一种方式……”

什么事崔嵬都能说得这么好——你我都逃不脱？毕竟你是你，我是我——任何寻求安慰的方法想到底都是自欺，支瑾宁肯自虐地独自厮守着母亲的死——她的自虐里透着无法言说的自责——如果那天她带周志伟回家了，母亲也许就不会死了；如果不讲周志伟的初恋，母亲可能也不会那么激动……

这些话，支瑾任对谁也不会说，说了，只会遭遇文不对题的反驳和安慰。奇怪的是，即使在她内心，支瑾也丝毫没有把这种归罪转嫁给周志伟——周志伟本人与这件事毫不相关——这是支瑾与母亲之间的债，外人插不进来。只是她不再从心里勉强自己敷衍周志伟了，他未必能从她外在的态度行为上看出来——支瑾除了态度略显迟钝与生硬外，倒也没什么大异，周志伟最近每月都回来两三次，勤谨地照顾着家和支瑾。

又是离家前夫妻相对的时刻，周志伟刚洗了碗的手还是湿淋淋的，他从纸巾盒里抽纸擦手，眼睛没看支瑾，嘴里问：“你，那个还没来？”

支瑾嗯了一声。

周志伟结巴起来，“三，三个月没来——你，你不会也怀孕——”他猛地咽下了话头，脸色发白地看着支瑾。

支瑾盯着周志伟，目光却是散的，她看不见他，也没来得及细想他那个不合逻辑内藏玄机的“也”字，她感觉那些时间的融液被“怀孕”这个词挟裹起的巨大力量逼着，迸出了她的身体，水银珠子般滚落一地，坐在废墟上的小女孩站了起来，她转身的瞬间长成了一个成熟丰满的女人，手放在自己隆起的腹上——是的，怀孕！她知道自己并未怀孕，是强刺激造成的闭经，她去看过中医——但她现在渴望怀孕——妈妈，你来做我的女儿吧！

她在心里喊了，人却在周志伟面前静得像块石头，缓慢地绽开一痕笑，她说：“我想要孩子……”

周志伟惊魂未定地胡乱点头，说：“啊，是……”

10

北上的夜行列车穿过不知名的城市，躺在中铺的周志伟感觉道边的灯光被车速扯成了飞剑，寒光一闪一闪，贴着头皮飞过去。火车终于驶出了城市，田野上的夜还是大块安稳的黑暗，他发紧的头皮渐渐放松，睡着了。

周志伟睡着了。他不在二十世纪八十年代撕裂灵魂的爱情故事里，也不在二十世纪九十年代伤筋动骨的情感实录里，在这个大气磅礴海纳百川的时代镇定自若的目光里，你我的什么事儿都不算事儿——老人总要死，孩子总要生，饮食男女，人之大欲，不值得讲述，没必要思考，周志伟当然不会大惊小怪地失去睡眠。

似乎还是有一些干扰，他未睡沉——支瑾语调缓慢地说："我想要……"柳洁哽咽着坚定地说："我一定要……"好啊，好啊，迷迷糊糊的周志伟温和地把她们的声音都从意识中打发走了——你要你的，我要我的——要知道这是个多么好的宽容和谐的时代……周志伟在窄窄的铺上翻了个身，勉强聚拢的意识被晃动的车厢摇散了，沙一样的睡眠或深或浅地埋住了他。

水流向下

1

改的男人死了有半年，改的儿子把改接到了城里。改去的那个城市不大，也不远，儿子这样给改说。改在儿子结婚的时候和男人去过一次，后来在男人有病的时候又和男人去过一次，改觉得那个城市很大，也很远。那个城市里有条河，那条河的源头就在改住了一辈子的山里。改在山里住了一辈子也不知道，这次，儿子在火车上告诉了改，改才知道。改听了心里一阵高兴，她说不清为啥高兴。高兴完了，改又有点儿难过，也说不清是为啥难过。可是火车到站了，儿子说妈咱该下车了。改也就没空儿难过了。

改到了儿子的家，按说也是改的家，可是改还没觉得是她的家。儿子的新家，改还是第一次来。改被那明晃晃的地弄得很怯气，怯气得眼里都噙了泪。改在心里骂自己没出息。儿媳妇在厨房做饭，改就到厨房门口看着儿媳妇做饭。儿媳妇说妈你坐沙发上看电视吧。改说我看看。儿媳妇笑笑，也没说什么。

儿子从幼儿园接回来了小孙女，一家人就吃饭。吃完饭，改被儿子媳妇安置在沙发上，和小孙女一块儿看电视。小孙女不停地按着遥控器，改一会儿就觉得眼晃得疼。她就不看电视，看两条辫子上绑满了花花绿绿皮筋的小孙女。这小闺女儿，长得真像她爸，她爸长得像改。改忍不住摸了摸孙女的头，小孙女拨浪了一下脑袋，改的手就收回来了。儿媳妇洗了几个苹果拿进来，看见了就说，娟娟，对奶奶要有礼貌。儿媳妇说了孩子，改心里有点不得劲。可是娟娟回头冲改一笑，甜甜地喊了声奶奶，你看，机器猫！改心里的不得劲就过去了，真去看电视里那个机器猫，改看不大懂，屏幕上像人又不像人的怪物一跳一跳的又喊又跑，改的眼受不了。儿媳妇削了一个苹果，切成小块放在盘子里，孙女盯着电视屏幕伸手拿了一块。儿子进来，看见就说娟娟，应该先给谁呀？小孙女被提醒了，她把送到嘴边的苹果很快递到了改的嘴边，改咬住了。儿子和儿媳妇都笑了起来，改也笑了，笑得眼里又有了泪，很甜的泪。

改坐在小孙女的旁边，儿子去了别的屋，媳妇在拖地。改起来，在卫生间的门口，看儿媳妇把拖把按在一个漏底带槽的铁桶里，拖把上的水就被挤干了。儿媳妇一抬头，身子猛一趔趄，笑着说妈，你吓我一跳！改有点儿不好意思地笑了，心里一下觉得儿媳妇很亲很亲，就跟自己的闺女一样亲。改说我看看。儿媳妇说妈，你去看电视，这有什么好看的？

改又坐在了沙发上，儿媳妇拖着客厅的地。儿媳妇开始嚷，娟娟，一看电视啥都忘了！小孙女扭着身子说奶奶来了，我今天不练了。儿媳妇笑着说人小鬼大，奶奶来了你也得练！说着放下拖把，拿起遥控器，说奶奶喜欢看戏，有个专门放唱戏的频道。儿媳妇一换频道，小孙女就被人狠掐了一把似的大叫起来，叫着叫着眼泪就出来了。改吓坏了，是因为改才让孩子哭的，改想抱着哄哄小孙女，小孙女手脚踢腾地哭叫着。儿子过来了，拎起哭叫的女儿进了里屋，儿子严厉的声音传出来，奶奶来了，你不练指法，没礼貌，你让奶奶怎么喜欢你？娟娟的哭声低了很多，哽咽着不说话了。改害怕儿子打小孙女，慌张着要站起来去拉。儿媳妇说没事，他不打孩子。改低声说才五岁个孩子……改咽住了，这话有些抱怨儿子媳妇的意思，改不能说。电视机里有了唱戏的，是二黄戏，改看不大懂，可儿媳妇一番好心，改只得很专注地看着电视屏幕。这时儿子出来了，对儿媳妇说你去看着她。儿媳妇就进去，一会儿里屋传来儿媳妇的声音，米米米发拉……儿子拿起遥控器换到了另一个频道，两个怪难看的男人脸对着脸说的都是改听不懂的话。改看见儿媳妇靠在客厅墙上的拖把，改过去学着儿媳妇的样子拖起了地，改拖得很小心，明晃晃的地就是这样拖出来的，改心里对那明晃晃的地一点也不怯气了。

改睡下来，有点儿睡不着。床太软，屋子太闷，窗户外头太亮，改盖的是自己从家里带来的被子，被子也太厚。还有，儿子，媳妇，小孙女，太好了，改因为这些，睡不着。睡不着就会想事情，可是改又不能清楚地想事，自己的男人，嫁到山下的俩闺女，都成了模糊的影子，碰到窗户玻璃，就散了。改心里一团一团棉絮一样的东西，飘过来荡过去，暖烘烘软绵绵的。改胖大的身子也跟着变得汗津津的了。改从结婚后就是光着身子和男人钻一条被筒子睡，又亲香又省衣裳。可是改今天没脱贴身的衣裳，外面还有电视的声音，儿子在看电视。儿媳妇领着孩子睡了，听不见儿媳妇脆生生的声音了。儿子是你怀胎十月生下的，你害得哪门子臊?！改在心里笑着骂了自己一句，就坐起来脱了衣裳。改掀起快耷拉到肚子上的俩大奶，用手抹了抹下面的汗。儿子上到小学三年级，进门还会撩起改的衣裳吃口奶！改带着笑躺下了，远远的好像有哗哗的水声，改不知道，那是环城路上赶夜路的大车经过的声音。改睡着了。改到儿子家的第一天就过去了。

楼前面有一片不大的草地，改觉得好可惜，好好的地不种菜种草。改对儿子说想在那里种点菜，儿子笑着说妈，可不敢，你要是破坏草地，小区物业要罚咱们钱呢。改就丢掉了种菜的想法，可是看见那块草地，改还是觉得好可惜。围着草地的是一些树，改来了有两个月，那树上就开满了一簇簇紫红的花，粉嫩嫩的，像自己家的小孙女一样好看的小花。改买菜回来，仰着头看上一阵，心里那股劲气美得说不出来。一楼是车库，有的家空着，租给别人开了牌场。改的男人打牌，纸牌麻将都打，改不打牌，改是嘴一份手一份的好女人，改不打牌，改也有点儿看不起那些打牌的女人。女人打牌家里过不好。

开牌场的是个干瘦的老婆儿，整天在牌场外的墙阴里坐着，乜斜着眼，一副谁也看不上的神气。改觉得那老婆儿和自己年纪差不多。改几次想和她说话，后来还是没说。那天改买了菜回来，走过牌场的时候，改终于开口了。改问她老嫂子，这花怪好看的，叫个啥名呀？那老婆儿正把细脖子上的松皮一揪老长，哑着喉咙说百日红。百日红，花好，名字也好，百日红，多好的名字啊。那老婆儿从头到脚打量了改，就把眼闭上了。

改说了声谢谢，这是改新学会的词，改经常用，用得很好。那老婆儿哼了一声，算是应了。改说老嫂子，你上火了吧？那老婆儿又哼了声，改就晃着胖大的身子走了。不过，改很快又回来了，手里端了个大碗，红水泡着团黑糊糊的东西。改喘着气说是烙馍烧焦沏的茶，放了白糖，喝下去治喉咙哑。那老婆儿将信将疑地喝下去，笑笑说像咖啡，又说，你知道咖啡吗？改说我知道，就是那个味道好极了！那老婆儿笑起来。改知道了老婆儿姓赵。改手里还拿着一包烙馍，让老赵自己烧了沏茶喝。改的手里还有枚拴着红线的大铜钱，改说老嫂子，我给你刮刮痧，包你当下就轻快。老赵说刮哪儿？改说后脖梗子下面。老赵就冲着墙，解开了两扣子，改就拿着铜钱给她刮。改说老嫂子，你可真能干，一个人开牌场。老赵说我谁也不指望，就指望自己！别看我一个老婆子，挣得比坐机关的儿子还多。改说老嫂子，你真有本事。老赵哑着喉咙笑得很得意，和改说了不少要强的话。

改嘴上不和老赵争，心里却感叹老赵没福啊，改可是要指望儿子媳妇的。儿子媳妇的日子并不宽裕，俩人都很仔细，自己的孩子知道过日子，改很欢喜。改尽全力要帮着儿子媳妇把日子过起来。改来了没几天，就觉出城里有一样真不好，要什么就一个字，买。改想，城里不种地，你买面，咋还买面条买馒头呢？买菜，怎么连萝卜干芥疙瘩丝也要买？改来了，家里吃的馒头面条，不用说再也不买了，各种咸菜也不买了，改做的可比买的好多了。改凭着本能的感觉，从自己家住的小区向西摸了不到三里地，改就看到了麦地。改满意地笑了。荠荠菜，面条棵，黄黄苗，从地里采来，摊煎饼溻菜馍蒸菜蟒随锅下糊涂面。改不光有了不要钱的季节性菜园，她还很快和附近菜市场里那些卖菜的混熟了。他们和改一样，也是从乡下来的。和他们混熟不难，改就多说了两句话——麦子供面呢，正要好天呢，天气预报有雨，可也没下。人在城里，操麦的心干啥？那就说说城里的好，城里的好说不完。有时候也说城里的不好，城里的不好一句话就说完了，啥都得要钱！

儿子吃改做的饭，那香的样子让改想笑。儿媳妇吃到新鲜的，也要惊讶欢喜半天，改也想笑。除了做饭，家里那些电器，教改怎么用，改就让儿子媳妇看着她用一遍，然后改就记住了怎么用。改想把笑都藏在心里，可要是儿媳妇夸她，改羞红的胖脸还是会被笑憋得一跳一跳的。现在，这个家是改的家了，儿子媳妇孙女都是改的孩子，改操持着家里的一切。儿媳妇说妈做的饭太好吃，去年的裙子都穿不上了。天不冷了，儿媳妇也起得早了，小区里有人在跳扇子舞，儿媳妇也去了，说要减肥。改就给娟娟穿起来吃饭，儿媳妇跳得脸红扑扑地回来了，对着儿子扭一扭腰说瘦了吗？改把一勺蛋羹喂进孙女的嘴里，装做没看见，在心里笑。儿子吃完饭送娟娟上幼儿园，改拿着书包水壶送到门口，娟娟在爸爸的肩头上大声喊奶奶别忘了！改也大声地回答忘不了！

儿媳妇匆忙喝了口粥，对着镜子朝脸上抹了半天，去上班了。家里安静下来，改坐下来，拿出针线笸箩，拣出一块褐色的布头，开始缝。改家住在六楼，天好的时候，太阳光从大窗户里照进来，屋里敞亮得都赶上改的心了。改坐在敞亮的家里，缝着那块褐色的布头。改拿裹了艾叶香药末的棉絮塞进去，用黑线缝上眼睛，一只壁虎就站在了改黑红的大手掌里。这是孙女交代她的事，改可不能马虎。改给孙女缝了只蝴蝶香袋挂在脖子里去了幼儿园，别说那些幼儿园的孩子，就是孙女的那些老师都稀罕得不得了。娟娟就夸口让奶奶给他们一人缝一个。改又缝了一只青蛙，一根顶花带刺的黄瓜，就收拾东西做饭了。儿子媳妇进家，正好吃饭。这样的日子，一天一天，改真是过不够！

下午的时候，改就拎着小凳子拿着笸箩，到老赵的牌场门口，缝着东西和老赵说话。太阳有些毒，改和老赵坐在楼阴里。老赵说他改婶，六楼也够你爬的。改抬起脸，看着太阳底下的那些百日红，说老嫂子，我是爬惯山的，这几层楼梯算个啥？老赵又说六楼到了夏天，热！改说晚上开开窗户，可风凉了。老赵看着在改的手里已经成型的一个南瓜香袋，说他改婶，你的手真巧！改笑笑，用黑红的手掌托着那个橘红的南瓜，满意地看着说这不算啥本事。老赵拿过那个南瓜香袋说街上卖的两块钱一个，也就是鸡心粽子样的，你这卖三块都得抢。改爱惜地把南瓜从老赵的手里拿过来，说这可不卖，这是给我们娟娟的。改看看天，说该抽火烧汤了。说着改收拾笸箩。老赵就笑，抽火烧汤？煤气管道咋抽？又不是灶火。你当还是在你们村呢？改也笑，说我知道，在这儿叫做晚饭。老赵又笑，改说土话老赵笑，改说新名词老赵笑得更厉害。可是改不怕老赵的笑，改觉得老赵的笑后面有眼气她的意思，虽然老赵从来没有说过，可是改知道。改背着夕阳走回家，胖大的身子，一走一晃，走得带劲，晃得快乐。路边的百日红依然红着，毒毒的日头晒得那花打了蔫，褪了色，风一过，簌簌地落了一地。

2

改想起儿子对她说过的那条河。改上两次来，一次慌张着办喜事，一次慌张着给男人看病，完了就搭车走了，改没看过那条河。那条河从东到西穿过这座城市，改的家在北郊。改每天只在小区周围打转，其他地方她还没去过，所以改没有看见那条河。

星期天，儿子媳妇孙女都在家，改对儿子说起老家的山。改说如今有人在山上炸石头，炸得水都瞅不着了，也不知道这儿的河里还有没有水。改说了一遍，儿子啊了一声，改又说了一遍，儿子说有水。改说也不知道水多不多？儿子说不多。改说我想也是。停了半天，儿子好像明白过来，说妈，你来了也没带你出去，等过了这一阵子，心静了，我们全家出去玩。

儿子的心不静！改埋怨自己太笨了，怎么没看出来儿子心里有事呢？

儿子的心事改不知道能不能问，改犹豫了半天，还是照常做饭去了。改用力揉着面团，揉得心上不着天下不着地忽悠忽悠地飘。改用力擀着面片，越使劲两条胳膊越酸。改咬牙用大擀面杖把一团面擀成了薄片，叠在案板上，改喘了口气，拿起刀，唰唰唰切成面条。改做的捞面条，鸡蛋豆腐萝卜丁的臊子，在凉水里一拔，泼上蒜汁，撒上芝麻盐，又香又利口。改盛好端上了桌，喊儿子媳妇和孙女吃饭。吃饭的时候，儿媳妇挑了一筷子，说妈，你打了几个鸡蛋？改说打了仨。儿媳妇说就咱四口，俩鸡蛋还不够？儿子看了媳妇一眼，没有说话，呼哧呼哧吃起了面条。改看看儿子，儿子没有看改，改顿了一下，说我记住了，下次打俩。

那天晚上，改在梦里听见了鸡子叫唤，改醒了，半夜，前面的楼上真的有鸡子在叫。改也想养几只鸡。改在家的时候，养了一群鸡，一只公鸡，十几只母鸡，改走了，那些鸡给了隔壁他大娘。外孙子老母鸡破棉袄，这是老太太的三件宝，改来了城里，把自己的宝都丢在了山里，那天晚上，改突然觉得心里空得很。

星期一早晨，儿媳妇没有起来去跳扇子舞。改给孙女穿衣梳头喂饭，送儿子和孙女出门，儿媳妇还在床上躺着。改站在卧室门口，张了张嘴，却没有喊出声。改出来，到卫生间，把泡在浴盆里那三口换下来的脏衣服捞到大盆里，端到阳台上，按上搓板，吭哧吭哧洗起来。洗衣机是洗床单被罩的，儿媳妇教改用洗衣机的时候就是这样说的。改也觉得三四口人的衣服，几把就搓出来了，何必费水费电费机器呢？改把衣服晾上，儿媳妇还没有起来。改突然想别是媳妇病了吧？改走到儿媳妇床边，发现儿媳妇在哭。改吓了一跳，孩子，出啥事了？你对妈说。改带着清洁的肥皂气味的手抹去儿媳妇脸上的泪。

儿媳妇没工作了。改又学了一个新词叫下岗。岗就是城市人的地，没了地就没了收成，没收成就没饭吃，改懂。改对儿媳妇说孩子，人只要肯干，总不会饿死。儿媳妇翻了个身，说妈，你不懂。我干了十年的办公室，又没文凭，啥都不会，也不年轻了……改说你总比妈年轻，妈都能跟你学会用这机器那机器，你啥学不会？儿媳妇抹着泪笑了一下，说妈你不懂。

儿媳妇也就只在家躺了一天，第二天就出门找工作去了。改又拎着凳子去了老赵那里，一边拆着孙女穿小了的一件毛衣，一边叹气。老赵看见改叹气，有些奇怪地问咋了，儿子媳妇给你气受了？改摇摇头，说孩子都是孝顺孩子，不会给我气受。改说老嫂子，你肯定知道啥叫下岗吧？老赵朝烟雾缭绕的牌场一努嘴，说这里头，一多半是下岗的。改看看那些趿拉着鞋抽着烟的打牌女人，吓得手里的活都停了，她好像看见自己的儿媳妇也变成了这样子。改呼地出了身汗。

改担心的事情并没有发生，儿媳妇找到了新工作。早上改又看见儿媳妇对着镜子抹上半天出门去了，改放心了。可是，有了新工作的儿媳妇，脸色很少放晴过。只要儿媳妇一进门，要不了多久，就能听见娟娟的哭声。儿媳妇一次拿着尺子敲娟娟的手，说花那么多钱，你学的什么?！改跑过来，用手护住孙女按在纸画的黑白键盘上的小手，尺子敲在改的手上，儿媳妇丢了尺子，自己关上门去哭。

晚上，改睡不着了。她听见儿子卧室里扑腾扑腾有动静，后来安静下来，客厅的灯就亮了。改穿上衣服起来，看见儿子坐在沙发上抽烟。儿子看见改，说妈，你咋又起来了？儿子的眼睛红红的全是血丝，改很心疼。改低声说你让着她点儿。儿子说妈，我知道，她也是心里憋屈。改说我也不敢问，你媳妇找了个啥工作，咋就整天没个笑模样呢？儿子叹口气说，卖保险，白天在外面给人家笑了一天，说好话求人，回来没气力笑了。

改又去请教老赵，啥是卖保险，老赵说得囫囵半片的，改还是不明白。改想咋会有人愿意花钱买自己不平安呢？改整天替儿媳妇发愁。果然，一个月过去了，儿媳妇没有挣到一分钱，因为没有完成任务。儿媳妇哭着说她跑了一个月，亲戚朋友都找遍了，还是差六千块钱的保费才到能拿底薪的线，下个月更没有指望了！还说公司要他们交三百块钱的培训费，考一个代理资格证。她不想干了。改包袱里还包着八百块钱，是给男人看病剩下的，男人没花完钱，就死了，现在，给儿子吧。改把儿子叫到屋里来，拿出钱给儿子。儿子耷拉着头，说妈，按说我不该拿你的钱。可是这个月实在过不去了，将近六百块钱的住房按揭贷款要还，水电费物业卫生费也要一百多，还有娟娟午休班特长班钢琴课的钱，家里四口人还要吃饭穿衣，我一个月的工资是九百六十块零一毛三。娟娟妈妈的关系转到了再就业中心，要等一段才能领到三百块钱的补助。儿子抬起了头，说妈，我等缓过来一定还你。改说，你还啥？你跟你亲娘算得清账吗?!

改不再下去找老赵了。改说不清是为啥，就是不想。改在六楼上看天，天很近，看被前面的楼挡了一半的街道，街道很远。远远的街道上，车嗖嗖地过人也嗖嗖地过，改想，当个城里人真不容易啊！是秋天了，太阳从大窗户里照进来，屋里还是很敞亮，儿媳妇也在家，窝在屋里不知道在干啥，改和儿媳妇一天也说不上几句话。这么敞亮的屋子，改觉得憋闷了。

改不去找老赵，老赵却来找改了。老赵进门就抱怨六楼爬得她快断气了。老赵坐下，说我给你家办件好事，你们可得请我。儿媳妇从卧室里出来了，她说赵婶，你给我们家办什么好事了？

老赵说的好事是要介绍改给一户人家当保姆。不是普通的人家，要人照顾的是个教授，病了，儿子在德国，女儿在省城。每个月人家愿意出五百块钱，管吃管住。听完老赵的话，儿媳妇没有说话，拿眼睛看着改。改说我得跟儿子商量商量。老赵说跟儿媳妇商量不一样？儿子不还得听媳妇的？这么好的条件，每个月净落五百块钱，上哪儿找这好事儿去？你们婆媳给我咬个牙印。我儿子和那教授的闺女是同学，他也是给人帮忙，凑巧今儿回来提起来，不然这好事也论不到你家了。

儿媳妇笑了一下，说赵婶，谢谢你。说实话，一个月五百块钱是不少，可我不能让我妈去。回头老家的人知道了，该说我容不下人，逼得婆子去给人家当保姆，我也担不起这名誉！再说，我们家也不多我妈一个人吃饭，好歹还有她儿子那千把块钱呢。富了富过，穷了穷过，啥日子都能过，是吧，妈？

改拉住儿媳妇的手说，孩子，你咋恁多心呢？改对老赵说，老嫂子，我愿意。但我得跟孩子们商量商量。

儿子更不同意了。改有些发愁地去找老赵，说老嫂子，你说我咋办呢？孩子是孝顺孩子，你帮我劝劝他们吧。老赵说他改婶，别人劝也没用，你儿子媳妇是死要面子活受罪！老赵的话不中听，可改觉得老赵说得对，改不愿意孩子受罪，可她也不能伤了孩子的脸面。改思来想去，可真作了难了。

中午吃饭的时候，改对儿子媳妇说，妈知道你们有孝心，孩子，走哪一山唱哪一山的歌，在城里，就不管那老家的事。老家地里的麦也没人给咱背到城里来，咱娘儿们只要心里亲，就不怕人家说！再说，咱不说，谁知道妈是伺候人去了？你们受点儿委屈，让妈去吧！

儿媳妇看了看儿子，没有说话，儿子有点儿心烦意乱地说妈，你让我再想想！儿子丢了半碗饭，坐到沙发上去抽烟。改心疼得眼圈都红了，坐在餐桌边站也站不起来。儿子抱着头，半天，用力哧喽了一下鼻子，还是低着头，拿烟的手伸到茶几上去摸纸桶，长长的烟灰哆嗦了一茶几。儿媳妇起身走到儿子身边，从纸桶里抽出纸来，塞到儿子手里，儿子响亮地擤了擤鼻子，把纸丢进垃圾桶里。儿媳妇又撕了一小片纸，把茶几玻璃面上的烟灰一下一下擦到了一堆。

3

改看到了儿子给她说的那条河。

教授的家就在河畔，一个大院，还有人站岗，进去前面是两栋高楼，和儿子住的那种差不多，后面有三排，一排三家，两层的小楼，带个小院。晚上，从改住的屋子的窗户里，能看到河堤上的灯。河堤最上面修得像城墙垛子似的，高一块低一块，那一长串的小红灯沿着河堤的轮廓高一段低一段，彻夜地亮着。改到教授家的第一夜，就站在窗前看灯，真好看，改看得眼泪下来了。

第二天改看清了那条河。河水几乎见了底，黑糊糊地淤在那儿。那条河其实只剩下了个河堤。一早一晚，河堤上总有卖东西的人。早上是推车的卖菜卖包子油馍胡辣汤，晚上是摆地摊的卖大人小孩衣裳卖各种叫不上名字颜色花哨会响会亮的东西。改早上出去买菜，晚上领着教授出去散步，这是教授女儿交代的。改还是一走一晃，可走得没那么带劲了，晃得也没那么快乐了。

教授的女儿还对改说，以前家里也找过保姆，是个小姑娘，那个小姑娘虐待教授，教授女儿还和她打了官司。

打官司让改很害怕，改就问教授的女儿，咋叫虐待？教授女儿说她不给教授吃饭，打教授，还把教授绑在床上自己看电视。改觉得那个小姑娘太狠，可是让人家去爬堂台也太狠。教授的女儿细眉细眼，说话也细声细气，不像是这么狠的人。这些，改就是在心里想想。改说我不会虐待你爸。改有点儿害怕教授女儿的眼神，改说不清那是种啥眼神。改被她一看，胖大的身子就像缩水似的小下去。教授女儿曼声细语地交代了改要做的各种事，改用力地记下了。

改现在要干的活比在家的时候还轻省，可是改觉得吃力，觉得累。尤其是改想家的时候。改想儿子媳妇，特别是想小孙女，改知道想也没有用，可还是想。好在教授总不让改独自待着。教授得了啥病，改也不明白，只是七十多的人变成了闹人孩子。按说“老还小”也不稀罕，村里的张水旺，七十多的人和孙子抢一根油条抢得满地滚，村里也没人说他是病，只说他是“老还小”。改打扫屋子的时候，看见一架子一架子的书，堆满了一间屋子，教授的女儿说这都是她爸读过的书，还有好多是他写的。改打扫那些书架的时候，教授像个受冷落的孩子，蹲在门口看她，两根胳膊扭着耷拉到前面拄着地板，改看看书，看看教授，叹了口气，过去拉起他，教授就给改笑。

改来了一星期，教授的女儿回来的时候，改正在院子的台阶上择豆角。水泥台阶抹得溜光水滑，太阳晒得热烘烘的，改就坐在那儿，教授坐在低一级的台阶上，把改撕下来卷曲的豆角筋一根挂到另一根上。挂上掉下来，挂上掉下来，改看着笑起来，就挂上了两根递给他，教授小心得不敢去接，他让改举着，对着阳光看那带着点儿绿皮的红筋，呵呵地笑起来。教授的女儿啥时间开门进来的，改没有注意到，看着改和教授在玩，教授的女儿看呆了。

改一扭头看见教授的女儿，慌得扔了手里的东西，扯着胳膊拉起还在低头找那两根挂在一起的豆角筋的教授，改那么大个子，拎着就把教授给拎起来了，教授不高兴地叫了起来。改吓住了，改不知道这算不算虐待。

教授的女儿毫不介意地过来，很亲切地喊了声改姨，没关系，没关系，你和我爸这样，挺好的。教授的女儿因为有了上次的教训，知道了把生病的父亲放在陌生人手里不能太放心，所以才这么快回来，看看父亲在改的照料下生活得如何。她进门看到那情形就放心了，吃完改做的饭，又问了问生活费花的情况，她更放心了。教授的女儿留下了一些钱，放心地走了。

改来了一个月，教授一会儿看不见改就楼上楼下大声叫着改！改！改哪怕是在厕所里也赶快应一声哎！没等改从厕所里出来，教授就砰砰敲起了厕所的门，等改拉开门，见他急得一头汗，眼里都噙了泪，改骂人的话到了嘴边又咽了回去，拿袖子给他擦擦汗，说一泡屎都不让人拉俐亮！

教授有时候让改觉得烦，他太缠人了，改做什么都得带着个绊腿的孩子。改生气了，教授就显出害怕的样子，也不敢闹了，静静地看着改，改就不忍心了。改不知道教授没病之前啥样，她想不出，也不想了。

改来了两个月，接过教授女儿的三次电话，每次改都把教授叫来和女儿说话，教授接过电话，神情一下变得像个教授了，他严肃地问喂哪位？然后对着电话大声叫我不认识你！就把电话递给改说讨厌，这些人哪里是想做学问？全是为了追名逐利，不要理他们！

教授现在只认识改，在他混沌的意识中，改的角色可能也在不断地变换。晚上听见蛐蛐叫，他会从床上爬起来去叫改，改就和他一起打着手电筒去抓蛐蛐，这时候，改是他童年乡下的伙伴。秋天的阳光洒进温暖的房间，改在窗户下给小孙女做着棉袄棉裤，他缠改，改躲着他乱抓针线的手说别闹，让我做活。教授就歪在改的身边，慢慢眼睛涩了，就伏在改的腿上睡。改等他睡踏实了，就把他轻放在一边，盖上毯子，自己继续做小孙女的棉衣。这时候，改是他的母亲。改在厨房剁饺子馅，案板噔噔地响，改的腰突然被教授抱住，他靠在改厚厚的背上唱“当那梨花开满了天涯……”改就停下来，说别闹，我给你包饺子吃。这时候，改是他的爱人。改找到了那个只放唱戏的频道，改只喜欢看梆子和坠子，改喜欢的戏并不多。可是教授只要看电视里的人唱上两句，就能给改讲出戏里的故事来，有的故事改知道，有的故事改不知道，有的故事他讲得对，有的故事他讲得不对，知道不知道，对不对，改都默默地听教授讲。改听教授讲故事的时候，她模糊地能想出教授好的时候是啥样子了。这时候，改是他的学生。

但是教授不是改的任何人，教授是改手里的一件活计，是改在家养的牛和鸡，改爱惜她的活计，也疼她养的牛和鸡。

还有，改从心里可怜教授。

改和教授在某个时候也会默默坐着，你看我，我看你。教授的眼神渐渐疑惑起来，改的心也会糊涂。改耳边还能听见抱窝母鸡咯哒哒的叫声，窗户里吹过来一阵凉风，改身上的汗就下去了，就跟在地里薅草时直起身来吹风的感觉一样，改有时候还模糊得觉得男人没死，就在牲口屋里喂完牛，蹲在门口抽着烟等她回去做饭。男人抽的烟的味混着灶火里湿柴的味，呛地改咳嗽起来，那咳嗽都是欢喜的。男人死了，那个家就没了，改回不去了。改这时候想哭。一想哭，改就在心里骂自己作精，男人死了，还有儿子呢！儿子媳妇小孙女，还有一大家子人等着自己呢！改想回家，改不知道自己啥时候能回家。教授歪着头好像也在拼命用脑子想。改看他皱眉的样子就害怕，改现在知道他是脑子有病，她害怕他再这么用脑子会出事。改就拿起沙发上的保健锤，摇得呼啦乱响，这一响，改也不胡想了，教授也放弃了去抓脑子里那些闪来闪去的念头，过来抓改手里的木锤。

给小孙女的棉袄棉裤做好了，改整天盼着门铃响起来。上次儿子来的时候，答应下次把小孙女给她带来。改从不给儿子打电话，她不是不会。她知道打电话要花钱，这么花教授家的钱，改觉得不应该。还有，就是打了，改也不知道咋给儿子说，没事，就是想！

改看着电话发呆的时候，教授就格外地安静，好像在陪着她发呆。有时候，教授还会轻轻扒拉改厚厚的肩，改把他的手拉下来，攥住，他枯瘦苍白的手指从她黑红粗大的手中露出来，改就想掉泪。

门铃响了，改慌得丢掉了炒菜铲去开门，教授跟着她。门开了，是教授女儿在本地的朋友给改送工资和生活费，那人不肯进屋，看看拽着改围裙的教授，笑笑，走了。改关上门，把教授的手拽下来，往屋里走，回头，看看教授委屈地站在原地，就又走回来拉起他一起回去。

儿子终于来了，还有儿媳妇和小孙女。改高兴得都糊涂了，拿东忘西的。教授看着改高兴，也跟着高兴。小孙女有点儿害怕这个古怪的老头，躲在妈妈的怀里不肯出来。改就把教授带到楼上，让他待在书房里，说你不要动，我给你做饭，等我来叫你你再下来。教授不情愿地点了点头。改关上门的时候有点不忍心，可还是关上了门，想了想，锁上了门，抽掉钥匙放在了口袋里。

改把给小孙女的东西收拾了一兜子，又掏出两个月的工资给儿子。儿媳妇这时候回避地走到一边，打量着客厅。改想问问儿媳妇的工作咋样了，又害怕儿子错会成她想回家，改就没问。儿子说家里都好。儿媳妇瘦了，脸都寡了，但白净了不少，改远远看着儿媳妇变细的腰，衣裳穿得又紧称，身条真是好看。人家这么周正的女儿跟了自己的儿子，能让人家委屈吗？改心里疼媳妇。改说这么凉的天，娟娟妈咋还穿恁短的裙子呢？儿子笑笑，那是她的工装，单位要求穿的。儿媳妇有了工作！改眼睛一亮，顺着问啥工作？儿子说还是保险公司，现在她也摸到路了，一个月加提成能挣八九百呢。儿子说到这儿，就不说了。改等了半天，儿子还是啥也没说。在客厅的一角，摆着一架钢琴，儿媳妇眼睛一亮，就喊娟娟，钢琴！改想说儿媳妇，那东西不能动，可是她不敢也舍不得说。儿媳妇掀开琴盖，娟娟跑过客厅，到了琴边，看看妈妈，小手指就敲响了琴键。

改着迷地看着小孙女，真好听啊！这时，楼上突然传来教授的歌声，“长亭外，古道边，芳草碧连天……”那旋律带出了他的歌，他拼命敲起了门，拖着哭腔喊改！改！小孙女丢了钢琴，扑回到母亲的怀里。改应了声。儿媳妇说妈，放他出来吧。我们也就走了。

改跑上楼去放了教授出来，教授拉着改的胳膊，改甩也甩不脱，几乎是拖着他下的楼。儿子媳妇带着孙女向外走，儿子沉着脸，改跟在后面，几乎要哭出来了。改眼巴巴地看着儿子，儿子难受得抽了抽鼻子，改马上就不看儿子了。

这时，门突然开了，教授的女儿站在门外。教授女儿的眼睛扫了一下改儿子手里拎的袋子，但什么也没说，浅淡地一笑。改的儿子脸色更难看了。改慌张着说给孩子做了身棉衣裳……改去拿儿子手里的袋子，儿子的手用力地挣着，改停了手，教授的女儿又是笑了笑。改和揪着改衣服的教授犯错孩子似的看着自己的儿女们，儿子说了声妈，我们走了。改应了一声，看着儿子一家三口离开。都没能抱一抱小孙女，改掉了魂似的拖着教授回屋。

教授的女儿看见被打开的钢琴，她站了一下，过去，盖好琴盖，她摸着琴盖，半天没有说话。教授女儿对改说过，那是她母亲的琴，她不希望别人动。教授女儿的样子，比打改两耳光都让改难受。改站在那儿，不知道说啥做啥。教授女儿回头对改说，给我倒杯茶好吗？改这才慌忙去倒茶。

这天吃晚饭的时候，电话响了，教授女儿去接。她接完电话回来的时候看了看改，改心扑腾扑腾跳快了，但教授的女儿什么也没有对改说。

4

改站在窗户前看河堤上的灯。改模糊地知道有事了，这事还是和她有关的。改睡不着。教授的女儿敲了敲改的门，问改姨，你睡了吗？

改没有睡，教授的女儿进来说，改姨，你儿子想让你回去，你的意见呢？

改的心一下跳到了喉咙口，眼睛一热，儿子白天没有说，可儿子心里啥都有啊！改欢喜得又要哭了，她说，呀！让我回家呀！

教授的女儿看了看改的神情，失望地叹了口气，说改姨，你能不能再留两天，等我找到别人你再走？

改不知道儿子是怎么和教授女儿商量的，但改想，自己扔蹦一走，是够难为人家的。改犹豫了一下，还是点了头。

教授的女儿出去了。改摇着那根呼啦啦的健身锤，说我要走了，你好好的啊！教授就抢改手里的木锤，改躲着不让他抢到，教授就急，终于抢到了，教授就笑。改看着他叹了口气，说老天保佑，你闺女给你找个好心的伺候你，好好对你！你的命不好啊，要是没有病，好好地跟着闺女儿子过，多好的日子！你是没这福啊！

改觉得自己还是有福的。

三天后的黄昏，改被儿子接回了家，那天晚上，改又脱光了睡觉，几个月都没睡得这么踏实这么香了。改越想越觉得自己有福，儿子想着娘，媳妇有了工作，小孙女还会弹那么好听的琴。好日子又回来了。

改一早起来做饭，过日子过的就是这一天三顿饭。儿媳妇从卧室出来，抽着鼻子，说什么味？改正在喂孙女吃饭。小孙女朝改身上闻了闻，说奶奶身上好臭。儿子啪到放下筷子，说娟娟，怎么这么没礼貌？娟娟噘了噘嘴，不说话了。儿媳妇也没有说话，进了卫生间。改的脸通红，她说儿子，你嚷孩子做啥？

家里又剩下了改和儿媳妇，改也不敢问儿媳妇怎么不上班。改进厨房，低头闻闻自己身上，她啥也没闻见，人身上总得有点儿味，没味儿还是人吗？改又不是喝风屙沫的蚂叽妞？改身上的味儿没变，儿媳妇的鼻子变了。

改身上的衣裳换了不到三天，但改还是又换了换衣裳。儿媳妇在卫生间里洗头，等儿媳妇出来，改问儿媳妇要换下来的衣裳，儿媳妇说妈，放那儿我洗吧。但改还是拿去洗了。给儿媳妇留的早饭她也没吃，就开始打电话，改在阳台上听见儿媳妇脆生生的说话声，听了很长时间，改听出来儿媳妇是在劝人家买她的保险。儿媳妇干的这活儿，改觉得真是累，比薅草割麦摘棉花桃都累，得说那么多话，还得笑着说。儿媳妇挂了电话，又打，这个打得时间不长，挂了电话，儿媳妇就去换衣服。没等她从卧室出来，门铃就响了。改从阳台上往门口去，儿媳妇比她还快，先开了门，外面站着一个男人，儿媳妇笑着说林总，这么快？那个林总看看改，儿媳妇说这是我婆子，妈，这是住咱们后楼的林总，我的客户。

改就又回到了阳台上洗衣服。改挂了衣服出来，儿媳妇在茶几上摊了一大片五颜六色的单子，和那个林总抵着头看。改看见儿媳妇湿淋淋的头发在滴水，滴得林总西服上一斑一斑的湿痕。改站在那儿，动不得了。林总回头看见改，站起来，说这几张我带回去看看，重大疾病的合适还是还本的合适，我再算算。儿媳妇说那个养老还本的送重大疾病附加险，更合适。说完一笑，你这么精明的大老板，什么合适什么不合适，一眼不就看出来了？林总笑了一下，说我回头和你联系。说着冲改点了点头，走了。儿媳妇送林总到门口，儿媳妇从改的身边走过去的时候，改闻到儿媳妇身上有股花一样好闻的香气。改脑子里轰得响了一声，整个身子都飘了起来。儿媳妇又从改身边走去去，默默收拾茶几上的那些单子。儿媳妇没什么表情，伏着身子一张一张收拾着那些红黄蓝绿的单子。改挪了两步，从没这么大胆地盯着儿媳妇，儿媳妇穿的玫瑰红毛衣的鸡心领耷拉下去，能看见带窟窿眼儿的黑奶罩里雪白的鼓鼓的两块，改浑身都哆嗦起来。儿媳妇直起身，好像没有感觉到改的目光，进了卧室。改咬着牙，咬得满嘴牙都酸沉起来。

儿媳妇没吃改给她留的早饭，又换了身衣裳走了。改一个人坐在沙发上，太阳还好，窗户关着，感觉不到风，太阳光晒到的地方暖洋洋的。太阳光晒不到改的心，改的心一直在哆嗦。改要自己不要胡想。可改分明替自己的儿子感到了委屈。想到儿子，改眼里含了泪。改还记得儿子领儿媳妇第一次回家，儿媳妇那脆生生的一声妈，叫得改心里淌着蜜。你只想着当婆婆，可你给人家媳妇了啥呀？人家作难为了谁？不还是为了这个家吗？说到底，是自己家委屈了媳妇呀！改的泪淌下来，改摇晃了一下站起来，改想老赵也许能给她出个挣钱的主意。

改下楼去找老赵。牌场关门了，改站了会儿，走到小区门口去问。看门的告诉改，老赵死小半月了。心脏病，可能是夜里死的，第二天打牌的人敲不开门，到下午才发现。改听了没说话，摇晃着走回去。冬天到了，楼下的百日红叶子快掉光了，还有一些，青黑的干在枝上，在风里摇啊摇。人无千日好，花无百日红啊！改回到屋里，放声哭了一场，老赵是引子，该哭得事太多了。改哭完，又去做饭了。

改做了饭，却没人回来吃。改一个人吃了午饭。改做晚饭的时候，拿不定主意要做多少。改最后还是少添了碗水，改吃中午剩的面条。儿子媳妇和孙女回来的时候，改在沙发上盹着。听到声音站起来要去热饭，小孙女说他们吃过了。儿媳妇什么都没说，拉着女儿进了屋，一会儿听见儿媳妇的声音，"米米拉发米……"小孙女又在那张纸键盘上练指法了。儿子把手里的袋子往沙发上一扔，就坐下抽烟。改自己坐在餐桌前，扒拉着那碗凉了的面条，她也懒得去热。突然儿媳妇不唱了，小孙女惊讶地叫了声妈妈……儿媳妇走了出来，手里拎着那张纸键盘，嘶啦嘶啦，用力把那纸键盘撕成了几片，丢进垃圾桶，还用脚用力踩了踩。垃圾桶倒了，在地板上旋转。儿媳妇喊娟娟，我们不练了，在纸上能练出来什么名堂？洗脸，睡觉！儿子抬头看了看，什么也没说，又点上了一根烟。

改扶起倒了的垃圾桶，坐在儿子旁边。儿子看看改，张张嘴，说不出话来。改感觉自己坐到了啥硬东西，抽出来一看，是本黑红皮的厚书，改认识不了几个字，可她见过这本书，这是教授写的书，教授的女儿给改看过。那袋子里还有七八本书，改一本一本拿出来看，都是教授写的，翻开还能看见教授的照片，照片上的教授显得年轻，可是板着脸，改认了一会儿才认出来是教授。

儿子说他是研究中国传统伦理的专家，写了这么多书，没想到得了这么个病，也怪让人同情。改觉得儿子还要说点儿啥，可是儿子没有说。儿子说妈，早点儿睡吧。改也没有说啥，就回去睡了，改睡觉的时候，没有脱贴身的衣服。

第二天，只有儿子一个人回家吃午饭。改给儿子擀了面条。儿子说妈，以后别擀面条了，太累。改说擀个面条累啥？买的不好吃。改看着儿子，儿子到了嘴边的话就换了，妈，一个人在家，闷吧？改说有活做，也不闷。儿子就吃面条，改喝前一天剩的稀饭。儿子说妈，娟娟妈说老让你一个人闷在家里，对你身体也不好。改说娟娟妈是孝顺孩子。儿子说娟娟妈说让你回来，是我自私。教授家条件好，冬天还有暖气……改看着儿子，说人家新找着人了。儿子说那人不合适，人家还想让你回去……

改的眼睛里好像进了沙子，疼起来，改的泪流了出来，说儿子，你给我看看，我这眼咋了？

儿子站起来看，用手指甲给改挑了半天，说眼睫毛倒了。

挑出了那根倒睫，改的眼睛还是流了半天的泪。

改又被儿子送回了教授家。一走进教授家的客厅，就听见教授在大声喊改！改！改就答应了一声，教授从楼梯上滚了下来，一把拽住改的衣角，露出了笑容。改也笑了，一笑就想哭。

改和教授坐在长沙发上，改的儿子和教授的女儿坐在两个单人沙发上。教授的女儿给他们倒了杯茶，拿出一摞纸，上面是打印得整整齐齐的字，让改的儿子看。改的儿子看了看，没说什么。教授的女儿问改的儿子，你把合同的内容给改姨说清楚了吗？改的儿子说大概吧。教授的女儿说我看还是说得详细一些的好。改姨，我父亲很幸运，我们也很幸运，能遇到你们这么善良的人，在他生命最后的日子里，给他这样的帮助。我真的很感谢你们。这份合同的期限是十年，如果我父亲提前走了，合同自然也就终止。如果……只要我父亲在，这个合同就有效，甲方，也就是我们，一次性给付十万元的劳务金，如果乙方，也就是你们，单方提出解除合同，劳务金要退还，利息按同期银行贷款利息计算。以后，改姨每月的工资为六百元，我还是会和生活费一起按时让人给你送来。这还有一些关于如何照顾我父亲生活的要求，我相信，改姨做的肯定比这上面规定的要好……

教授的女儿慢条斯理地说，改的儿子在她说的时候抽了三根烟。改在儿子点第四根烟的时候说孩子你看过了？儿子说看过了。教授的女儿说要是没有什么异议，咱们就签字吧。教授的女儿先签了字，然后把笔递给改的儿子。

儿子没有接笔，扭脸看着改，改的脸被儿子的眼光灼疼了。她慌得隔着沙发扶手摇儿子的胳膊，儿子抓住了改的手，站起来，说妈，我们不签了！改被儿子拉得趔趄着站起来，碰翻了茶几边上的那杯茶。教授的女儿敏捷地跳起来抓起那份合同，以防被水弄湿。茶水溅到儿子的身上，改看见儿子衣服上那一斑一斑的湿痕，就又看见了儿媳妇那滴水的头发。改的嘴唇哆嗦起来。教授女儿说我是考虑我父亲和改姨的实际情况，才提出这样优厚的条件，你该明白，双赢才能达成协议，让步都是有底线的……改挣脱了儿子的手，说我不走。

合同一式两份，教授的女儿把一份合同和一个印着银行名字的取款袋递给改的儿子，儿子没有接。改接过来说走吧，妈送送你。

改一动，教授就跟着，教授女儿没能拉住父亲。改就和教授一起去送儿子。到了门口，改把合同和钱塞给儿子，就把大门砰地关上了。改关门太用力了，葡萄藤上的枯叶被震得落下来了几片，没有风，叶子落得很慢很慢，有太阳，叶子照得金黄金黄。

过年的时候，儿子和媳妇一起来看改了。儿子说娟娟在抓紧练琴，要去省城考级了。儿媳妇说娟娟说很想奶奶。改不清楚啥叫考级，改看儿子媳妇又骄傲又欢喜的样子，改心里也是又骄傲又欢喜。可是没见到小孙女，改的欢喜就少了几分。改不能留儿子媳妇吃饭，这是合同上规定的。儿子媳妇也不愿意在这儿吃饭。改的欢喜就又少了几分。改站在门口看着儿子媳妇的背影，走着走着，儿子的手搂住了儿媳妇的腰，改的欢喜又回了来些。改还是知足的，教授的女儿还是只打电话，从那天离开后，连过年都不回来。

春天到的时候，改在院子里种了两畦菜，那些光长叶子不结果子的葡萄，改给拔了，种成了丝瓜，改还买了群小鸡崽儿，是在河堤的早市上买的。十年很长，改决定在院子角垒个鸡窝。

又一个夏天到了的时候，河里突然有了水，好多人都跑去看，说是上游水库开闸了。改也领着教授去看。水真大，青黑的河水打着旋向下流，不时翻腾出白色的浪花。

风月无边

1

生活中，有些重大的事情，常常是毫无征兆地迎面撞过来的。

6 月 21 日那天，和昨天前天大前天一样，夜过到头，白天就来了，赵强还以为对于他，今天也和昨天前天大前天一样，是个平常的日子呢。

时间还是清晨 5 点，赵强关掉了出租车的大灯。因为天蒙胧有了亮色，太阳还没出来，可略一愣神的工夫，天就亮了。也许是有云的缘故吧，天色依旧苍白，有一片淡淡的半圆的月亮，淡得几乎辨认不出那是半轮残月，还是被风吹散的一小片云。

跑了一夜，他有点儿乏。街灯也亮了一夜，此刻那灯光和他的眼一样涩。从车窗里透进来湿寒的空气，带着尘土的味道。赵强把车停在假日酒店的外面，趴在方向盘上，他不是睡，只是闭上眼睛，趴在那儿听哗啦哗啦扫帚扫街的声音。

赵强趴在方向盘上还是盹了一会儿，虽然他一直能听到那哗啦哗啦扫帚扫街的声音，可他还是蒙眬地睡了过去。这一会儿不知道有多长，赵强突然激灵一下醒了，他抬起头，天大亮了，夏天亮白的阳光洒在他的脸上，浪费了时间，等于浪费了钱，赵强有点儿懊悔。

懊悔有什么用呢？赵强发动了车，去加油站，给油箱加满油，然后把车开到大舅子家楼下。车是大舅子的，他白天开，夜里包给赵强开。保险保养公司费用都是大舅子的，事故罚款各算各的，赵强自己跑自己的油，一个晚上给大舅子交二十五块钱。冬天生意好些，一个月挣好了能净落一千四五。可这个夏天，油价一蹿再蹿，生意也不好，加上要开空调，连着两个月赵强也就落了七八百块钱。

赵强倒不很发愁，人家下岗吃低保的三百块钱一个月也过了，可老婆刑丽气苦扭曲的脸实在难看。赵强也觉得苦，可是赵强是不气的。赵强不知道自己该气什么。气油价涨个不停吗？气这么屁大点儿城市满街都是打着空车灯转悠的出租车吗？赵强也烦恼，可烦恼有什么用呢？汽油涨价不是加油站故意和他为难，满街蝗虫似的出租车也不是那些出租司机专门和赵强别扭。赵强不气。

交了车困劲儿倒过去了，赵强沿着护城河走回家。桥头卖早点的摊子生意兴隆，城管上班之前他们可以放肆一阵子。今天有些晚了，摊主已经把板凳摞在了三轮车上，有客人站着把最后两口胡辣汤扒进嘴里。对面商场前的空地上，城管的灰蓝色制服在晨光里排成方阵，路边齐刷刷列着一排电动自行车，那片整齐的灰蓝一解散，这些小摊贩就要四散奔逃了。赵强匆忙买了两块钱香味诱人的油饼，拎在手里继续朝家走。

护城河里绵延着荷叶，开着荷花。赵强的手隔着塑料袋还能感到油饼的热和腻，晨风吹得沾了油的手指关节一阵阵凉，油饼的葱香，即将到来的美味的早餐和安稳的睡眠……绿荷叶里一朵粉色荷花开得齐齐整整，太阳升起来了。夜过去了，都会过去的，老婆的气苦也会过去的……赵强忽然感觉到一丝美好，和眼前的这一切有关系，又好像没有关系。

赵强的好心绪维持到开门的那一瞬间，他用钥匙扭动门锁的时候发现门没有上保险，说明老婆在家。刑丽的单位原来叫地区印刷厂、现在叫亨丰印刷股份有限公司，刑丽一直在车间干。除了过年，平时只要有订单厂里机器就成天转，货要得紧还会没日没夜地加班，实在没活儿了才偶尔会放两天假。不过厂子放假工人就心慌，所以倒不盼着放假。

防盗门沉得几乎推不动了，赵强沮丧地看了看手里油饼，他小小的梦想破灭了。赵强没有立刻推开门，赵强不知道，推开门后会遇到什么样的情形，他想不出，因为想不出，就更紧张。

上星期有一天老婆也在家。

那天赵强回家的时候看见老婆蒙着毛巾被在床上躺着。赵强应该多想一下，老婆这个钟点在家肯定是遇到了什么事情，可赵强不是那种能多想一下的人，他对所有事情的反应都是第一反应。不过就算强迫他想上半个小时，在他空荡荡的脑子里咣啷咣啷旋转着的还是那个本能的第一反应。

赵强的母亲有时候也会忧伤地叹口气说，你呀，空长了一副好皮囊！丈母娘的话就难听多了，“没脑子”算是其中最雅致的评价。

没脑子的赵强那天看到老婆躺在床上，他只想到一件事。

赵强开了五年的出租，也过了五年昼夜颠倒的日子。加上老婆总是情绪不好，他们一两个月也难得亲热一次。偶尔有一天老婆能六点半以前下班，进门后情绪还可以，赵强磨唧央求着关上门几分钟解决问题，然后匆匆忙忙去接车。所以赵强看到毛巾被勾勒出的老婆从腰到臀的线条，他虽然不敢造次，可还是舔着嘴唇，小心翼翼地贴着老婆在床沿上欠身躺下，隔着毛巾被轻摸老婆的屁股。

老婆没动，赵强得到了默许，欣喜若狂。

赵强的手滑到他最喜欢的小腹上，老婆很烦恼鼓起的小肚子，可赵强很喜欢那一块儿肉乎乎软绵绵的感觉。一直没动的刑丽突然猛地向后一撅屁股，赵强没有防备，整个人就被顶了出去，在冷而硬的地板砖上结结实实摔了个屁股墩儿。

赵强疼得龇牙咧嘴，他呲哈着没起来。刑丽一掀毛巾被翻身坐起来了，赵强惊讶地发现老婆穿着整齐的套裙，眼影口红也画着，涂着紫色荧光指甲油的脚趾也塞在亮晶晶的高跟凉鞋里，老婆打扮得整整齐齐地躺在床上睡觉?

赵强实在想不出原因，刑丽鲜红的嘴开始一瘪一瘪的，好像快干死的鱼似的无力无声地开合着，突然那嘴里发出巨大的声响，什么在赵强的耳边炸裂开了，老婆莽莽地大哭起来。

赵强不再叫疼了，他慌乱地摇着刑丽的腿说："咋了？出啥事了……"

刑丽抬脚踢飞了赵强的胳膊，她凉鞋上的金属鞋袢在赵强的手掌上划了个血口子。这一脚狠而用力，带着真实的不加掩饰的恨和厌恶。赵强飞出去的胳膊重重地落回到身上，手掌上的伤口流出血来，顺着手指头滴。

赵强自己爬起来，翻开床头柜找了片创可贴，粘好伤口，刑丽还趴在枕头上呜呜地哭，赵强不敢追着狠问。好在刑丽哭了一会儿就不哭了，起来洗了脸，把梳妆台上的脏衣服、卡通书和缺了轮子的赛车模型扫到地上，打开刚扒拉出来的那几瓶几罐，开始朝脸上一层一层地抹。

刑丽是因为柳惠进了厂办打字室才哭的。

赵强、刑丽、柳惠三个人是技校同学。柳惠和刑丽毕业后一起进的印刷厂，赵强去的是机电厂，他们幸运地赶上了技校分配工作的末班车。赵强先是和柳惠走得近，看过一次录像还没拉过小手。第二次柳惠叫着同寝室的刑丽一块儿来了。接着刑丽和赵强就经常小手拉小手地去看录像了，而且两个人很快从拉小手变成了亲小嘴，再后来，两个人一起去看了场“儿童不宜”的电影，回来时在学校外面的小树林里忍不住实践了一回电影的内容。

赵强那时候是个英俊逼人的男孩子，刑丽把他领回娘家的时候还有几分得意。丈母娘说：“男人长得好管屁用？当吃当喝？”婆婆则嫌赵强找来的媳妇颜色像酱瓜，从头到脚要啥没啥，骂他是尿泥子糊了眼。这些褒贬都是背后的，至于他们的婚事，两边爹娘还是既本分又体面地给操办了。

婚后就学着过日子。赵强不知道日子该怎么过，那就看别人怎么过，别人怎么过自己就怎么过。他们是 1993 年“十月一”结的婚，市场经济了，大家都忙忙叨叨地想办法挣钱，不时听到某某的财富传奇，只是很奇怪，赵强并没真的见过身边的熟人发了传说中的大财，那些成功的人总是熟人的熟人，朋友的朋友。而赵强的熟人和朋友，总是和赵强差不多，至少在赵强眼里是这样，就算强也强不到哪儿去。

赵强也想成功，只是他不确切知道怎么才能成功，而这个疑问，又是没人能给他标准答案的，因此，赵强偶尔也会感到苦恼。好在年轻，还有大把的时间等待答案，赵强倒是很踏实地在机电厂干了几年。后来厂里搞股改，重新签订合同的工人要入一万块钱的股份，不签合同的可以买断工龄拿钱回家。赵强回来跟刑丽商量，刑丽的单位也要股改，条件类似。两个人在短暂的惊慌失措之后，忽然被这抉择的时刻弄得雄心勃勃起来，刑丽科学决策，自己保稳定，丈夫图发展，他们豪情万丈地决定赵强买断工龄做生意了。

起头当然从小生意做起。小生意也不是好做的，卖童装倒影碟开小吃店，几年间换了几样，成天忙得脚后跟打后脑勺。一分耕耘未必就一份收获，后来刑丽终于灰心了，承认娘家妈的判断是对的，赵强的确没长那根做生意的筋。两口子趁还没赔光就收了手，恰好大舅子贷款买了出租车，赵强就跟他伙着开。本来说是暂时的，可一暂时就暂时了五年。

从在录像厅里大着胆子握住刑丽放在大腿上的手，到被老婆一脚踢开自己的手，十五年的光阴无声无息地流过去了。

2

赵强鼓足勇气推开了家门，窄狭的客厅里只能放一对单人沙发和一个茶几，墙上的电子钟正在整点报时。他们家的钟慢二十多分钟，北京时间现在应该快八点半了。近二十年的老家属楼了，又是一楼，房间里总有股腥腻腻潮呼呼的气味，到了夏天，这股味道和那些堆在沙发上的脏衣服发散的污浊气息就被下水道泛出的轰轰烈烈的臭味淹没了。前后窗户开着，臭味不明显，习惯了就闻不到了。不过这两天屋里一直飘着股浓郁的带着酒气的酸酸甜甜的味道，可能是被遗忘在某个角落的几只苹果腐烂时发出的味道。

卧室的门敞着，老婆不在，赵强吁了口气，心一下子轻松了。可能老婆上班走得匆忙忘记给门上保险了。他吹着口哨进了厨房，昨天晚上自己熬的小米粥还剩了个锅底儿，热了热，看着体育新闻吃饼喝粥，然后关电视上床就睡了。

赵强躺在床上心满意足地闭上了眼睛，脑袋一滚就进了梦乡。

睡梦中赵强闻到了葱蒜辣椒炝锅的味道，浓厚的酱油的味道，炒肉的香味也溢了出来……香味也像声音一样会吵醒人啊，赵强在枕头上转了转脑袋，完全醒了。他听到了厨房里油锅正嘶啦作响，老婆在做饭！

平时午饭晚饭都是赵强做的，赵强跳了起来，趿拉着鞋出来，看看客厅的表刚 11 点，再一扭头，他愣在了那里。

兼作餐桌的茶几上摆着一瓶白酒，三个菜已经摆在了那里，两个冷盘，酱牛肉，拌黄瓜，一个热菜，豆瓣鲫鱼。今天是什么日子？6 月，几号？赵强从裤兜里摸出手机，看屏幕上的日期，6 月 21 号。今天是 6 月 21 号，6 月 21 号是赵强的生日，今天是赵强的三十三岁生日。

一股辛辣而热的东西从鼻腔蹿到脑门，然后落回到喉咙里，咽下去，赵强觉得肚子里暖烘烘的。刑丽从厨房里出来，端着盘蒜薹炒肉。她眼睛本来就大，眼睑也很大，涂了乌青的眼影，看上去好像眼睛下面又生了一对眼睛。可是此刻在赵强充满柔情的目光里，那张露着骨相一半面积都给了眼睛的脸妩媚明艳。

赵强带着笑，客气得近乎谄媚，想过去接过老婆手里的盘子，偏又踢到了只小凳子，赵强弯腰抓住凳子，老婆已经放下菜，坐在沙发上拧酒瓶盖子了。赵强更加小心，受宠若惊这个词很准确，他此刻真觉得有点儿心惊肉跳。

刑丽很平静，平静得坐在那儿丝丝冒着冷气。赵强刚要坐下，突然站起来，“洗手，我去洗手。”

赵强在卫生间不仅洗了手还洗了把脸，他甚至想刮一下胡子……不能让老婆等着，赵强遗憾地作罢了。

等他回来，刑丽已经自己先喝了一杯，正在倒第二杯。

“赵强，我们离婚吧！”

刑丽说完这句话，又喝干了杯子里的酒。赵强端起来的酒杯又放下了，他低头，肚子里那股热烘烘的东西还在，这时越来越热，最后竟烧起来了。离婚这个词，赵强从老婆嘴里听到了不知道多少遍，有时候她吼着说，有时候她哭着说，有时候她摔着东西说，有时候她咬着赵强的肉说，可是，她没有这么端端正正心平气和坐着说，赵强觉得事情有点儿严重。

“你说话呀?!”

赵强抬起头，他看见老婆的脸上有了两道泪痕。

“老婆，你别生气，我……”

刑丽抹了把泪，端起酒杯。

“我不生气，你把酒干了，来，咱们碰杯！赵强，你是个好人。可是跟你过日子……我……我快憋死了！”

刑丽又灌下去了一大杯，大张着嘴喘气。赵强害怕了。在老婆的催促下，他也喝了一杯，老婆喘着粗气，那喘息竟发展成了笑。可那笑听起来很远，一杯酒落下去，赵强身体里的火烧得更厉害了，烧得他头昏脑胀，眼前发黑。

“吃菜！”

刑丽在下命令，赵强就夹了一块牛肉塞进嘴里。嚼着牛肉，赵强稳了稳神，没关系，没关系，这次危机和以前的很多次危机一样，虽然可怕，可最终都能过去。刑丽又给赵强夹了条鲫鱼，赵强像吃牛肉一样吞嚼着鲫鱼。

赵强卡住了，他咳着，站起来，跑到卫生间去吐。赵强回来，抓起茶几上的烟，边清着喉咙，边点上了一支。

刑丽给赵强满上酒，夫妻两个又碰了一杯。

“作为男人，你没有责任感，你不觉得你活得太自私了吗?!”

赵强低下了头，他不敢面对刑丽咄咄逼人的目光。倒不是赵强默认了这样的罪名，赵强觉得自己还是有责任感的，知道养家糊口，挣来的钱全部上交，除了老婆给的50元零用钱从不多花。做生意那几年他焦虑得成天满嘴燎泡，现在他像老鼠似的昼伏夜出跑车，跟同学朋友失掉了联系，把吃饭睡觉当成娱乐，他就这么大本事！他也不觉得自己自私，但凡有一点儿好东西，他都会想着孩子和刑丽，就是桌上有盘好菜，赵强都舍不得多下筷子，他怎么就自私了呢?

赵强低头，是因为他不想再触怒老婆，如果老婆说他没有责任感、自私，他就是没有责任感、自私好了。

“我不是虚荣的女人，我不是非得要你发多大财当多大官！你是什么样的人，我知道！当初嫁给你，我就没想这些！我就想过普普通通平平淡淡的日子！可人过日子总得有个盼头不是？人总要有希望才愿意活，我的希望在哪儿呢？

“我们离婚吧！你放心，我不是指望和你离了还能找个什么什么样的，我有自知之明，我不做这梦！我就想清清净净过日子。现在这日子我一天也过不下去了！你就像……就像一床又厚又沉的大棉被，从头到脚地蒙着我，我都要被你憋死压死了！”

赵强就着老婆的话一杯一杯喝酒，脑子里晄当着那些因为混乱而复杂起来的词，普普通通平平淡淡的日子，盼头，希望，做梦，棉被，憋死……

刑丽一直很能说，还会把话变着花样地说。她说了这么多，赵强听起来就一句，老婆嫌他没本事，嫌得没法过下去了。

赵强知道，他现在要想让老婆改主意，必须当场啪地拿出能砸晕老婆的一捆钱，或者证据确凿地证明他有个神通广大的贵亲戚阔朋友给他安排了个体面优厚的工作——以前刑丽容易糊弄，只需要态度坚决的保证和措词含混的可能就行了。比如说和高中同学见了面，人家做家装做得挺好的，赵强也想跟着去看看。刑丽听见他说要做事情就很高兴，嘴巴上还凶，可眼神已经温情脉脉起来。给刑丽个棒槌她会拿着当针的，三个月之后她发现是个棒槌，赵强就拿自己的脑袋去承受他给出去的棒槌。

恋爱时赵强很少使用但十分管用的“甜言蜜语”早就失效了，如今说些虚头巴脑的好听话只能是火上浇油，春节过后赵强曾因为对着生气的老婆说“我爱你”三个字而挨了耳光，老婆说她的一生就是被赵强说的这三个字给毁了！

希望！说这么好听的词干啥？说要钱多痛快呀！

“赵强，你是个男人，你勇敢一回，放了我！我求你和我离婚，好不好?!”

“好!”

赵强也很奇怪这个“好”字是怎么从自己的喉咙里跳出来的，热辣辣的，带着酒气。赵强不是赌气，也不是真想离婚，他只是顺着刑丽的意思就顺出来了。

不过，说个“好”字，不等于离婚。

刑丽也愣了一下，但很快，就站起身来，从卧室拿出几张纸来，写离婚协议。

房子是刑丽厂里的旧宿舍楼，房改后交了几千块钱，只能住，不能卖，当然归刑丽；房子里的东西一人一半，存款一人一半；孩子归赵强，刑丽掏抚养费，一月二百。

赵强愣了一下，他没想到刑丽会不要孩子。

刑丽拿着笔在等他。

赵强左手端酒杯，右手夹了一筷子牛肉，他不能接刑丽手里的笔。

“儿子你不要?”赵强问。

“你们赵家的独根苗，还是留给你吧。”刑丽把笔压在协议上伸到他脸前。

刑丽声音里的冷让赵强心一哆嗦，脸前头的纸催促地抖着，赵强扭过脸去，纸又跟了过来，还在他的鼻子下面抖。那纸张的白让赵强的眼球一阵阵抽搐着疼，他又转开了头，窸窣的纸页刮着他的耳朵，那声音像锥子直扎到他的耳膜上。他放下筷子，抓过那纸笔，胡乱画上了自己的名字。

刑丽收起协议，终于让赵强安生了。

赵强坐在桌前继续喝酒，晕腾腾地竟有了轻松愉快的感觉，真签了，老婆也就没咒念了。

就算是签了协议，也不等于离婚。

赵强伏在沙发上睡着了，他被刑丽推醒的时候，墙上的钟正报时，三点整。他看刑丽换了出门的衣服，就说："哟，快吧，上班迟到了……

刑丽说："我请假了，咱们去办事处办手续。"

酒精和睡意让赵强丧失了部分记忆，不过刑丽冷冰冰的神情有醒酒的作用，赵强想起了他签过的离婚协议。赵强揉着眼睛笑了一下，"你还当真啊？算了，老婆，别闹了……"

"赵强，男子汉大丈夫，吐口唾沫砸个坑，你咋这么没脸没皮呢？"

赵强并没生气，他摸着老婆的屁股说："两口子没脸没皮怕啥？"

刑丽厌恶地摔开赵强的手，猛地从茶几上抓起把水果刀，对准自己的喉咙。

"赵强，今天你要再给我耍无赖，我死在你跟前！"

赵强的无赖耍不下去了。

看着汗津津泪涟涟的刑丽，赵强忽然为自己的行为感到耻辱。他一言不发地跟着刑丽去了办事处。

让赵强惊讶的是，离婚变得如此简单，没有人劝他们，更没有人给他们设下不可逾越的困难。离婚还得排队，前面有两对，等的时候赵强抽了三根烟，然后就轮到他们了。接待他们的是个一脸倦容的女人，和他们年纪差不多，简单地问了他们几个关于财产和孩子的问题，一边问一边把他们的协议抄到一张印好的表上，问题都是刑丽回答的，赵强低着头，那女人也不搭理他。完了就让他们签字按手印。赵强机械地做了，然后一扔笔就出去了。

赵强站在走廊里抽烟，把食指上的红色印泥擦到粉皮剥落的墙上。刑丽出来，手里拿着张一百元的钞票，从他身边走过去，到另一个屋子里去了。赵强总觉得会有什么意外让他们的离婚停止下来。可是什么也没发生，所有的证件都由刑丽保管，她带得很齐全。他们走出办事处的时候，各自有了本新证件，离婚证。又让赵强感到惊讶的是，离婚证和结婚证一样，也是喜气洋洋的大红色。

有了离婚证，该等于离婚了吧？

3

赵强把离婚证往屁股后面的裤兜里一塞，掏出手机看时间，“去接儿子吧。”

刑丽没有搭理他，一个人踩着高跟鞋咯噔咯噔地朝存车处走去。赵强也跟了过去，他感觉老婆还是在跟他生气，会过去的，再大的气也会过去的。虽然这样想，可五脏六腑却一下子变得空荡荡的，他对自己说，是饿了。

赵强顶着西斜的日头，晃晃悠悠地骑着车到了学校外头。学校外头黑压压站了一大片的家长，人行道都给堵了。

赵强真的饿了，他在学校门口的小吃店里吃了一大碗热干面，吃得满头大汗，可肚子里还是空的，冷的，身体似乎一直僵硬着，行动艰难。

儿子出来了。儿子比赵强小时候长得还英俊，就是不精神，小小年纪蔫了吧唧的，也不知道在哪儿学的，老拿眼斜着看人。

儿子斜了赵强一眼，“跟我妈又干仗了？”

赵强摸了摸孩子被汗浸透的头发，“干了。”

儿子把书包塞进车前面的筐里，跨到车后座上，哼了声说：“斗败的公鸡！”

赵强笑笑，骑上了车。

儿子拍了拍他的背，“算了，女人都这样，你多挣点儿钱她就高兴了。”

赵强以前听儿子说这样的话还觉得挺有意思的，会哈哈一笑，今天听了心里猛一沉，难过涌了上来。

赵强蹬着车子问：“快期终考试了吧？”

儿子说：“快了。”

赵强又问：“复习得怎么样？”

儿子说：“差不多。”

赵强问：“差不多？差多少？”

儿子说：“别问了，怪烦的！爸，要不我不上学了，你教我开车吧，等我学会了，咱家买辆出租车，咱俩伙着开，多挣钱，天天吃麦当劳。”

赵强说：“天天吃麦当劳，这就是你的理想？”

儿子说：“爸，你小时候的理想是什么？”

赵强被儿子问住了，是啊，他小时候的理想是什么呢？儿子催促地推了推赵强的背，赵强说：“我跟你这么大的时候，大家的理想就是奔向 2000 年……对了，我那时候喜欢汽车，特别想开车……”

儿子咯咯地笑起来，“爸，你算是实现理想了。”

赵强也笑了，儿子的理想也会实现的，天天吃麦当劳。赵强总不能严格要求儿子，他觉得孩子很不容易。在学校挨老师的白眼，回家挨妈的打骂。儿子也挺聪明的，可学习成绩从一年级开始就在班里倒数。也难怪，那几年折腾着做生意，儿子连幼儿园都没上囫囵，他一哭奶奶就舍不得送了，儿子几乎是由奶奶在纯天然状态下饲养大的。上学后，儿子的成绩让刑丽痛不欲生，她歇斯底里拿头撞墙的疯狂样子，赵强一想起来就觉得后脑勺冒冷气。

赵强也想儿子学习好，可学习好跟当官发财一样，哪能人人有份啊？赵强小时候学习就不好，刑丽自己学习也不咋样，念了高中不也没考上大学吗？学习不好就不算人了？不配活着了？

赵强沉默了半天，咬了咬牙说：“假如，我说假如，我跟你妈离婚，你……”

儿子哼了一声，“你敢吗？”

赵强被噎了一下，这小子！他恨恨地嘟哝了一句，“我跟你妈离婚了！”

“真的?!”儿子一下叫起来，“停，停，爸，你停车！”

赵强捏住车闸，点着地，儿子一下从车后座跳下来，老是乜斜着的眼睛也瞪圆了，“爸，你们真离婚了？”

赵强僵在那儿，没有回答。

“那我呢？我跟谁？爸，你不会不要我吧？”儿子盯着他，话音里突然有了丝哭腔。

赵强也难受得声音抖了起来，说：“我要你，儿子，爸当然要你！”

儿子欢呼地跳起来，“太好了！爸，你真伟大！”儿子热烈地拥抱了他，突然冷静下来，“爸，你不是骗我的吧？”

赵强笑了，摇摇头。儿子的反应完全超乎他的想象，但却给他了某种鼓励，儿子雀跃的样子，忽然让他一直冷而硬的身体开始松动，晒了一天的马路蒸腾出的热气呼地扑进他的骨头缝里去了，他很想剧烈地活动一下自己的身体。

赵强载上儿子，一路把自行车蹬得飞快，儿子嘴里发出欢快的呼哨声，赵强也大叫了几声。

父子两个几乎是兴高采烈地进了家，刑丽正在家里收拾东西，几个纸箱子里装着赵强和儿子的衣服。她抬眼看了看赵强父子。

儿子说：“妈，把没收我的车模还给我。你跟我爸都离婚了，我们不是一家人了，你把我的东西给我！”

刑丽张了张嘴没说出话来，她恶狠狠地瞪了赵强一眼。赵强没想到儿子会说这话，搡了他一下，说："你小子，怎么跟你妈说话呢？"

刑丽什么也没说，起身进了卧室，从里面抱出一堆七零八落的汽车模型，扔进了纸箱子。

赵强的颌骨处滴答着汗，他把 T 恤卷上来，擦了擦汗，低头，发现蜿蜒的小溪似的汗液正在自己肚皮上淌，头顶的吊扇呼呼的转着，汗还在出，可他却觉得浑身一阵阵发凉。

儿子却收拾了不少自己的宝贝出来，他看了看呆立着的父母，乱七八糟堆在纸箱子里的衣物，高昂的情绪也低落了。

刑丽什么也没说，转身进了卧室，隐隐的抽泣声传出来。

儿子看了看父亲，轻声说："爸，要不别离婚了，妈怪可怜的。"

赵强不知道该怎么回答，他伸手抹了一把儿子鬓边汗淌过留下的黑印。儿子走进卧室，赵强也跟到门口，儿子在离母亲半米远的地方站下，说："妈，你要是答应不打我，不和爸干仗，写个保证，我和爸还要你。"

刑丽猛地一抬头，儿子吓得往后一退，赵强也本能地朝前迈了一步想护住儿子，刑丽含着泪冷笑，"滚！你们都给我滚！看见你们俩我就恶心！滚！"

赵强被老婆蹬了！

下楼骑车，带着儿子回到生活过一二十年的老院子，告诉了妈和妹妹这一消息，她俩强烈的反应让赵强觉得自己的生活里真的发生了一件大事。

赵强自己也觉得滑稽，他说自己离婚，竟然像小时候在学校犯了错，回来低着头哼哼唧唧地说老师让请家长那样，站在妈面前的感觉也一样，头很沉，身子很轻，后背发凉。

"就她那样儿，她还……"赵强妈气得嘴唇哆嗦，说不出话来。

妹妹糊了一脸石膏一样的面膜，说话得费劲地努着嘴，为了加强气势，一只白亮亮的胳膊握着把无形的刀似的，恶狠狠地挥舞着，“刑丽纯粹就是个傻缺！她也不想想，离了，你扭脸找个没结婚的大姑娘，她就等着干巴那儿吧！”

赵强并没受到鼓舞，他勉强笑了一下，说：“我走了。”

正扒拉着稀饭的儿子忽然抬起头，说：“爸，舅舅还会让你开他的车吗？”

孩子的逻辑提醒了赵强，离了婚，再这么和大舅子伙着开出租的确有些尴尬。可他的脑子不习惯想太多，想那么多有用吗？先过了今天再说吧。赵强脑子里雾腾腾的，含混地笑着向外走，“别胡说，胡说啥？”

妹妹尖尖地声音在背后响起来，“哥，你还去呀？别给咱家丢人了！”

赵强没有回头，他不能回头，他觉得脑袋脖子和上身锈在了一起，用力一拧，嘎巴就断了。

4

北京时间18点差3分，赵强脖子僵硬地站在马路边等大舅子。18点差5分的时候，两个人通了电话。刑丽打电话给自己的哥哥让他用车把赵强父子的东西拉走，大舅子没答应，反而给赵强打了电话。

十多分钟后，红黄相间的出租车吱嘎停在了他面前，大舅子拉开车门第一句话就是：“她说离你就离？！”

赵强被这责难弄得哑口无言。

大舅子给他递了根烟，叹了口气，两个男人蹲在路边默默地抽完了一根烟，大舅子才问：“你们俩……没别的事吧？”

赵强张着嘴看着大舅子，“别的啥事？”

大舅子笑了，“我想不会……你们俩，不会！”

赵强踩熄烟蒂，低头说：“还是生气…… 她说跟我过日子没希望……”

大舅子嗤地笑了，“说梦话呢？啥叫希望？幼稚！三十多了还这么幼稚！算了，过两天气消了她就后悔了，说不定到不了半夜就后悔了！刑丽那臭脾气，也就你吧……我说你也是，女人嘛！她闹你让她闹，闹够了，闹累了，没劲儿她就不闹了！你以为你嫂子不跟我闹啊？要是为这虚屁一样的缘故离婚，哪家不得离呀！我都不知道该咋说……你们俩呀，离婚交一回钱，回头复婚还得给民政局交钱，穷折腾，纯粹有病！”

赵强不好意思地笑了笑，大舅子的一番话让他既惭愧又温暖，低着头说：“哥，我没成色，不该跟着她闹。回头你帮我劝劝她。”

大舅子拍了他一巴掌，“多余！走吧，回头妈知道了，骂不死你们！”

赵强开上车走了。

赵强把车开得有些飘，也许车没有飘，飘的是他的身子。他有点儿上不着天下不着地的感觉，人在驾驶座上坐着，屁股底下的麻将板凉垫一块儿一块的都能感觉到，可身子还是轻飘飘地悬浮着一般。

他离婚了，离婚证在屁股兜里硌着他。

大舅子那番话带给赵强的安慰，随着夜色的降临一点一点地消散了，赵强的心忽悠忽悠地晃着，晃得他头晕眼花，难受得要吐了。

赵强想把自己的心找个牢靠地儿拴上一会儿。大舅子说丈母娘会骂死他们，丈母娘当然不会坐视刑丽和赵强离婚，这点赵强也知道。

丈母娘从来不给赵强好脸儿，可整个刑家，赵强还是最喜欢这位岳母大人。

刑家不只是刑丽能说，个个都生了张好嘴，大舅子两口子话多却还家常，从党史办退休的老丈人和在寿险公司上班的小姨子都是出口成章的厉害角色，但丈母娘是高手中的高手。

刑家的饭桌上你要想说话得见缝插针抢着说，不然永远没你说话的机会。这也好，赵强正好可以不说话。赵强倒是可以不说话，却没办法不让别人说他。也奇怪，只要赵强去老丈人家，不管说什么最后都要落到赵强的头上，都能变成针对赵强的励志演讲。面对赵强，刑家个个充满了优越感，谁都觉得自己有资格教育赵强。说什么赵强都不生气，说什么也都是为他好。赵强的不生气，纵容了他们，也打击了他们。除了这样，赵强还能怎么办呢？

那天老丈人过六十六大寿，本来吃着饭说电视上“红楼选秀”的滑稽事，接着说去年的“超女”，赵强默不作声埋头吃饭，脑子里想着刑丽上学的时候歌唱得也挺好听的。

“赵强！”

赵强咬着一片肉，愕然抬头。老丈人端起酒杯朝他示意，赵强含着肉，忙跟老岳父碰杯。

“赵强啊，我们老了，你们还年轻，对自己的人生，要有计划，有打算，不能过一天算两晌。你听你妹妹说的，淘汰！要有准备，不能等着被淘汰呀！你们这一代人，没吃过苦，不知道生活的艰辛，哪像我们……”

“你们？”小姨子冷笑着打断父亲，“你们需要面对的是艰苦，可我们需要面对的是残酷！哥，”她转向赵强，“你的问题不在能力上，在态度上！成功是怎么来的？是一千次失败堆起来的！人要有面对失败的勇气！成功的人不过是比普通人更懂得坚持的人！哥……”

“他姑父，”嫂子插进来，“我刚想起来，你是不是跟人挂车了，后视镜烂了你不知道？你哥不让我跟你说，我也没别的意思，事大事小你都得说不是？花多少钱是次要的，安全第一，那后视镜……”

赵强嘴里的肉还没嚼烂，碰过的酒杯还在嘴边，他被这倾盆而下的话浇得一愣一愣的，半张着嘴的样子看上去傻乎乎的。刑丽厌恶地低声说："闭上嘴。"

赵强立刻闭上了嘴。

"赵强啊，有什么想法说说……"老丈人循循善诱。

"想法啊……"赵强先咽下肉片，后喝了那杯酒，他得为自己争取一些思考的时间，然后憨憨地笑了笑，"也有……"

身边的刑丽突然站起来冲进了卧室，歇斯底里的哭声就响了起来。赵强的儿子跟小表姐吃了两口就去小姨房间玩电脑了，电脑游戏激越的背景音乐伴奏似的陪衬着刑丽的哭声。

在厨房下寿面的岳母抄着面汤滴答的笊篱冲过来，指点着餐桌吼："说！说！说！哪恁些不主贵话?!"然后转身，冲卧室的大女儿吼："你爹死了还是娘死了?！你哭！哭！十七八你就浪掰着找男人，找了你好好过啊？现在你又浪掰着哭！男人残了还是找姘头了？好好的日子不过，你哭你妈那瞎屄哩？哭死你也是自找哩！"

屋子一下安静了，两个孩子也探出了头。

岳母威风凛凛地又是一声大吼："端面条！吃饭！"

想起那天在寿宴上横刀立马的丈母娘，赵强唇边浮起一丝微笑，他觉得岳母是可爱的，话糙理不糙，好好的日子，刑丽为什么不过呢？

女人是个谜呀！

赵强和刑丽在学校外边的树林里把自己从男孩女孩变成了男人女人之后，好长一段时间赵强想到刑丽的时候，他都会在心里发出这样一声感叹。

不过，那时的感叹，和如今的含义完全不同。那时与其说是疑惑，倒不如说是抒情，赞叹那让人癫狂的美妙感觉。刑丽的感觉应该和他一样，他们只要在一起，身子和身子就像磁石一样要往一起靠，拉都拉不开。

"我爱你！"刑丽汗津津地坐在他怀里笑着拿脸在他脖子上蹭，她热，他也热，可她不肯移开身子，他也舍不得推开她。

两个人像地质队员一样在学校附近勘察“安全”的地点，刑丽比赵强还热切，还积极。赵强后来想想，那时候两个人也会吵架，说吵架不准确，是刑丽吵，赵强被吵，赵强的沉默让刑丽闷得撕打他，只要她一碰他，赵强就突然抱住她，用力地揉搓她挤压她……于是，语言向身体投降了。

那时候是学生，身上也没多少钱，一支紫雪糕两个人吃，咬一口，嘴对嘴地喂对方半口……赵强猛然想起这个情景，上辈子的事了！

赵强把车停在了一家西餐厅外，等客的时候他有些心酸地摸出裤兜里的离婚证，红色的塑料皮上有个清晰的大拇指印，是他的，还是刑丽的？他打开了车顶的灯，用自己的拇指又按了个手印。刚才那个拇指印是刑丽的，比自己的小一圈，看指纹，刑丽的是个“斗”，自己的是个“簸箕”，“斗”是一圈一圈完整的同心圆，“簸箕”的圆圈收不拢，散了……

刑丽还能想起来以前的事吗？

别说刑丽，赵强自己都忘了，原来他俩那么好。

刚结婚的时候也好。新婚旅行去了北京，火车很挤，卧铺想也别想，就是座位也没有，赵强坐在行李上，刑丽挂在他的脖子上，小两口儿鸟一样在人胳膊腿组成的树林缝隙间你一口我一口地互相喂着火腿肠。

赵强此刻才发现，那竟然是他们婚姻生活中唯一的一次浪漫之旅。七八年后刑丽带着孩子跟着哥嫂去过一次上海，钱带得不多，差点儿回不来。刑丽去上海的时候，他们就已经不怎么好了。

他们不好的标志倒不是吵架，谈恋爱的时候刑丽也爱发脾气，赵强觉得他们不好了，是因为刑丽的身体和他的身体有了距离。

刑丽一不高兴，就像厌恶传染病人似的厌恶赵强靠近。

赵强还犯过经验主义错误，刑丽生气的时候他想用做爱来“清楚不了糊涂了”，结果遭遇到了疯狂的抵抗，赵强已经住手了，开始躲避，可刑丽对他的殴打还没停下来，她下手没轻重，抄起什么都朝他身上狠砸，刑丽把他从卧室追打到了客厅，她顺手拿起了扔在沙发上的一根不锈钢的链子锁……

赵强仓皇从儿子的房间逃到了后面的小院，反锁了门，刑丽砸门砸窗户玻璃，赵强紧紧地拉着门把手，儿子缩在床角靠着墙，一点声息都没有，刑丽瘫倒在地上，一边放声哭一边拿手去拍地上的玻璃渣子，两只手拍得血淋淋的，赵强的耳朵、肩膀和手都在流血，他也哭了，可他不敢进屋，刑丽病了，疯了，他可怜她，也害怕她，可他有什么办法……

那个拿脸蹭他脖子跟他嘴对嘴喂雪糕火腿肠的刑丽，那个疯狂地挥舞着链子锁拿手拍玻璃渣子的刑丽，前一个刑丽怎么就变成了后一个刑丽？

赵强不知道，刑丽自己知道吗？

5

晚上8点20分，西餐厅外，赵强的回忆到了最惨烈的部分，与此同时，西餐厅的大门里一对小情人正在激烈争吵。女孩子哭着冲出了旋转门。

赵强感到车猛地震了一下，回头一看，一个穿吊带裙的女孩拉开车门上了后座，带着哭腔说：“师傅，开车。”

一个男孩跟着扑上来拽住了车门，赵强没有发动车，女孩在里面拉着车门嚷：“走啊！”然后就呜呜地哭了起来。

车门到底让男孩给拉开了，赵强发动了车，男孩喘着气说：“师傅，东城。”

赵强沉默而哀伤地开着车，到达东城广场的时候，后座上的那对小情人已经在接吻了。男孩感觉到车停了，抬头对赵强说：“对不起，师傅，再调头回去。”

女孩扑哧一声笑了，两个人头抵着头低声说着什么。

赵强又默不作声地把车开了回去。

男孩女孩下车了，赵强看着那女孩子的侧面，忽然觉得很像柳惠。

结婚两三年后，赵强才发现，其实柳惠比刑丽漂亮得多，性子也好得多。柳惠皮肤白，个子虽然不高，可能因为身体的比例，走起路来也摇摇曳曳的，不爱说话却爱笑，一笑起来两只眼睛眯成了月牙，被乌黑的睫毛密密簇着的月牙。

赵强叹了口气，真像自己妈说的，他是尿泥子糊了眼？要是他当初找了柳惠，现在会过成什么样呢？

赵强实在也想不出来，也许会好，也许更糟，柳惠早几年就离婚了，离了婚的柳惠在厂子里被人传得乱七八糟的。赵强主要是从刑丽那儿获悉的，别人嘴里也听到过，当初文静内向的柳惠如今有了一个风骚轻薄的外号，“小籽儿白”。

刑丽虽然也喜欢浓妆艳抹的，可从没沾惹过半点腥的膻的，赵强更是规矩，两口子斗是斗，彼此却是一万个放心。

也许太放心了。

赵强脑子里忽然划过一个荒唐的念头，他要见见柳惠，就现在。

赵强手机里没存柳惠的电话，没关系，他给两个久不联系的男同学打了电话之后，果然就得到了柳惠的号码。打过去，还好，没关机，不过半天才有人接，电话那头很安静，柳惠喂了几声后，赵强才开口说：“柳惠，是我。”

“你是……赵强？”柳惠的声音跳了一下，笑了起来，“怎么是你啊？”

赵强说：“今天，我和刑丽离婚了……”

柳惠沉默了，赵强又说：“柳惠你在哪儿？我开车去接你……”

柳惠突然又笑了，说：“你呀……好吧，我在家呢……”

柳惠的家也在印刷厂家属院，就在赵强他们家后面那栋楼上。赵强挂了电话，才发现自己的手在哆嗦，车里开着空调，可他出了一头汗，手哆嗦得止不住，他用哆嗦的手扳下空车灯，半天才发动了车。

赵强把车开到了自己的楼后面，他能看见自家的窗子，没开灯，窗子上有一闪一闪幽蓝的光，刑丽在看电视，她一个人黑着灯在看电视……

赵强很紧张，浑身肌肉硬着，脑袋里像钻进去了一只马蜂，嗡嗡地撞来撞去，他的手还在哆嗦，呆了很久，才拨通柳惠的电话。

很快柳惠下来了，拉开前门坐进车里，一股柠檬的香气四散开来，她甩了甩湿漉漉的头发说：“走吧。”

赵强发烫的脸上落了几滴冰凉的水珠，他没擦，发动了车。

“看来是真的……”柳惠从挡风玻璃那儿摸到那本离婚证，方才赵强被那对吵架的小情人打断回忆时扔在那儿的。

赵强伸手拿回离婚证塞进裤兜，他没有说话，他不知道该说什么。

柳惠说：“找个地方说话吧，你不是找我来押车的吧？”

赵强说：“不是……”他又说不下去了，他甚至开始后悔给柳惠打电话了，这样的局面是他不能应付的。

远远地出现了“蓝山咖啡”的霓虹灯，柳惠说：“就那儿吧。”

赵强第一次进咖啡厅，才发现他眼里这种阳春白雪的地方竟然坐满了下里巴人，嗡嗡的说话声盖过了背景音乐。服务生领着他们转过半个大厅才到了一个空的座位前，沙发很宽，但有些低，赵强坐下半天才安置好自己的两条长腿。

赵强发现柳惠手里拎着一个小巧的奶油色带咖啡色图案和镶边的漂亮纸袋，纸袋撑得很满，他问："那是什么？"

柳惠一笑，没有直接回答，她打量着赵强，很感慨地说："赵强，你怎么不老呢？不仅不老……简直还没长大！"

说完这话，柳惠的眼睛又笑成了月牙儿，不过月牙儿的尾巴上坠了几道明显的皱纹。

赵强嘿嘿地笑了笑，也不知道该说什么，他觉得面前的柳惠很陌生，柳惠猛一看也不老，本来就白，现在胖了些，皮肤好像比上学的时候还细腻发亮，然而她从容放松的做派却生生把赵强比成了局促的孩子。

赵强有些羞惭，低了头，那阵羞惭慢慢退了，柳惠的话又在他心里活动起来。柳惠在点单，咖啡厅充足的冷气让赵强的胳膊上起了鸡皮疙瘩，他的心却被柳惠那句话咬住了，钝钝的疼越来越明显。

服务生走了，柳惠笑着跟赵强说话，问他离婚的缘由。赵强的表达能力似乎退化得很严重，憋半天说一句，幸好柳惠总在追问、评价、分析兼举他人的例子，谈话才不至于太过艰难。柳惠怎么也变得这么能说呀？

茶上来了，漂亮的橘红色的茶，柳惠给他倒上茶，那茶不甜也不酸，却有柑橘的香气。

赵强低头看着茶杯里红艳艳的茶水，"啥希望？说得好听，她要的是钱……"

柳惠高深莫测地笑了笑，说："也许，她要的真是希望。"

赵强把话裹在叹息里吐出来："我上哪儿去给她找'希望'呀?!"

柳惠微微一笑，把刚才那只赵强问过的漂亮纸袋放在大理石桌面上。她从纸袋里拿出一个同样色调的盒子，打开，明黄缎子上嵌着两排玲珑的透明瓶子，里面装着奶液赭哩或无色的油淡褐色的水，盒子的盖上还嵌着两个牡蛎样的透明小盒，里面是珍珠色水滴状胶囊。

柳惠不紧不慢地拿起一只瓶子开始介绍，她给赵强展示的是一套女性美容保健品，纯中药配方，内服外用各种系列都有，从美白瘦身祛皱祛斑，到肠胃肝肾卵巢子宫保健，激素分泌情绪调节样样都管，柳惠现身说法，自己的皮肤就是这套产品功效的证明。然后她又详细地说明了此产品的销售和提成方法。

赵强听了一会儿，反应过来，“这不是……传销吗？”

柳惠很镇定地应对着这声名狼藉的两个字，“不是传销，是直销，国家工商局批准的，你可以上网查。这是套试用装，你拿去先给人试，就算买了产品，用了一半觉得不好，拿回来就给你退钱，传销能这样吗？”

赵强没话说了，他跟柳惠的谈话就这样奇怪地改变了方向，赵强很想把话题转开，或者干脆结束谈话——现在应该是他工作挣钱的时间——他没这本事。

柳惠突然又回到了刚才的话题，“你刚才不是在说希望吗？这就是希望。我不是想让你买一套产品，我给你的是一份事业！真正改变生活的希望！而且，我们不是在销售产品，而是在传播健康，美丽，和文化！”

赵强被柳惠激越的声调弄得茶都喝呛了。

柳惠善解人意地递纸巾给赵强，说：“我水平有限，可听了老师的课后很受启发……”她又把纸袋拿上来，一反一正地给赵强看，那袋子一面一个印着两个不规则的印章一样的图案，跟奥运“中国印”似的，只不是红的，是咖啡色的。

柳惠说：“这面是阴文，虫字上多一撇，下面是个二，什么意思呢？看这面，阳文刻的，风月无边。那个‘虫二’就是风月两个字去掉外边的框，就是风月无边，有意思吧？”

赵强反正反看了几遍，真看明白了，恍然朝柳惠笑着点头。

“我们的品牌就是‘风月无边’。看字面就让人觉得很古典，浪漫，诗意，而且这个商标设计还富含哲理，用‘虫二’来表示‘风月无边’，实实在在表现出来的笔画有意义，那被省略的虚空也有意义，人生也是这样，如果只有虚的，肉体就无法生存，如果只有实的，灵魂就不能呼吸，说得多好啊？你现在明白我们这个产品的品位、档次了吧？你也有点儿理解这份事业的价值和意义了吧？”

赵强逃避地挪开了眼睛，可脸还是被柳惠盯得火辣辣的。

“我说了我水平有限，我们老师讲得更深刻，更鼓舞人心，明天下午就有课，你来听就知道了，在职工学校老楼四楼会议室，我打电话叫你……”

赵强的手机响了，柳惠滔滔不绝的话头被截住了。

大舅子生气的声音传出来，“赵强，你跑‘蓝山’去喝咖啡了？”

赵强的头嗡地一声，手指尖儿都发凉发麻了。

6

北京时间22点整，火车站上面的钟准时敲响。

赵强失魂落魄地拎着那袋“风月无边”试用装，一个人走在火车站广场上。进站的人排着长队，他从队伍中穿了过去，被人不满地搡了一把也浑然不觉。

车被交警拖走了，因为他违规停车。怎么交警还没下班啊？拼命挣钱的不只开出租车的。

赵强也知道，现在交通违规处罚都是上电脑的，但他还不知道，交警的电脑和移动公司的电脑联在了一起，处罚单子开出来，每条一元的提醒短信同时会发到车主登记的手机上。所以，大舅子比赵强更早知道车被交警拖走了。

虽然大舅子打电话找了熟人，可车还得明天一早交了罚款才能领。赵强被大舅子训了一顿，可能考虑到离婚的因素，大舅子埋怨得很克制，可质问中却带着不信任的猜疑。赵强含混地哦哦应着，挂了电话。

柳惠打别人的出租车回家了。柳惠走的时候，也有些尴尬，遇上这种事儿，不知道该怎么说，可她依然坚决地把那套试用装塞到了赵强的手里。

赵强去哪儿呢？他没地方去。刑丽那里当然不能去了，自己家回去也没地方住，儿子跟奶奶睡，自己的床还没铺，赵强也不想回去。

赵强突然被抛到了生活的轨道之外，而且被剥得赤条条的抛了出来。他像个新生儿一样无助，赵强忽然觉得自己胃里真有一个饥饿的婴儿张着没有牙齿的肉红的嘴在焦灼地哭，这种怪异的想象让他恐惧，恶心。

赵强立刻把关于婴儿的想象清除了。他走着走着，渐渐就感觉不到是在走了，脑子里什么也没有，像一个透明的玻璃烧瓶，敲一下发出清脆的声音，让人凭空生出破裂的担忧。

他从火车站广场出来，沿着被这个城市当作中轴线的街道走。赵强小的时候，这条街道是整个城市中最威严神圣的街道，地委在这条街上，军分区也在这条街上，现在这条街只是一条普通的商业街了，鳞次栉比地开满了亮晶晶的大小商店。

人脑子真的很奇怪，原本忘了的事情会突然没有来由地鲜活起来，赵强此刻突然想起了这条街上遮天蔽日的法国梧桐，那些梧桐有两搂粗，赵强夏天骑车上学从这条街上过，整条街都很阴凉，偶尔会有光斑从树缝中落在赵强的白衬衣上。

赵强竟然想起了白衬衣上跳动的光斑。那时候，赵强的心情总是很愉快的。

可是，赵强怎么也想不起来那些梧桐是哪一年被砍掉的了。

路边一家蛋糕店在打烊，店员在装饰得花花绿绿的玻璃门里打扫卫生，“祝你生日快乐”的歌不知疲倦地在从早到晚在放，此刻听起来竟像是特意为赵强放的。赵强又一次被提醒了，今天是他三十三岁的生日。

赵强没有为了歌声停下脚步，他继续向前走，也许身体疲惫了，只是赵强不知道的，他的手知道，很友善地撑到了腰上，另一只手里的纸袋也开始用不大的分量提醒赵强它的存在。

看到了通宵夜市的灯火，赵强的步子快了，他在最边上的一家摊位上坐下，要了份沙锅排骨面条，一瓶啤酒。旁边烤羊肉串的摊位上，一大群人在喝啤酒，不知道说了什么，笑得惊天动地的。在灯火辉煌笑语欢声中，赵强沉默地呷了口啤酒，他在虔诚地等沙锅面，忘了刚才那些念头，也忘了祝自己生日快乐。

面上来了，很热也很辣，可并没有阻挡赵强吞咽的速度，他呲哈着把面条拖得老长，吸进嘴里，嚼一下半下就吞下去了，下一口面又吸了进来，这个过程是连绵不断，赵强的舌头、喉咙和胃都受到了充分的刺激，得到了充分的满足。

一锅面连汤带肉都吃完，一瓶冰镇啤酒也灌了下去，赵强餍足地打着嗝站起来，他付了饭钱，但把那个“风月无边”的纸袋忘在板凳上。

赵强完全忘了纸袋。入夜风开始有了凉意，大汗淋漓的他迎着夜风，浑身像被清凉的水冲了冲，很舒服。

赵强沿路走了两公里，这次他稍微有点儿目的，他要去春秋广场，广场上有长凳，有草地，他可以睡觉。

被抛到了轨道之外的赵强，仍然沿着原来轨道的弧线运行。

春秋广场正对着春秋楼，据说那是关羽夜读《春秋》的地方。关羽是圣人，愿意不睡觉读书，赵强更愿意睡觉。

赵强在长凳上蜷曲着长腿睡着了。

那个被他赶走的饥饿的婴儿又侵入了他的梦，那婴儿从他的胃里生长了出来，粘连在他的胸前，依旧大张着肉红的嘴在哭，婴儿的手向上攀到了他的耳朵，那手很小，红赤赤皱巴巴，却钢铁一样有力。赵强掰扯不掉婴儿的手，那手竟从他的太阳穴里伸进去，从他脑子里扣出几缕棉絮一样的东西，塞进没有牙齿的嘴里去。赵强蒙眬感到那些棉絮一样的东西就是他的念头，他突然很恐惧，他脑子里的念头本来就不多，会被吃光的……

正在梦里挣扎的赵强被摇醒了，两个巡夜的联防队员站在他的面前。

赵强痛苦地皱着眉，把身上所有的证件交给他们，糊里糊涂地把钱包和离婚证也摸出来给了那两个人。

一个年纪大些的联防队员在手电的光柱里点了点离婚证上的日期，他又借着手电光仔细看了看赵强，也许赵强端正的容貌痛苦的神情让他生出了同情，他叹了口气，“小伙子，想开点儿，年轻着呢！不算啥。回家吧，啊？”

赵强应了声，收起钱包和证件，晃着身子走开了。

还是夜里，却有找不到来源的光线，也许一年中最长的白天在凌晨就开始展开对夜的侵略了。天空像块深蓝色的玻璃，柔和细腻的散发着玻璃特有的光泽，风更凉了，像水，冷藏室里取出来的水，只是凉，并不冷，喝下去脏腑都跟着清澈起来。赵强停下深呼吸，干硬的喉头也得到了润泽似的。他站在那儿，觉得好像少了点什么，摸摸口袋，才想起那个纸袋不见了，下意识回头顾盼。

只怕是早丢了，赵强也没有回去找的意思，只是这一回头，他看见了西天那半轮月亮。那月亮轮廓清晰，像银子的亮，也像丝绸的亮，像画在明信片上似的挂在蓝玻璃的天上。

赵强扭着脖子仰着头，他能听见颈椎嘎巴的声音，像是头颅中有什么东西断裂开了，有很多念头纷然落下。赵强的脑子里念头像雪片一样在落，一层一层地落，他要想一想，好好想想，再想想，也许一切都会不一样……

灵　歌

姥姥过一段时间，就会到乡下去参加一次葬礼。

姥姥总是葬礼上哭得最引人瞩目的人。她一边哭一边唱，这样哭上半个小时，起身坐到一边喝碗水，然后再到灵前哭唱。有时候死的是姥姥熟悉的人，有时候死的是不怎么熟悉的人，不管熟悉不熟悉，姥姥都哭得很伤心，大白手帕子擦得湿嗒嗒的，唱的词也不大一样。

姥姥最拿手的段子是起灵前的《鸦反哺》。将要起灵时，孝子们哭倒成一片，可不管有多少人，总盖不住姥姥的嗓音。

> 望儿亲，上山崖。手提棒，身穿麻。山又高，路又窄，哭哭啼啼往前跨。抬头望，见乌鸦，呱呱叫，叫呱呱，叫着儿的妈。前日里妈为儿，今日里儿为妈，好似反哺乌鸦。奏乐师，你辛苦，请你吹个《鸦反哺》。

这时响器班子开始吹奏，孝子们的哭声低下去，哽咽成一片，姥姥的歌声也跟着低柔起来，“朝前走，过山垭，一派青松乱交加。山坡赶羊羊乱跑，好似猛雨打梨花。奏乐师，不要慌，不要忙，请再奏一曲《山坡羊》。”

趁着锣鼓唢呐热闹的遮蔽，姥姥拿大白手帕子重重地擤一下鼻涕，然后在胡琴的伴奏下，唱最后一段，“双手扳住桐树椏，思念儿亲热泪洒。何时儿亲再归家，奉上一餐饭和茶。曲曲弯弯路，重重叠叠垭。不觉红日渐西斜。望穿俺双眼，不见儿亲面！奏乐师，听得端，请吹一调《行乡子》，壮一壮孝子行颜！”

调子渐渐从哀伤婉转变得激烈高亢起来，最后还有一个长长的拖腔，完成后，总会有短暂的寂静，然后才是一片喝彩般的哭声。

姥姥这时就从灵前悄悄退开了，把大白手帕子稍干的一面叠过来，擦擦额头涔出的汗和积在嘴角白唾沫。丧主家管事的女人会给姥姥端过来杯糖茶，茶盘里放着一个白纸包，里面通常是十块钱。当时，十块钱叫“大团结”，是最大面值的人民币。

这都是龙龙出生以前的事。

龙龙出生在 1981 年，我已经开始写日记了。当时日记是老师布置的作业，龙龙出生那天的日记我是这样写的。

12 月 28 日　星期三　晴

今天早上，有一只黑鸟落在姥姥家院子里的桐树上，我问是什么，姥姥说是乌鸦，这是我第一次见到真的乌鸦。

中午放学回家，家里没有做饭。姥姥和舅舅用架子车拉着妗子去医院了，我也去了医院。舅舅给我了一毛五分钱，我在医院门口喝了一碗胡辣汤，吃了一个烧饼。回去的时候，看见姥姥坐在水泥台阶上哭。姥姥她是高兴，我也很高兴，因为妗子给我生了一个小表弟。

日记写成这样，对那时候的我来说算是篇幅较长结构复杂，我写了两件事，分成了两段。老师给了一个“乙上”，并且用红笔把“乌鸦”两个字划掉，改成了“喜鹊”。老师说，喜鹊是报喜讯的，乌鸦是报凶信的。如果我写对了鸟，再把那只鸟跟后面的小表弟的出生联系起来，我想我应该能得到“甲”。这多少让我有些遗憾，也有些疑惑，落在院子桐树上的那只黑色的鸟，真的是乌鸦？那只黑鸟，真的跟后面小表弟的出生有关系？

老师的话总不会错，放学回家，我就乌鸦的问题再次向姥姥求证，我还追问，是不是因为树上落了那只黑鸟，小表弟才出生的。姥姥正端了一大碗荷包蛋，溜边漫沿，用脚勾妗子屋的门，一咂吧嘴，骂我：“人不大孬话怪多，爬恁丈母娘那脚！”

我罕见的学习热情遭受了打击，我不高兴了。

这还只是开始。后来我越来越不高兴。我生活里一些快乐的事，随着那个叫龙龙的小表弟的出生，莫名其妙地就消失了。以前姥姥总在封火之后，在炉洞里给我塞一个馍或是一块红薯，烤得焦黄喷香。等我写完作业上了床，就拿来让我在被窝里吃。我吃的时候，姥姥还给我讲“老猴舂米”的故事。老猴背了人家的闺女当媳妇，后来媳妇偷跑回娘家，不再回山洞了，老猴就去村头的石臼上舂米，彻夜地唱：“日黄黄，月光光，难舍猴娃他亲娘！”村里人就烧红了石臼，老猴被烫跑了，从那以后，猴屁股才是红的。我听了很多遍，可再听的时候还会笑，即使已经迷迷糊糊快睡着了，可还要忍着困噙着笑等着听“猴屁股”三个字。姥姥粗糙温暖的手指抹去我嘴角的馍渣，然后我就睡着了。

这样的好日子再也没有了，现在我写作业的时候，姥姥就在煤火上架了竹篾编的烘笼子，一片一片地烘龙龙的屎布，整个屋子都弥漫着腥腥的骚味。然后我一个人上床，躺在那里，等得睡着了，姥姥的屎布还没有烘完。早上在火上烤得热乎乎的棉袄棉裤也没有了，我一个人起来，到厨房吃饭，姥姥伺候妗子吃完了饭，端了一大盆屎布出来，在院子里认真检查那些布片子上屎的颜色。也真奇怪，那个小婴儿会拉很多种颜色的屎，深黄浅黄发白发黑，有一次，甚至是很绿的颜色。姥姥到窗户下对屋里的妗子说："琴哪！孩子受凉了！琴哪，孩子有火了！"

有个小孩儿真是烦人！

我和姥姥在冬天早晨的街道上走着。我踩着路边水洼里结的冰，对姥姥抱怨那个小表弟。我是去上学，姥姥端着大盆，拎着棒槌去河边洗屎布。院子里水龙头那儿大家还要淘米洗菜刷牙洗脸，姥姥只能到河边去洗屎布。

有个小孩儿真是烦人！

听到我抱怨，姥姥笑着骂："咋着你了，你嫌烦?！龙龙比你好得多！吃饱了就睡！你闹夜整整闹了一百天！"

我不说话了。反正我也不知道，随便他们怎么说，我不相信我会那么烦人，至少我不会拉这么多屎！我真的很奇怪，那个龙龙比姥姥手里的棒槌长不了多少，可一夜拉的屎比他的人都要沉！姥姥都快端不动了，把盆放在河堤上，喘着气冲我后背喊："别拐弯，上学去，啊?!"

我闷声应着沿着河堤跑，再回头，姥姥已经下到河边去了。我捡了路边半块砖头，朝结冰的河面丢去。砖头只在冰面上砸了个白印，我有些沮丧，想再试一次，可是学校的预备铃响了，我撒腿跑下了河堤。

不高兴只是我一个人的，全家人都很高兴，包括从青海回来的爸爸和妈妈。爸爸妈妈进门就去看那个红赤赤的小表弟，眉开眼笑地夸了又夸。

爸妈停不上几天，就得回去。走的时候，妈坐在姥姥床边，含着眼泪扯了我的手，唠叨了几遍听姥姥和舅舅的话，好好学习什么的，我被她弄得也想哭，心里难受得要死，又烦得要死。忍着一股无名的怒气和烦躁，我站在床边耷拉着头任妈拉着手，她说一句我哼一声算是应了，姥姥这时候进来，竟然把我朝妈怀里推，说："好乖，跟恁妈好好亲亲。"这一推把我推爆了，我猛地甩开妈的手，跑到门边，靠着门站着，盯着自己脚下的地，半天才偷眼看妈跟姥姥。妈靠在姥姥的肩头，姥姥摩挲着妈的手，朝我骂了句："犟筋!"

爸妈走了，我继续我愉快的寒假。几个一般大的男孩子在前后街蹿来蹿去，敲人家屋檐下的冰凌柱含在嘴里，直到把嘴冻得麻木。头朝下脚朝上地"贴墙拍"，一直贴得鼻血流出来。把鞭炮里的药沫倒出来，塞进我们的自制手枪当火药。寒假结束前，一个伙伴被这样的火器轰了个满脸开花，幸好眼睛没事。出事后的几天，姥姥有把我栓在裤腰带上的打算，我溜不了多大一会儿，前后街就能听见姥姥高昂激越的嗓音，把我的名字加上一串孬孙鳖子儿之类的装饰，叫起来抑扬有致，简直可以跟她在乡下葬礼上唱的《鸦反哺》媲美。

开学之后，一切又正常了，我也习惯了有龙龙的生活。龙龙会笑了，龙龙会叫奶奶了，龙龙会走路了……龙龙成了姥姥生活的主要内容。天好的时候，姥姥喜欢抱着龙龙站在街边晒太阳，街坊夸龙龙生得好，真是个龙羔子！姥姥就乐，她百听不厌，每次听到都像头一次听到似的喜出望外。后来龙龙上幼儿园了，姥姥继续到乡下去唱她拿手的《鸦反哺》。

这时候我弄清楚了，姥姥唱的叫灵歌。接下去几年姥姥很忙，她唱灵歌唱得有了些名气，隔不了多久就会有人来家里请她。不只是乡下的，城里的也有。要是不用上学的日子，我就着一起去。城里没什么意思，我喜欢下乡，好玩，还能混上不少城里没有的好吃的。

龙龙可能真的是很了不起的人物，自从他出生，翻天覆地的变化就来了。龙龙会走路的时候，我们住的地方从镇变成了市，一条条的马路修起来，街上人穿的衣服也花乎缭梢起来。街边租小人书的摊子上开始出现《碧血剑》《残肢令》这样的书，软黄的封皮上有黑色毛笔字写的名字，我立刻着了迷，开始不停地缠着姥姥要钱。舅舅和妗子都训我，说那书不好。我犟嘴，结果姥姥打了我，晚上又偷着塞给我了五毛钱。

妗子不再去街那头的厂子里踩缝纫机了，厂子关门了，把朝着街的厨房墙上掏了个门，开始卖糖烟酒瓜子汽水，她从没让我喝过汽水，还不让我租书，却给龙龙整套整套地买《小龙人》和《葫芦兄弟》。

龙龙开始换牙了，就有人在姥姥家院墙上画了个大圆圈，里面用白粉写了个“拆”字。舅舅把窗户外头的曾落过那只黑鸟的桐树砍了。潮湿的泥土里有很多雪白的嫩根，我就刨着玩。龙龙举着颗牙齿来了。他下面的门牙掉了，央求我给他扔到房顶上，这样牙齿才能向让长。龙龙长得很漂亮，人也面，拖着奶腔喊我哥……大眼睛吧嗒吧嗒地看着我，我就不忍心了，乖乖地帮他扔牙齿。

我踩到砖垛上给龙龙扔牙齿，从又小又高的后窗户里看见姥姥在把一卷子一卷子地钱拆开散在床上，舅舅忽然给姥姥跪下了，姥姥抹了把脸上的泪，去拉舅舅。我感觉一定发生了什么大事，跳下来低声对龙龙说：“咱家出事了……”

龙龙愣了一下，可能被我的表情吓住了，瘪着嘴拖着腔喊了声“妈——”妗子立刻出现了，也许以为我又欺负了龙龙，瞪了我一眼，招手把龙龙叫走了。我踢了踢刨出来的树根，心里有些惶恐，耷拉着脑袋，看着守在小卖部里的妗子，她倒不着急，一直把龙龙搂在怀里，定定地看着外面的大街。龙龙开始挣扎了一下，后来就老实了，任由他妈抱着了。

什么大事情也没有发生，一年后，姥姥一家搬进了拆迁后的新楼。

我初中毕业后，考上了师范学校，开始住校，虽然学的是政教，可我却开始写诗写小说。星期天回姥姥家，妗子就让我辅导龙龙功课，龙龙当时对漫画书很着迷。作业本下面埋着漫画书，看两页，做一题，于是他好像整天都在桌子边用功。我说你做完再看。他笑笑收起了漫画书，埋头做题。他倒是很乖，不过我还是不喜欢他。

姥姥家是两室一厅，我要是回去，就跟姥姥睡在一张床上。我已经是个大人了，感觉不方便，一般就是星期天吃顿饭就回学校了。毕业的时候，我的文学梦基本支离破碎了，不过我的头发还是很长，人也很神经质。

我被分配到郊区的一所小学当老师，在校长的提醒下剪短了头发，开始教一门叫“社会”的课程。我上小学的时候，这门课叫“思想品德”。单身宿舍的冬天格外寒冷，早上起来，脸盆里的水会结成冰坨，我手指僵硬地拨弄着吉他，我失恋了。龙龙初中毕业，也考进了我上过的那所学校。但是那所学校已不再是师范，改成了职业高中，分配工作这样的好事也早成了历史。

三年后，龙龙毕业了，一直没找到合适的工作，暂时在家里待着了。这期间我又经历了几次失败的恋爱，找一个愿意嫁给我、我也愿意让她嫁的姑娘，似乎跟龙龙找到一个他愿意干、别人也愿意让他干的工作一样难。大概从这个时候起，姥姥真的老了，不再有气力去别人葬礼上唱灵歌。其实在我的记忆中，姥姥一直是老的，可她以前的老，像烘得热乎乎的棉袄棉裤一样厚实温暖，可亲可依赖，而现在，一种孱弱的无奈的悲凉从她的笑纹和沉默里透出来，从她粗糙而温暖的手心里透出来，被她的手拉着，沉重和忧郁就从我心里往上冒，姥姥不说，甚至也不问让我不愉快的事，她只是疼爱地看着我，她的眼睛里偶尔会闪过一丝欲言又止的期待的光，可那光很快就会涣散开，落到别的地方去了。

衰老的衰字，到底意味着什么，我似乎有了一些真切的体会，真切得让自己不大敢面对。

也是从这个时候起，不是逢年过节，我很少回去。放寒假了，我终于回去看姥姥了。姥姥那几天病了，手麻，胳膊抬不起来，她说不要紧，是累得了，贴了膏药。姥姥要我骑车带她去娘娘庙。我说天儿不好，可姥姥坚持得近乎成了央求，我不得不答应了。娘娘庙离城区有七八公里，去的时候顶风，几乎骑不动了，我就下车推着姥姥走。姥姥用一块赫色的棉线头巾包着头，头巾角塞在腮边，圆胖的脸被风刮得通红，我回头看的时候，发现姥姥脸上有泪，她说："乖乖儿，难为你了。"

娘娘庙是俗名，殿上的匾额写的是三圣母殿，里面供奉的是孔子的母亲、老子的母亲和释家牟尼的母亲。为什么如此实在是不得而知，想来民间相信儒释道三教合一，于是把三教教宗的妈妈们也放在一起开家长会了。这些不敬的心思我闷在肚子里，扶着姥姥去"请"香。卖香烛的女人从棉袖笼里抽出手，给姥姥拿香，压着呼呼的风声扯着嗓子喊："大娘你可真诚心！我跟这儿得有二十年了，你是刮风下雨都不落，月月初一来烧香！可积德的好儿孙！"

姥姥的耳朵不大好了，啊了声，女人就又说了一遍，还指了指我，姥姥明白了，嘴角歪歪地无声地笑了笑，用能抬得起的左手摸索着从偏襟布衫里往外掏钱。我忙掏了钱，那束香两块钱。

一个月后，姥姥中风倒下了。

妈妈从青海回来了。舅舅和妈妈趴在姥姥床边哭。龙龙还是被妗子揽在怀里，龙龙不能真的坐在她妈怀里，半靠在椅子背上。他长得人高马大的，神情倒还跟小时候很像，见人憨厚地一笑，是个又漂亮又老实的好孩子。

姥姥出院了，当然不是痊愈，她不能走路了。很快，我们也都习惯了，一个偏瘫老人对大家的生活似乎没什么太大影响。

三年之后，姥姥去世。

这三年里，我两三个月回去看一次姥姥。姥姥后来失语了，彻底不说话了。这三年里，白天只有龙龙和姥姥在家。姥姥无声无息地呆在客厅的角落里，龙龙大了之后跟她住，更大了之后，她就在客厅里铺床了，房间让给了龙龙，龙龙则钻在房间里没日没夜地打着网络游戏。

龙龙的日子在网络游戏中继续，姥姥的生命却走到了尽头。

后来听龙龙说，那天他是被姥姥唱戏的声音弄醒的。失语的姥姥忽然扯着嗓子含混不清地大声唱了起来，龙龙吓坏了，他开始打电话，给爸爸打给妈妈打，给我这个表哥打，他希望立刻有人回来。等我赶到的时候，姥姥已经走了。

在姥姥的葬礼上，舅舅和妈妈哭得瘫软，我和龙龙却显得有些木然，至少表面看是这样。跟着姥姥参加过很多葬礼，在那些总是闹哄哄乱糟糟的葬礼上，除了哀痛和哭泣，有时还会有谩骂和打斗，可当唢呐、喇叭托着姥姥的灵歌出现，所有的声响都将得到整饬……

姥姥的灵歌，是葬礼的魂。

我想姥姥临终前唱的，不是戏，一定是灵歌。只是她的葬礼上，无人唱灵歌。她的儿孙已经找不到还有谁会唱灵歌。于是，姥姥的葬礼显得失魂落魄。

端　午

周爱冬自己知道，她吞下二十多片安定然后到医院洗胃，只是件“事故”，但她也知道，这个解释太过奇怪，不怎么可信。她只能抱歉地朝丈夫笑笑，假装看不见他目光中被伤害的阴郁——他还是在怀疑她是要自杀。

丈夫当然不会责备她，勉强腾挪出一两句以后要小心，爱冬立刻连连点头，心悦诚服地表示接受，两个人的表现都类似表演，吃力，难免累，不约而同地躲避了对方的视线，暗暗吁出口气。一长一短的两声叹息，在安静的病房里显得格外响，丈夫叹得轻而长，疲惫，无奈……爱冬叹得短促、有力，懊悔，愤愤的……

淡蓝色的布屏风外面，一阵杂乱的脚步声，一辆平推车推了进来，大夫护士忙乱着安顿病人，跟在后面的家属里有女人在轻轻抽泣。

爱冬待的是急救室的观察病房，护士从屏风后面绕过来，看了看几乎空了的点滴瓶，过来给爱冬拔了手背上的针头，“歇会儿就能回家了……”护士谴责地看了一眼爱冬丈夫，又亲昵地笑对爱冬，“以后可别傻了!”

爱冬接受了这善意的误解，同样回报以亲昵的笑容，然后掀开被子，低头找自己的鞋，丈夫弯腰把踢到床下的鞋拿到她脚边，一声沉重的“唉”被仿佛从心肺的深处被挤了出来。爱冬穿好鞋，略带难堪地站在床边，丈夫大度地用手握了一下她的肩头，什么也没说，于是两个人一起往外走。

屏风外面的那张病床被团团围着，看不到病人，爱冬忽然站下了，像被什么牵引着，她愣了片刻，站在床脚抽泣的妇人，拿着纸巾，扭头用力擤鼻涕，猛然抬头，看到爱冬也呆了一下，迟疑着，“你是——爱冬?!”

眼前是多年不见的老邻居牛婶儿，爱冬惊讶地应着，“牛婶儿，是我。”爱冬说着目光投向病床，牛婶儿说，“是你沈奶奶，刚做了手术——唉，吃个粽子，吃出来这么大事儿!”

护士示意他们出去说话，爱冬夫妇跟着牛儿婶到了走廊上，牛儿叔蹲在走廊上，牛婶儿招呼他，“看看碰上谁了?”

老了十几年的牛儿叔，还是一样的黑胖，理极短的平头，只是当初的青色发茬，如今已灰白，五官体态倒没多大变化。

牛儿叔姓沈，是沈奶奶的儿子。爱冬刚上小学，牛儿叔在十字街口的国营卤肉店里卖卤肉，爱冬放学了，一边把路边下水道活动得水泥盖板踩得咯噔直响，一边朝街边的店铺里卖着野眼。

牛儿叔光膀子挂着条大蓝布围裙，嘴里叼着燃着的烟卷儿，用巨大的铁钩子从热气腾腾的卤肉锅里勾出大块大块的卤肉挂着铁架子上，间或一扭头，让一长截烟灰落在脚下永远泥淖淖的地上，他接着拿起同样巨大的铁笊篱，捞起大团纠纠缠缠的肠子，摊在被油渍浸得黑黄的竹篾编的簸箩里……等他把心肝肚肺等下水都捞尽了，嘴里的烟卷也到了尽头，他啐痰似的吐在地上，转身端起盛洗净生肉下水的大簸箩，慢慢顺进那锅老汤里，因为用力，能看到胳膊上那两疙瘩肌肉间或在黝黑结实的皮肤下一跳，一滚……肉下完，盖锅，远远地把空簸箩丢向暗沉沉的屋角的大案子，啪地一声巨响，惊得小爱冬“哎呀”一声，牛儿叔叔见了她，摘下蓝布围裙，摸出烟点上，巨灵神似的居高临下骇唬爱冬，“下学不回家，‘拍花儿’的专拍你这样儿的小闺女儿！”

不过刚农历五月，牛叔的汗衫已经脱下，搭在了肩头，他看着爱冬，站了起来，身量不再是爱冬记忆里的巨灵神，却一样打着赤膊。

爱冬发现丈夫不易觉察地皱了皱眉，立得稍远些。爱冬没有嫌恶，只觉得亲切，亲切得让她忧伤——她喊了声“牛儿叔”竟哽咽了，忙用笑含混过去了，等着说起沈奶奶的病情，爱冬才又平静了。

“你要是认识沈奶奶，恐怕很难相信，牛儿叔会是她的儿子——沈奶奶很讲究，手又巧，吃的粽子裹得跟人家用丝线缠出来的香包粽子似的漂亮……”爱冬在车上，感慨地对丈夫说，突然想起沈奶奶因为粽子导致胃穿孔，心绪一沉，咽下了后面的话。

丈夫一直沉默地开着车。

爱冬用力吸了口气，说，“我给陈大夫打过电话了……”丈夫依然没有应声，他不是在生气，他只是觉得这样的话不用回答。结婚十二年后，爱冬依然对丈夫这种特别的反应感到困惑不解，但她不会像新婚第一次发现时那样大惊小怪。

那是爱冬第一次在婆家过年，他们结婚时都不算年轻了，年迈的婆婆对这个好不容易进门的媳妇，颇为热情。公婆当时住在女儿家里，比爱冬还大几岁的小姑子也很热情，小姑子问哥哥，住家里就给他们收拾房间，也可以去住旁边的五星酒店——老公给了她那里的储值卡，直接去换房卡就行。丈夫回答了一句都行。爱冬自然也跟着说都可以。婆婆又问了一句儿子，他就不再回答了。爱冬不明白这里面的分寸，再说也不该自己做决定。婆婆和小姑从晚饭后一直问到十一点，他竟然能够始终一句都不回答，就是不说话，不生气，也不着急，脸上带着笑，头扭来扭去，像个憨憨的孩子。爱冬开始觉得奇怪，有些难堪，后来就是憋着劲儿看到底如何收场。婆婆的声音里有了些急躁，可能毕竟了解儿子，问了几次没回应，也就去进行每日雷打不动的睡前泡脚了。最后还是小姑子做了决定——穿上羽绒服，说走吧，咱们去酒店。丈夫也就起身穿衣服跟着去了。

酒店房间里只剩下爱冬和丈夫，爱冬满心真实的疑惑，问丈夫为什么不回答。丈夫说他回答过了，都可以。也许是酒店房间里暖气太足，空气干燥，爱冬当时觉得呼吸不畅。这样呼吸不畅的瞬间，还会时不时出现在爱冬的婚姻生活中。出现时，用力吸一口气也就好了——每个人身上都有毛病，不能苛求。

不苛求的时光，就容易过了。

三年前，周爱冬发现自己有些异常：手指放在滚烫的咖啡壶身上，直到手指变红、她才尖叫一声挪开手指，看着白色水泡鼓起来；凉拌菜放了作料下去，尝了几次都没有味道，疑惑地再加，吃饭时，夹起菜送进嘴里，才发现酸苦得让舌头发麻……周爱冬于是出现在了陈大夫的诊疗室。

爱冬坐下，告诉陈大夫，两个月前，她有一次情感上的创伤性经历，这使她的大脑5—羟色胺和去甲肾上腺素分泌不足，出现了抑郁症状，感官迟钝只是其中之一，消化不良，后背疼痛，失眠……因此她需要服用抑制大脑对神经递质再摄取的抗抑郁药物，吃富含B族维生素的食物，当然，她还需要一位正规医疗机构里像陈大夫这样证照齐全的专业人士对自己进行辅导和帮助……

爱冬咽了口唾沫，与陈大夫对视。陈大夫显然对自己的职业素养很有信心，他的表情控制得很好——宽容理解的微笑，丝毫不带嘲讽和诧异，哪怕在他眼神里也找不到……爱冬自己挪开了目光。

陈大夫平和地说："你说那种感官迟钝是暂时的，一般持续多久？"

"也不是单纯的感官迟钝——有时候是突然没了感觉，有时候能闻到很多气味，有时嘴巴里也会出现不相干的食物的味道，还有冷热的感觉，疼痛——很清晰的感觉……"

"这时候，你还能感觉到身边的现实世界吗？"

"能。只是受了一些干扰，就像昨天，我在煮咖啡，可我忽然闻到了枣酪的香气，然后嘴巴里也出现了枣酪的甜香，咖啡的气味我一点儿都闻不到，但我很清楚，自己在煮咖啡，我老公在家，他说咖啡的味道很浓郁，味道也很正常——我脑子里没有出现任何幻觉，没有任何别的画面，我什么也没想！"周爱冬又一次盯着陈大夫的眼睛，口气斩钉截铁。

陈大夫笑了，爱冬也笑了。

陈大夫后来告诉爱冬，他刚开始以为碰上了一位神经质的同行。

广义上讲，他们的确也是同行——第二次谈话时，陈大夫知道了面前的病人周爱冬，就是那个笔名周筠的女作家。陈大夫在读了她几篇小说之后，明白了她和自己一样，都是拿着望远镜朝深渊一样的人心里窥视的人。于是，陈大夫完全放弃了心理辅导时的主导权，周爱冬自己分析着自己，从专业角度来讲，周爱冬对自己心理症结的判断和分析都很准确，换了陈大夫自己，也只能得出这样的结论。周爱冬唯一需要的帮助，是药物。陈大夫开的药，爱冬吃了十个月，各种不良症状基本都消失了，情绪也很稳定，陈大夫开始让她逐渐减少药量，直到一年前完全停药。但此后每个月，爱冬还会来一次，就是和陈大夫聊天，这时爱冬不再说自己了，她给陈大夫讲故事，别人的故事，陈大夫有时也拿自己研究中的病例和周爱冬讨论，爱冬敏锐的洞见，不只一次地启发过陈大夫。他们也算是朋友了，陈大夫说，爱冬是自己治好了自己，他不过是个道具，像"椅子疗法"里那个充当心理投射对象的空椅子。

周爱冬却由衷地说，陈大夫是个难得的好医生——很少有心理医生不自以为是的。

陈大夫笑了，这是句近乎挖苦的赞美——他对周爱冬说，也许，自以为是，不只是心理医生的弱点，人多少都会有点儿——认识自己，是人永恒的难题，对吧？周爱冬立刻领会了陈大夫充满隐忧的暗示。

那是两个多月前，爱冬从皮躺椅上坐起来，望着窗户外的石榴树，笑了笑，“我知道，回避有时是极度的渴望，而忘却也可能是最无助的思念，我的痊愈，多半是病入膏肓。”

陈大夫说：“三年前，你第一次来，说导致你抑郁的是一次情感上的‘创伤性经历’，可你三年来，从未谈过这次创伤——所以，我担心，没被彻底清理的伤口，即使结痂了，依旧会在痂下发炎，溃烂。”

周爱冬想了一下，笑了，“当时我的措辞不大准确，应该不算什么情感创伤，就是——我母亲去世了。”

那次谈话，有一种结束的意味，虽然两个人都没明确表达，可周爱冬离开时，陈大夫和她的握手里，有了一种告别的郑重。

没想到也就从陈大夫的预约表上消失了七周，周爱冬又给陈大夫打了电话。

“我不是故意吃的——是事故，我以为是喉片儿——我嗓子疼，含了一片，又一片，真的是喉片的味道，头昏沉起来，晕得难受，我觉得不对，抓起药瓶才发现是——安定。我自己打的120……”周爱冬顿了一下，“对，又出问题！”

第二天是端午假期，周爱冬只能和陈大夫约节后的第一个工作日，陈大夫笑着嘱咐她，好好过端午节。

周爱冬也笑着说好。

这次“事故”留下的不适，第二天完全消失了，周爱冬感觉一切正常，那种中了邪祟般的感官错乱也没再找她，上午她在厨房煮咖啡，咖啡壶里的意大利咖啡那略带热带香料气息的香，正常而浓郁。

对门邻居来敲门，是那个永远穿着小碎花家居服的全职主妇，夏天浅色的小碎花裙子或裤褂配蕾丝边，冬天艳色小碎花棉服配白色兔毛镶边，粉白的脸上堆着笑，举着手机给周爱冬看老师发的微信，告知端午放假的时间及各科作业，其中一项是让家长在和孩子过端午的时候，帮助孩子了解端午民俗，并根据自己的了解，完成一篇作文。

周爱冬半天才从她小碎花一般的满是恭维客气的啰嗦中扒拉出来她的真实意图，辅导一下她的儿子，周爱冬虽然觉得妇人有些太夸张，还是忍耐着跟那个耷拉着脑袋的孩子说了屈原粽子龙舟五毒雄黄酒，妇人领着孩子欢天喜地地回去了。过了一会儿，那妇人又来敲门，生塞进来一提速冻的五芳斋肉粽——与孩子有关的事，对她来说都是天大的事，哪怕只是一篇无关紧要的作文。周爱冬不惯推让，只得收下了。她想起自己儿子好像也要写一篇这样的作文。

要过端午了。

周爱冬起初近乎漠然地咂摸着这个念头，很快一种近乎雀跃的冲动——完全不属于她自己的情绪，涌进了她的胸腔——她要给丈夫和儿子，过一次真正的端午节。她抓起购物袋，冲出了家门——她要去超市采购过端午的用品。

电梯下降，周爱冬的心脏忽的被根钩子提了起来，胸闷，头晕……周爱冬几乎是扒开的电梯门，深呼吸，暖烘烘的初夏的空气，风和缓得近乎停滞，修剪草坪的割草机发出巨大的噪声，生长旺盛汁液丰满的青草被切断时，释放出浓烈的青气……心脏恢复了正常的节奏，她又做了一次深呼吸，感官正常，她放心地迈步，步子却有些急，好像慢一步，她想买的那些东西在超市就会被人抢光了。

周爱冬实在是多虑了。

超市为端午设了粽子专区，两排冰柜上万国旗一样立着各种粽子的宣传图标，让周爱冬大开眼界。红枣粽、豆沙粽、蜜饯粽、板栗粽、莲蓉粽、桂圆粽、火腿粽、鲜肉粽、叉烧粽子、水晶粽、咸蛋黄粽……还有从不曾见过的四川的辣粽、贵州的酸菜粽、宁波的碱水粽……有小巧到寸许的，上海城隍庙湖心亭当茶食供客的迷你粽；也有大到一只粽子一两斤的，广东的裹枕粽，广西的大肉粽……冰柜过去不远，有超市现场加工的鲜粽子，以满足那些不喜欢速冻粽子的顾客。两个穿着粉色工装带白色围裙的大妈，坐着裹粽子，周爱冬站下来看。她们低着头，粉色的小头巾用黑色线卡卡在花白的头发间，胖而短的手指熟练地折粽叶，装米馅，三裹两裹，棉线一系，一只碧绿的粽子就滚进腿边的大红桶里去了。

她们裹的粽子略扁长，细看是五个角的，上面一个角，下面是个不规则的梯形，而爱冬老家的粽子通常四个角，越接近正三角体越周正。两位裹粽子大妈身旁的架子上，挂着“粽子 DIY”的横幅，下面摆着各类加工粽子的原材料。

密密麻麻的价签下的玻璃格子里，有糯米花生红枣蜜枣红豆，袋装的豆沙、剥皮的板栗，加工后的火腿粒、小块叉烧……作为结构粽子的内容，身价自然要有所增加，赋予它们形式的粽叶，被红绳扎成尊贵的小把，这些水生植物的绿色叶片，本是蒲柳之属的贱物，此刻被那红绳和价签蛊惑着，多半会产生自己幻化为参茸的错觉……

爱冬勉强自己接受了商家如此民族如此文化的讹诈，买了两把粽叶，然后买了家常吃的菜蔬水果，就推车去结账了。路过工艺品柜，跟满满一架的各种款式或缝制或线缠的香包相遇了。爱冬扫了一眼就过去了，端午的这一重要民俗，爱冬决定还是和儿子纸上谈兵。香包的价格倒不贵，只看那些败兴的塑料珠子和刺眼的尼龙线绳，就知道做工有多蹩脚粗糙，自然也用不着去追究那气味了，那么多挤挤插插地汇在一起，尖锐而直接的化学制剂的气味颇为浓烈，辱没了它们名称里的那个

"香"字……

那些名实不符的香袋制造出的气味之网，忽的被撕破了，略带苦意和药气的植物香缭绕过来，周爱冬站下，四处寻找，在工艺品柜和文具柜之间，是花艺柜台，多是绢花和干花，少量的案头盆栽，都是虎耳草、仙人球之类的，两个大的白色荆条筐插着蓝紫色的勿忘我干花，中间有个小一号的荆条筐，盛着艾叶。

爱冬排队等着结账时，身后那个把眼皮涂成葡萄紫的女孩子好奇地探身拿起爱冬购物车里的艾叶，嗅嗅，忽闪着两排密密的假睫毛问爱冬这是什么。爱冬只得把给儿子备的课提前上了，知道了端午原来要"蒲艾簪门、虎符系臂"，女孩子问了卖艾叶的柜台的位置，抛下排队的男友，跑去买艾叶了。

拎着沉甸甸的购物袋回到家，丈夫在沙发上读报纸，儿子的鞋子在玄关处，人在房间里。周爱冬先进了厨房，抓着水槽边做了几次深呼吸，打开购物袋，艾叶和粽叶，被她郑重地裹好保鲜袋，放进了橱柜。

端午节清晨，周爱冬躺在床上，纱帘外晨光熹微，应该还早……虚空中仿佛有一只手，抚摸着爱冬的脸颊，温暖，光滑，闭上眼睛，碧沉沉一篷浓密的绿叶被老石榴树的虬枝擎着，晚开的榴花依旧鲜明，新结的榴果左不过核桃大小，藏在叶间不易分辨……

爱冬没有再躲闪记忆中的影像，她迎着它们，甚至带着几分稚气的没有必要的勇敢……那些影像并没有如她所料那样，刺痛她，割破她，刮伤她……它们像丝绸一样从她的身上拂过，爱冬不舍地伸手去抓，它们从她指缝里滑走了。

舌尖上忽然出现了一丝很淡的甜，很快她就辨别出来了，好像在吃煮过的新蒜，面面的，沙沙的，几乎不用咀嚼就成了泥，后味里有一丝很淡的甜……蛋黄的香，略带着蛋腥气，却不讨厌……有些噎，很快一口腻滑的面汤就把喉头顺过来了……满口甜糯的米香，枣香，苇叶的清香，爱冬闭着眼睛都能看到粽子表面一层的糯米，被苇叶渍得碧殷殷的……

周爱冬从床上跳了起来，儿子和丈夫都在各自房间里熟睡着，周爱冬一个人在厨房忙活了三个多小时。

九点多钟，丈夫出现在厨房，他惊讶地发现爱冬在裹粽子。儿子也进来了，很有礼貌地问爸爸妈妈早，打开冰箱拿了两片吐司叼在嘴里，摸了盒牛奶转身要走。周爱冬忙叫他，“儿子，吃个鸡蛋，还有煮的新蒜，粽子得等会儿。”

儿子笑了一下，“谢谢，我不喜欢吃煮鸡蛋。”

周爱冬耐心地说：“今天必须吃，这是风俗——对了，你不是要写端午民俗的作文吗？我告诉你——”

儿子显然急着离开，打断了周爱冬的话，“作文，昨天我就写完了。”

周爱冬用牙咬着把裹粽子的棉线拉紧，抬头看着儿子，“拿来我看。”

儿子离开去拿作文，丈夫站在咖啡机旁边，“冰箱里有粽子，好像是五芳斋的，我以为你知道……”

“我知道。”爱冬头也没抬地说，她把两张粽叶交错叠在一起，爱冬买的苇叶，煮过之后翠绿变成了黄绿，更加绵软柔韧，很容易窝成了斗状，浸泡过的糯米、两枚红枣和三五粒花生从手指里漏下，被叶斗盛住，摁平，粽叶相对折下，两边手指用力夹出粽角，左手拇指摁住封口处的粽叶尾部，右手拿起一根棉线，缠紧，打结，用牙齿咬着棉线的一端，拉——一个接近正三角体的四角粽子完成了，爱冬托在手掌上，抬头看丈夫，丈夫刚刚调好自己的咖啡，恭维地朝爱冬笑着竖起拇指，“难以置信。”

爱冬说：“吃个煮鸡蛋。”

餐桌上，暗绿色玻璃大盘里有十数个鸡蛋和一堆煮得稀软的新蒜，丈夫犹豫了一下，还是笑着拿起一枚鸡蛋，“吃鸡蛋的风俗，有什么说辞？”

爱冬把手里的粽子放进盛着半盆清水的白瓷盆中，“鸡蛋滚灾驱邪，蒜祛百毒……”是这样吗？爱冬给出了自己也不知出处的答案。

丈夫对这样毫无学术含量的回答竟也接受了，笑笑，拿出一个小碟，剥起了鸡蛋皮。这时儿子拿着作文进来，朝周爱冬示意了一下，放在餐桌角上离开了，周爱冬自己去擦了手，拿起作文来看，丈夫端着咖啡离开了。

周爱冬一目十行地看完了儿子八百字左右的作文。作文写得字正腔圆，无可挑剔。起篇写屈原投江，端午节有了来历，粽子龙舟雄黄酒，香囊艾蒿菖蒲浴，什么都没落下，还简略指出了南北端午风俗的差异，结尾处追思先贤，认识到中华民族深厚的文化积淀，与时俱进地号召人们重视非物质文化遗产，身体力行，保护好我们的端午节。

周爱冬自己备的课也没这么全面周到——上网搜资料，对于儿子这样的好学生，早就是小菜一碟。周爱冬合上作文本，忽然看到餐桌的小碟子，端放着一个被捏过的蛋黄——丈夫有限度地迎合了爱冬的“风俗”，吃了蛋青，倒了蛋皮，留下了蛋黄，胆固醇哪！

爱冬手里的本子角一下一下戳着自己的嘴唇，她开始觉得有些不大对劲，那个被捏过的蛋黄仿佛警告地努起的嘴，歪向旁边的白瓷盆，盆里面放着十几个裹得十分齐整的粽子。

爱冬几乎是困惑地看着粽子，她从来不知道自己能把粽子裹得这么好。爱冬第一次学裹粽子时十岁，当时母亲也不会，娘儿俩一起跟爱冬姥姥学。姥姥也不讲究，粽叶不散米不漏，至于形状——吃到肚子里，什么形儿都没了。爱冬裹的粽子与姥姥和母亲的比，那就更加等而下之了。

爱冬见过讲究的，那就是住后院的沈奶奶，沈奶奶手巧，做什么都讲究，一手的好针线，姥姥的送老衣裳都是拜托她做的，母亲要是偶尔撕块儿好料子，也会求沈奶奶帮忙做件“喝茶布衫儿”。母亲当时在土产公司做会计，能弄到别人拿着副食本在市面上也买不到东西——上好陈州黄花新郑大枣，稀罕的南方水果，甚至花椒大料之类的……母亲没少帮沈奶奶弄，沈奶奶替母亲做几针衣裳，自然爽快得很。

母亲做衣服的次数很有限——她对于打扮得花枝招展，一如对多愁善感一样鄙夷不屑。母亲却又着实生得好，那份不屑里似乎颇有些“因嫌脂粉污颜色”的傲气，却傲得近乎赌气，故意的粗糙。姥姥和母亲与沈奶奶面上倒也亲热和气，暗地里却又褒贬沈奶奶，褒贬她的“穷讲究”，笑话她动不动就卖弄早年在有钱人家帮佣时的见识，陈芝麻烂谷子，喋喋不休，没完没了，谁有耐心听她?!

爱冬如今倒懊悔当初没耐心听那些旧事，一些记忆的碎片浮出来——沈奶奶坐在一把小竹椅上打络子，各色丝线挽住一端，拿根大针朝膝盖处的裤子上一别，开始编织，打一条连心方胜的给你装文具盒好不好？让沈奶奶看看你文具盒的颜色，要是红的，奶奶就给你打条松花色的，红配绿……

爱冬想想自己那开裂翘皮满是墨水污渍的塑料文具盒，摇摇头，还是等有了新文具盒再说吧。沈奶奶的竹椅子就放在那棵凉亭般的老石榴树下，瘤节斑驳的虬枝擎着碧沉沉一篷浓密的绿叶……一股麻酥酥的电流沿着后背攀到后脑，清晨半梦半醒间的影像又浮了出来，爱冬盯着白瓷盆中的粽子，丈夫刚才说，难以置信——的确难以置信，恍惚间想起了沈奶奶院子里的老石榴树，就如被附了体一般，裹出沈奶奶才能裹出的齐整粽子了吗？

爱冬及时制止了自己的胡思乱想，站起身时感觉十分吃力，竟然扶了一下桌子，停了片刻，那种吃力的感觉消失了，她快步走到儿子房间门口，儿子戴着耳机在玩网游，爱冬用力敲了敲开着的房门。儿子摘下耳机，一笑，伸手接过自己的作文本。

爱冬说：“写得不错——玩什么呢？”

儿子一笑，“‘农药’，我玩到——，”他抬头看表，“十一点四十五，好吗？”

爱冬宽容地笑笑，可那笑因为无力而有些变形，从儿子的眼神里察觉自己的表情有些古怪，迅速掩饰，儿子戴上耳机说，“午饭，你不会给我们吃粽子吧？”

爱冬说了声“不会”，转身走了。

爱冬回到厨房，拿起粽叶的手竟然微微发抖，好不容易将两片湿呼呼的苇叶摆得宽度合适，窝起来装米，将苇叶尾部折过来封口时一用力，下面一角开始漏米了……爱冬心慌意乱地将江米捋回了米盆里，粽叶丢进了小筐……

周爱冬在厨房里花了一段时间来平稳自己的情绪，默默地守着火，把自己裹好的粽子煮熟了——那是她的“端午奇迹”……然后她开始做午饭。从冰箱里拿出一块儿牛腩，化冻。五常大米洗好，放进电饭煲，摁下开关。化开的牛腩洗净切好，放进高压锅，调味加水，开火，看时间，切好西红柿放在碗里，等牛腩焖得差不多熟了再放，油麦菜在清水里浸泡，祛除农药残留，削好皮的莴笋拿到水龙头下冲洗，哗哗的水声忽然没有了，高压锅发出嗤嗤的近乎低语的声响，啪嗒一声，压力阀落下去了，爱冬一惊，龙头里流出的水无声地落入已满的洗菜盆，盆里的水也沉默地朝外漫，她微红的双手抓着碧莹莹的莴笋在发呆……

也许刚才用刮皮刀擦到了手，左手手背上，黏黏的组织液在渗出，挟裹着一星半点的血，看到了才觉得蛰蛰地疼起来，竟然疼出了泪……爱冬用水淋淋的手用力抹了一把眼睛，泪止住了，她走出厨房，从厅柜里拿起棉签，擦拭掉伤口上那些不洁的红黄液体，牢牢粘上三条创可贴……爱冬不想用黏糊糊的组织液般的悲戚伤感，却玷污那些有着健康美丽肌肤的记忆……深呼吸，好了……爱冬把洗净的莴笋拿到砧板上切丝，刀落下的声响连绵不绝，节奏铿锵，她身旁的煤气灶上，欢快的蓝色火苗上，高压锅发出噗噗的声息，像忍也忍不住得意地笑……

想给你的那座花园

一 茶馆

易红的手机通话记录里，最后一个电话是打给我的。

三天后，两个穿便服的警察走进诊所，问我，她在电话里说了什么？

知道他们是警察，我很紧张。清白无辜的好人被警察盘问也会紧张，说不定比心里有鬼的罪犯更紧张。我抽了张纸巾，摘下眼镜，我原本是想擦一擦镜片的，可我却擦了擦自己的眼角和鼻头。我重新又戴上眼镜的时候，我看到那个小个儿女警察眼睛里闪过一丝嘲笑的光。

“她说她不来了，那天下午，她本来预约要来……”我开始回忆那天易红在电话里说的话，她的声音跟平常一样，沙沙的却又甜又凉，像她第一次来诊所时，手里拿的那杯赤豆冰……带着酒意……“她对临时取消预约很抱歉，她说了很多抱歉的话……”

当时我以为那是酒意，最近这段日子，她常会带着醉意给我说一些充满幻想的话，我没多想，只是觉得很失望，我想见她。

警察显然也有些失望，那个男警察怀疑地看着我，“你们通了四分五十秒的电话，就是取消预约？除了抱歉呢？”

我出汗了，“真的没有了……她就是说了很多抱歉的话，好像遇到了什么事……不过没说是什么事，其实病人取消预约的事也有，她太客气了。”

“你们是朋友吗？”那个小个儿女警察轻描淡写地问了一个很阴险的问题，她好像低头在翻自己手里的记录本，但我能感觉到她犀利的目光在我脸上划。

我结巴了一下，“不……不算是，她是我的病人。”

我原本没想到易红会成为我的病人。我猛一听易红这个名字，还问哪个易红？还会是哪个易红？当然是开茶馆的易红。

易红的茶馆在这个不足百万人口的城市里有些名气，生意怎么样不知道，反正外形一家比一家招摇。我也是泡茶馆的，我去的是老茶馆。老茶馆在火车站后面的票房街，清末就有了。这家老茶馆原来叫什么泰什么瑞，据说还入选了不知道哪儿评的“百年老字号”，可一般人早都说不清它的字号了。大家都叫它老茶馆，只要说老茶馆，那说的就是火车站后面的这家茶馆，其他的茶馆才需要名字。就像易红开的那些茶馆，“沁芳小筑”“听泉阁”“兰芽馆”，我跟老周说，这些名儿容易让人想到秦楼楚馆上去，到底是茶馆还是妓院啊？她开的馆子正经该叫“红袖招”才对嘛！

我不认识易红。

她在这个城里算个名人，名女人，所以作为无名男人的我，就可以随便损她。她的茶馆我从来没去过，我还是去我的老茶馆。老茶馆门前没招牌，一堆自行车是最醒目的标志，楼上楼下的雕花隔扇“破四旧”时被砸了个稀烂，杂色的木板在上面打出一个个难看的补丁，茶炉上的水汽和客人抽烟时的烟雾终日缭绕在黑黢黢的顶棚下，大漆剥落的桌椅上有永远擦不去的油腻，茶很便宜，五块钱一壶茶梗子老红汤可以泡一天，饭也很便宜，火烧夹豆芽土豆海带丝，一块钱，加牛肉也就三块五块，花生米豆腐干散装白酒，光脚丫子蹬着桌子喝酒的姿势在这里却是平常。要是到了夏天，呼呼狂转的吊扇下面，赤条条的脊背塞满了茶馆，其壮观程度可以和男澡堂媲美。

我来老茶馆倒不纯是贪图茶饭便宜，我喜欢这里的气氛。还有，我喜欢看人，在这泥塘般的茶馆里，常常藏着变换了的鱼龙，辨认出他们实在是一大乐事。虽然我还一直保留着罕见的从纸上阅读文字的习惯，可我更喜欢看活人。我经常看着这些人想，谁要是能把这里任何一个活人的心思给写囫囵了，那就是大师。

我的同龄人还在说我们男生你们女生我们男孩子你们女孩子，我却已经按老年人的生活方式过日子了。我算是个医生，精神病院的助理医师，因为学历低情商也不高，职称问题一直得到不到解决。院里效益一般，可我基本还满意，上班不忙可以看小说，夜班轮休的白天可以像个无业游民似的到处溜达，泡茶馆下围棋。终于有一天，我的妻子再也不能容忍我这种自我标榜的“诗意地栖居”，朝我吼出了“神经病”三个字。我纠正她，更准确的说法应该是“精神病”，她立刻进入了短暂的精神病发作状态。四十八小时后，我们的婚姻关系合法得以解除。

扯远了，再说回易红。

三年前的一天，上午九点左右，我咬着一套煎饼果子走进老茶馆，这个钟点人还不多，一楼三四桌麻将打得稀里哗啦，我叫了壶“高碎”，八块钱，茉莉花茶的碎片和茶末，美其名曰“高碎”，我喜欢这名字，虽然“碎”得不成形了，但味道还是“高”的，这是我向往的境界。

其实那天我是有些惆怅的。一路走来，招摇的春气撩拨了我却又抓挠不到，我叫“高碎”，是想结结实实地咽一口滚烫苦涩的芬芳。二楼的木窗子开着，在温软的风里吱嘎作响，我在窗户下的桌子边坐着吃完了煎饼，啜了口茶，一棵老榆树的枝条恰伸到窗前来，嫩绿的榆钱和叶芽密密地攒在那细细的枝上，一嘟噜一串，让人突然生出咀嚼的渴望，那绿色的榆串晃悠悠地勾引着我。我挪开了目光，旁边桌子上两个人在下“彩棋”，一个伙计默默地端着匣子在围观的人堆里收下注钱。执黑的人脸有些生，但从棋路上我能看出他在扮猪吃虎。

这时候木楼梯上响起了一阵异样的脚步声，笃笃笃笃，像是敲木鱼的声音，又像是戏里的梆子声，不紧不慢，一步一个清楚干脆的“笃”声，没有丝毫的拖泥带水，轻盈而果断，我觉得这是个女人的脚步声。

老茶馆里从没女人进来，谁也不知道怎么就有了这个惯例，反正本地的女人不进老茶馆，就像不会进男澡堂和男厕所一样。就是有气急败坏的女人来找滞留不归的男人，也只是在门口扯着嗓子叫骂几句。

楼梯口真的出现了一个女人。朽得掉木屑的楼梯护栏，突然横着开出一枝桃花来。她扶着墨灰色的栏杆静静地看着楼上，迎着那些或是躲闪或是放肆的目光，微微有些笑意，却并没真的形成笑容。没有人说话，远远的火车站播报车次的广播声突然响得有些刺耳。那女人似乎也觉察到了，脸朝开着的窗子一转，她的目光落到我的脸上，我觉得好像被一只溜光的手摸了一下又拧了一把，脸一下子热了起来。

她不是很漂亮，团团的一张圆脸，五官还算周正，因为脂粉的描补才分明起来，只那双眼睛，薄薄的单眼皮下怎么有那么一颗变换多端的眸子，闪闪烁烁地会说话——不单是跟你说话，它还会摸你揉你拧你掐你……

她穿了件长长的宝蓝丝绸开衫，上面暗暗得飞着红色的花瓣，只是些抽象的晕染出的色片，但在我的眼里是花瓣，里面是件紧身低领质地细腻柔软的羊绒短裙，那段起伏有致的身子就被抹上了莹莹的充满新鲜春天汁液的绿，褪尽了鹅黄还没掺进一丝黑或蓝的纯正的绿。下面是双晶亮的漆皮鞋，两条修长的腿上裹着灰蓝色的裤袜，刚到脚踝，雪白的脚背和裸露的脖子热辣辣地彼此呼应着。

可能她身上的颜色太富戏剧性冲突了，以致我产生了某种幻觉，看她敛容，飞眼，举手，投足，我就隐隐听到了那幽暗侧幕里打出的锣鼓点，哒哒哒忒……

这是我第一次见到易红。

易红出现在老茶馆之后不久，我失去了我的乐园。

老茶馆重新被装修了，破碎的雕花隔扇也被小心地修补起来，据说是按“整旧如旧”的标准修缮的。门口有了红色的灯笼和黑漆的匾，灯笼和匾上都有金色的“瑞和泰”三个大字，进门一扇木雕影壁，上面长长一篇介绍老茶馆历史的文章，这个老茶馆，从清末开始，见证了本市作为京汉铁路上重要商埠的沧桑变幻。墙上挂满放大的黑白老照片，一路看过去，南京城墙重庆街道北京车夫上海娼妓男人的辫子女人的小脚珍妃蔡锷孙中山下乡知青红卫兵……楼梯楼板还是旧的，不过重上了漆，吱嘎声倒像是特意逗引人的怀旧之情。

我嘲讽而愤恨地四顾，来这里的人衣履齐整多了，男女都有。从二楼窗玻璃望出去，能看到护城河的转弯处，滨河边公园的树下，一些熟悉的身影在那里聚着，他们被易红赶到露天地里去了。

老茶馆变样后，我还是头一次来。我在茶馆里转了一圈，穿着蓝白印花布裤褂围着装饰性小白围裙的服务员跟在我身后转，我只是转了一圈，并没在那些洁净的黑漆桌椅边坐下，转了一圈又出来了。

我踱到河边公园去看棋局，下了五块钱的注，输掉了，心里越发悻悻的。这股劲儿到晚上和老周喝闲酒的时候还没下去。

老周本来是我们院的副院长，还是市里的“拔尖人才”，喜欢摆着张恃才傲物的脸，一直和“老一”别别扭扭的，后来干脆辞职去了一家私营精神病院做业务院长。他在天和步行街有套复式的门面房，自己就又弄了个心理诊所，院里诊所两头忙有些顾不过来，成天叫喊着累。我说活该，让你贪。

我在院里有个外号叫“二神仙”，后来又被人喊成了“二神经”，我全当是夸我超凡脱俗，怎么喊都答应。老周却对我青眼有加，“千里马常有，伯乐不常有。”

他一句话夸了我也夸了他自己，然后就不断拿银子引诱我去诊所给他干。那天酒至微熏处，老周又拉着我的手，说：“贤弟啊!”

我拿筷子敲着桌子，“吧嗒——呛，叫板，开唱!”

老周那天唱的还是老词儿，我却凡心偶炽，把持不住，一点头就滚落到万丈红尘里去了。从那儿以后我就开始给他当牛做马了。后来想想，多半是去老茶馆受了刺激的结果。也不知道为什么，那天从老茶馆出来，我竟然有种被人逼得无处安身的感觉。

给老周干了有一年，从诊所收益的情况来看，我算是称职的。可我一直拿不准自己算不算骗子。我没干过心理医生，院里也是刚开了个心理诊疗中心，没有专职的大夫。考心理咨询师资格证是单位统一报名，还报销报名费，我也没想到竟然成了为数不多一考就中的。那些书倒也有些意思，真的干起来，书上学的那堆儿洋词儿还没我爹妈常唠叨的俗理儿管用。我不过换套新鲜点儿词说出来，严重点儿的就给开“百忧解”之类的药，反正病人高高兴兴地掏钱了。

形势喜人形势逼人啊！老周满意地拍着我的肩膀说。

我拿掉他的手，说：“明天你顶一天，我约了人去看房子。”

老周笑眯眯地看着我，“明天不行，易红明天要来，点名要找你哦。”

“哪个易红？”我倒不是忘了这个无意间改变了我生活的女人，我只是要确认一下。

“哪个易红，还能有几个易红？就是那个易红，开茶馆的。”

二 心理诊所

易红失踪七天了。

我越来越不安，盯着那个男警察留给我的电话号码，身上呼呼地冒汗。我是不是应该主动向警察坦白一切？

我又觉得自己是庸人自扰。用现实主义的眼光来认识我在易红生活中的地位，应该是无关宏旨。如果真的需要坦白，我想我也是排在坦白队伍尾巴上的那一两个。

关于易红失踪的传言很多，有的说她被人杀了，易红做某长或某总的情人多年后不甘于是……奸近杀嘛！有的说出逃国外了，腐败分子身边不都得有个易红这样的女人嘛！

诊所的小护士这两天上班一见着我，就向我汇报这些传言的最新版本。

真是个想象力枯竭的时代，人们脑子里塞的都是这些小报社会新闻或法制版报道炮制出来的情节，既没戏剧性也没观赏性，这可不是易红的风格。

小护士往毛茸茸的睫毛上刷着睫毛油，嘴巴里嚼着口香糖还不耽误说话，“夏大夫，警察肯定还得来找你，因为你是掌握易红心灵秘密的人呀！”

我拿手指点着她说：“错！你以为人们来这儿是为了袒露心灵秘密？恰恰相反！人人都在有意无意地编故事，说的都是‘真实的谎言’。我呢，不过帮他们的超我找点儿能接受的借口。”

小护士为了她油漆未干的睫毛瞪着眼睛，问："什么是超我？"

我在楼梯上回头，"就是传说中的良心。"

她咯咯笑起来，"你真有意思。"

我倒没弄懂她说的有意思是什么意思，大概"良心"这个词对她能产生幽默的效果。

她把睫毛刷塞进瓶子里，旋紧，突然皱着眉头正色说："你说易红会不会出家了？现在不挺流行富姐儿看破红尘，当尼姑，或者去做修女？"

我点头，"这个版本不错，虽然俗套，至少不那么恶心。"

我说着上了楼，关上办公室的门，脑子一片空白地站着愣了半天，然后从档案柜里拿出诊疗记录本，翻到标着易红名字的一页，想着她第一次来就诊时说的关于记录的话。

易红第一次来诊所，是夏天。

她来得很准时，我正开门送前一位客人离开，她跟楼下的护士说话，声音很特别，沙沙的烟嗓，语速和音调却有种让人心旷神怡的清爽。

我克制住看她的念头，回到办公桌后等她进来。她进来的时候，手里拿着杯吃了一半的赤豆冰，略带羞涩地一笑，叫了声"夏医生"，算是打过招呼了。

如果不是那双眼睛，我根本无法把眼前的她跟我记忆中的易红联系起来。眼前的她是个女学生，纯白 T 恤牛仔短裤，凉鞋就是几根草绳一样的牛皮带子绑在光脚上。她腿上的皮肤晒成了淡褐色，胳膊更深一点，看上去四肢修长结实。我注意到她没有带遮阳伞或者草帽，似乎想表明她像小女孩一样丝毫不在乎晒黑。我上次对她的头发没印象，想必挽了起来，现在垂下来，长长的一直过了腰际，发梢还在滴水。

百叶窗外是强烈的白光，她在沙发上坐下，身上有了一道道明暗的光影，微微仰着头，看着我，鼻头翘翘的，眼睛微微地眯着，这个角度看她的脸，额头上的碎碎的绒发让她显得异样纯真。

她手里的赤豆冰，一抹含蓄的豆沙红，透明的杯壁上蒙蒙地一层水汽，让人觉得那抹红又凉又甜，洋溢着孩子气的夏天带来的快乐，真是完善她纯真造型的神来之笔。

很难说清楚我如此细致地观察和辨析到底是出于欣赏还是刻薄，或许兼而有之。表面上我却平静地打了招呼，然后说："我们开始吧，先说一下你的情况。"

她微微笑了一下，"我的……什么情况？"

我放下笔，两只手的指头习惯性地抵在一起，很耐心地看着她，"你怎么觉得不好，睡眠怎么样？"

她歪了一下头，眼睛眯得更细，忽然她睁大了眼睛，我的心被那瞬间的闪亮弄得一跳，她不笑了，有些怔怔地看着我，说："还好吧……"她放下手里的赤豆冰，两只胳膊交叉着放在并得紧紧的腿上，像个乖乖的女学生回答老师提问，"能睡得着，只是睡着了老做梦，我是不是要讲我的梦？"

这是个妖精！

我在心里恶狠狠地嘟哝了一句，低头做着记录，说："如果你愿意讲，可以。"

"我梦见，我的房间里开满了花，天花板上，地板上，窗子上，都是花，那些花很大，很艳丽，那些花拖着绿色的大叶子，还有藤蔓，很快地爬满了整个房间，连我的床上，枕头边都是花，紫红色的，像涂满口红张开着的嘴唇一样的花，就开在我的被子上，我躺在哪儿，被花压着，也动不了，这时候，门开了，一条蛇爬了进来……"

我的嘴边浮起一丝嘲讽的微笑，停下笔，手指又抵在了一起，看着她，我能看到她眼睛里也有一簇火苗一样的笑在跳动。

我很沉着地看着她，说：“后来呢？”

“那条蛇越来越近，后来，爬到了床上，我看着它钻到那朵紫红色的嘴唇一样的花里去了，头进去了，可我还能看见蛇的尾巴，绿色的带着黑色斑纹的尾巴……”

我不笑了，我觉得奇怪，她跑到我面前编如此露骨的弗洛依德式的梦，无聊？恶作剧？

我的沉默似乎让她有些拿不定主意，她站起身，踱到我的书柜前，回身，仰起下巴看着我，“夏医生，我是不是要讲完？”

她下意识地连挑衅的动作都带着些童趣，我看着合十的双手，漠然地说：“如果你想，就讲吧。”

她好像突然没了刚才那笃定的信心，起身走到书架前，假装看书，多半是不想让自己的表情落在我的眼里。窗外的街道上响起叮啷叮啷的摇铃声。

她很专心地听着那摇铃声，“这铃声，像庙檐下的铁马，叮啷叮啷，比钟声轻盈，但比一般金属风铃的声音要沉重……”

她的描述细腻而准确，让我神思一恍，我说：“是收垃圾的环卫工人，一天来两次，店里的人听到铃声把垃圾袋拎出去。”

她哦了声，没再说话。

铃声远了，休息了半天的空调突然启动，嗡的一声在寂静的室内显得那么响，她的头发被空调送出的风托了起来，她突然回过神来，轻声说：“对不起。”抬眼看到房间那端的诊疗床，突然爆发出孩子似的兴奋，“我躺下说吧，就像电影里那样……”

我看着她，点了点头。

她躺下了，闭上了眼睛，说：“夏医生，你问我问题吧。”

她短款的 T 恤在她躺下时翘了起来，我能看见她一小段象牙色的腰肢。

我例行公事地问："你的睡眠情况怎么样？胃口呢？有没觉得消化不良？"

她回答的时候，我在清理自己心绪。从她进门到此刻，我的心像个房间，被她翻了个乱七八糟，我有些羞恼，很想抓住这个恶作剧的小妖精，好好教训她一顿。她的清纯天真有些表演式的夸张，但给我的感觉并不是恶心的矫揉造作，却是性感。

她那些孩子气的动作，好像无知无觉地根本没意识到自己的腰、大腿、乳房是属于一个成熟女人的，大咧咧地摆着，扭着，晃动着，我想要是哪个男人受不了这诱惑扑上去，她说不定还会瞪着天真无邪的眼睛惊讶地叫："怎么会这样?!"

她在诊疗床上滚了一下，用胳膊撑起头，很郑重地看着乜呆呆的我说："夏医生，你怎么不做记录呢？你要仔细记下来，一定啊，这很重要！"

易红对于诊疗记录的态度一直都很认真，我后来知道了抑郁症是她别有目的的幌子，就觉得她的认真有些好笑。她说就是做样子也该认认真真嘛，有点儿专业精神好不好？

从那天以后，每周易红来一次，躺在诊疗床上装模作样地说一通，然后起来笑着看我的记录，我也煞有介事记得很详细，逗她开心呗。

四五个星期就这样过去了。接着我结束了住出租屋的生活，搬进了买来的房子。那天快下班了，老周没敲门就进来了，我刚脱了白大褂，T 恤还没来得及套上，光着背的我不满地嚷了他一句。

"放心，我的性倾向很正常，夏东医生，"老周说着把一把车钥匙垂到我面前，"归你了。"

我没有接，说："给个理由先。"

老周把车钥匙拍在我手里，说："你不是搬家了路远吗？普桑，比公共汽车强点儿。对了，你怎么催眠了那个易红？她把你夸得跟朵牡丹花儿似的。市里搞什么窗口行业行风检查，政协分组考察电信银行这些单位，在我们那个组，易红见人就夸你如何如何水平高，插俩翅膀你就成拯救心灵苦难的天使了。夏东，看来以后，我得指着你的名气吃饭喽。"

我笑了一下，看了看手里的钥匙，说："谢谢老板。"

老周给了我一拳，"少来！哎，易红真有抑郁症？她哪儿抑郁啊？活泛得跟扑扑棱蛾儿似的。"

我笑了一下，说："你还专业人士呢！她是被物欲戕害了心灵的现代人，能跟祥林嫂似的见谁给谁说没想到春天有狼吗？"

老周一脸坏笑地看着我，说："这话你跟我说，有意思吗？你小子，八成是被易红给催眠了。"

我也笑了，说："用老百姓的话说，她就是自个儿娇自个儿，吃了上顿没下顿，什么病都好了。不过，有钱人不娇自己，你挣谁的钱去？"

老周说："易红的名堂多着呢。一个戏校毕业的小毛丫头，赤手空拳，三十出头打拼出这样一番光景，是凡人吗？我警告你，易红的水深着呢，你小子别呛着！"

老周是好心，没拿我当外人。他说这话，虽然含蓄，可也明明是有所指的。

可惜，老周提醒得有点儿晚。他应该在易红没来诊所之前，说这话。

易红第一次来"治疗"，在她躺下之前，我也只是在心里翻江倒海，可接下去的事情，就有点儿像丁度·巴拉斯拍的某部情色电影了。

这个意大利胖子镜头里的女人似乎从没被文化污染过，像孩子大吃冰激凌一样享受性欲，淫荡癫狂，真诚坦荡。

身上连一片无花果叶子都没有的赤裸的女人，丝毫不知道遮掩，令人惊讶地袒露天真的淫欲，让狭隘的文明中的我觉得匪夷所思。有种说法是女人脱光了反而不性感，适当的遮蔽能创造神秘感。纯粹胡说八道！镂空的性感内衣遮蔽肉体创造的不是神秘，而是刺激，不过是花样翻新地折腾肉体去迎合越来越迟钝的感官，有什么神秘的？

那些天真的赤裸的女人身上，蓬勃着火焰一样的欲望，能点亮肉体之灯的神秘火焰，那才是让人无从寻找答案的永恒的神秘。

这神秘同时还具有充满禁忌的选择功能，用细腻的生命感觉来挑选，只召唤那个能共同完成神圣游戏的伙伴，共享生命的狂欢。

我向往这种纯粹的性欲。

周围没多少成年人还把和谁发生性关系看成件事儿。没有了禁忌，也就没有了神秘，再加上掺杂诸多利害纠葛，审美的欢愉恐怕也给耗得不剩什么了。滥交的结果往往是更加饥渴。很简单的心理学问题，却成了很复杂的社会学命题。

纯粹的性欲恐怕再难找到了，但我在性这件事情上依然保持着单纯，彼此欢愉就好，可惜单纯的女人难找见了。

躺在诊疗床上的易红，理智判断她当然不是个单纯的女人，可是……

这个躺在诊疗床上的女人，分明在用身体向我袒露天真的淫欲，我好像听到了一声神秘的召唤，我不可能听懂了这召唤而不回应。

这是我对自己行为的一种解读……

当然还有另外的解读，不能否认我的意识底层对易红一直有种卑劣的普泛的男性心理，别人动得我就动不得？我有种恶意的羞辱她的冲动，多骄傲多得意的女人，我就把你干了！这种恶意后面是出于自卑的自轻自贱，还有虚弱，对“名”女人的恐惧……

这些解读都是事后做出的，我自己也无从判断当时的真实动机，也许更实际的原因，就是我体内的激素水平由于当时房间内的光线、气味或者色彩而奇妙地发生了变化……

我毫无预兆地走到了诊疗床边。她坐了起来，瞪圆了眼睛看着我，她锐利的目光黯淡了，我看到一片真实的茫然。这时，她的头发，不，是滴着水的发梢，发梢上有一滴水滴到了我垂着的手背上，我好像还盯着那颗水珠看了一下，饱满的一颗水珠，滚了一下顺着我的指缝淌出了一道泪痕。

我的手抬了起来，她的眼睛好像也在看我的手，我伸手扯掉了她的白 T 恤。

我丝毫不记得她最初的反应了，长发散落下来，落在我的头上，背上。我酣畅地埋头吮吸着她身上新鲜而充盈的植物汁液一样的气息，忽然想起第一次在老茶馆遇到她的情形，我想起了窗外那串累累的嫩绿的榆钱，想起我被诱惑的咀嚼的欲望……我真的咬了她一口。

徽章一样的紫红的齿痕，在接近腋下的臂的内侧，我有一点儿吃惊，她倒比我镇定，和我一起静静地看着那齿痕，然后，她抬起胳膊，低下头，自己吻了吻那齿痕。

我呆了一下。

犹豫也就是一瞬，她赤裸着上身的样子让我无法停止，她柔顺地在我的揉搓下辗转，身上简单的几件衣服很快就消失了，她没有一点儿拒绝，她唇齿间发出低低的疼或冷一样的吸气声。

她用一种反高潮的方式结束了我癫狂的纠缠。她一只手抓住我的皮带扣，身子攀缘着我的上身，另一只手勾着我的脖子，在我耳边呵着气说："对不起，我没带安全套，你这儿有吗？"

我说过，真实的生活更具戏剧性。我在心里喟叹的同时更加用力地抱紧她，越用力越觉得她那溜光水滑的身体要从我两臂间滑走了。

终于，我两臂酸酸地放手了。我能感觉到，她虽然丝毫不曾表示过拒绝，可从我怀里脱身还是有种轻松的感觉，在她背转身穿内衣的时候，我甚至能感到她有一丝轻微的厌恶的躲闪。

我坐在诊疗床上，赤裸的胳膊能感到皮革椅面温和的凉意，像她的肌肤。

她闪电般穿好了衣服，拿手整理着头发，看了我一眼，说："下周来之前，我给你打电话。"

三　还是心理诊所

警察果然又来了。

还是那两个警察，小个儿女警察新烫了头发，看上去大了几岁，男警察的额头长了个又红又大的疱，看上去很疼。

男警察希望我能详细提供易红就诊的情况，医生为病人保密的职业道德并不适用于刑事调查。

女警察掠了掠垂下的卷发，面无表情地补充说明："易红的尸体，找到了。"

在他们来之前，我已经知道易红的死讯。老周得来的内部消息，打电话告诉我的，尸体在一栋联体别墅内被发现的，大剂量安眠药，自杀还是他杀不明。

我谨慎地用喟叹表达了遗憾。

两个警察互相看了看。

警察这回好像不那么容易被打发走了。

沉默的时候，我才想起招呼楼下的小护士给他们倒两杯茶来。接下去，他们纠纠缠缠地问了很多细节问题，我耐心地一一回答，虽然都是些压力太大童年阴影情感支持匮乏之类笼统含混的套话，可我说得很认真。

那份诊疗记录只记载到去年九月份，我解释说易红中断了治疗，后来可能觉得不好才又打电话来的。他们记下了我说的每一句话，拿着那份诊疗记录走了。

老周的电话跟着就来。倒不是他能掐会算，那个小毛丫头是他的眼睛。

“贤弟！你跟哥哥说实话，这事跟你没关系吧？”

听见他的声音气急败坏的，我干笑一声，“真要是有关系，我能给你说实话吗？现在我说没关系，你信吗？”

老周叹了口气，说：“人命关天！你以为开玩笑呢？”

他要是能看见我的表情，肯定会认为我和此事有重大牵连。

我不知道我的行为算不算欺骗公安机关。

小护士从楼下给我送上来一份标着“DHL”字样的特快专递的邮件，她嘟着嘴看我签字，说：“要真是因为婚外恋之类的事死了，那可就太不酷了！”

我把签收单子递给她，“你够酷，残酷的酷！”

小丫头走到门口回头龇牙一笑，“那是因为你冷血，我是近墨者黑！”

我低头看寄件人姓名和地址，名字很陌生，韩波，地址很遥远，阿姆斯特丹。打开，里面是一把钥匙和一张漂亮的生日贺卡，没有祝福的话，只有署名，易红。

我的手指插在头发里拔不出来了。

我把装钥匙和贺卡的邮件塞进了柜子，背上还有汗下去之后的凉意。今天不是我的生日，易红已经死了，阿姆斯特丹在荷兰，钥匙在这儿，锁在哪儿呢？

我躺在了诊疗床上，皮革温和的凉意，像她的肌肤……在预约的病人来之前，我还有二十五分钟。

皮革温和的凉意，像她的肌肤……可是她死了……

没有眼泪，眼球一阵阵收缩着疼。

她的头发垂在我的脸上，诊疗床很窄，她的身体几乎全摞在我的身体上，我还能看见她恍惚如梦初醒略带惊讶的神情，好像经历了一件不可思议的事情。我很奇怪，在她这样阅尽沧海横流的女人脸上还能看到这样的神情？

和我想象的完全不一样。说实话，她做爱几乎谈不上什么技巧，幸好我对所谓的床上功夫没什么期待，不然肯定失望透顶。她开始像几乎没什么经验的女孩子一样温顺而被动，慢慢地会被我轻微的动作撩拨得给出克制却不失强烈的反应，还有一点若有若无的沉重或忧郁，在我的臆想中，这颇具古典意味，士大夫文化统治下的女人偷情时才会有这点儿藏在癫狂之下的沉重和忧郁，很迷人，让我很兴奋，轻松的兴奋——面对那种谙熟做爱程式计较时间长短的女人，我有压力——带着这兴奋我毫不费力地就能达到欢愉的巅峰。

如果不是我对她有种独特的理解，我一定会把她那种恍惚而惊讶的表情当成对自己性能力的赞美，自我陶醉地满足一番。我总能捕捉到她穿衣服的动作，迅速果断，恨恨的，几乎想把刚才的事情从时间和记忆中剪掉。

这个女人自相矛盾的反应让我感到困惑。

她穿好衣服，很小心地把用过的安全套用纸裹好放进自己的包里。她善解人意得让我有些感动。

也就是从那一刻开始，我想更深入地了解她。

我先给她讲了自己的一些事。

我离婚之前就有一个稳定的婚外女友，现在我们还是每个月见一次，和她做爱是那种泡澡一样的感觉，温暖放松，她有一个好处，就是不怎么说话。我们见面也就是做爱，我经常会送她一些小礼物，不很贵，她很高兴。逢年过节我会给她一些钱，让她买衣服。她收下的时候很自然，感觉好像是夫妻。

真正的夫妻可不总是这么温情脉脉的……那是面纱，恩格斯说的。我觉得普通人的婚姻就是互助性劳务合同，我订合同的时候双方存在重大误解，所以后来就解约了。

她靠在沙发上喝着我杯子里的茶，笑问："什么重大误解？"

我说："结婚前我告诉她我是一个没多大追求但对生活也没什么要求的人，她说她也是没什么野心的人，只要踏踏实实过日子就行。真是大误会！她所谓的没有野心，是指不要过分的东西，但一般人有的她也得有，很正常的心理，可以理解，不正常的是我。"

她轻声慢语地说："你很淡泊，有几分老庄式的超脱。"

我笑起来，刻薄地说："拜托，咱不唠这俗嗑，成吗？如今洗脚城的小姑娘给你做足底的时候张嘴都是《论语》《道德经》，己所不欲勿施于人，不争故天下莫能为之争——"

易红脸上有些挂不住，可她丝毫没有失去风度，笑了一下，"是吗？"

我突然想起了老茶馆，不觉站了起来，声音也跟着高起来，一双手脸蛋胸口上下乱指，"现在不管什么牛鬼蛇神都抹一脸的文化，人不人鬼不鬼的自己还觉得看上去很美。不说别人，就说你，你是不是觉得整的那茶馆特别有文化呀？文化不是你挂在瑞和泰墙上的那些不搭界的老照片，原来的老茶馆才叫文化，那是普通人愉悦生命的生活方式！"

我捶胸顿足地一阵狂说，也不管是不是前言不搭后语，陡然停下来，屋里显得格外安静。我突然羞愧得脸热起来。她只是敷衍地用了句聊天时的套话，你说自己没追求人家顺着你的话说你淡泊，你没趣人家有涵养不生气，平心静气地听你个半瓶子醋哗啦啦地晄当，谁高明谁肤浅？

见我不说了，她脸上浮现出一片宽容的笑，淡淡地说："你说的有道理。"

此刻我才发现这个女人非同寻常的厉害之处。

她站起身，整了整身上蓝底白点的真丝连衣裙，抓起与之很协调的淑女味十足的羊皮小包，说："我得走了，有空打电话。"

这种情形在我们中间发生了不止一次。

本来谈话是为了交流，可最后不知道怎的，我就被她柔顺配合的态度蛊惑得忘乎所以，高谈阔论起来。

男人都是自大狂！就像女人无法抵御被爱的诱惑，男人也无法抵御被崇拜的诱惑。特别是这种崇拜表达得含蓄蕴藉若隐若现，我像大脑中被植入快感芯片的白鼠一样，有机会就去碰触传感器，寻求那虚拟的快乐。快乐过后，我会在类似虚脱的失落中萌生对她的一点恨意。

我很清楚，她那种微妙的崇拜的态度是普泛，并没针对性，那是构成她魅力的元素之一。

当然，对她清醒的认识，只有不和她在一起的时候才有。和她在一起，我糊里糊涂地愉快着。我觉得她也很愉快，而且这愉快是我带给她的。当然她没说这话，她用不着用嘴说，她的眼睛眉毛会说话，手和肩膀都会说话。

我当初的感觉真对，这是个妖精啊！

我仍没放弃了解她的企图，问到她的情况，她倒也不回避，回答得逻辑严密用词概括。这是她身上唯一没有女性特点的地方，她从不絮絮叨叨讲故事。比如问她的初恋，她会说初恋的价值就在于失败，它让人成长。再问初恋对象是谁，她说和很多人一样，同学。你总不能再厚着脸皮无聊地追问下去吧。

我们每周在诊所见面，做爱，说话。说的都是闲话，她从来不谈自己的生活，我也不再问了。我觉得我已经开始了解她了。

有一周她没有来，我很想她。我对自己说，这和感情没关系，只是因为此时我血液中多巴胺的含量有点儿低……

不知不觉，我和那个婚外女友，好几个月都没联系了。

我不知道和易红之间到底是一种什么状态，但我似乎很安于这种不知道。

电话响了，我从诊疗床上艰难地爬起来，按下对讲键，楼下的小护士告诉我病人来了。

病人是个退休的老干部，老伴儿去世两年了，最近半年总是幻想着会有灾难发生在自己的儿女身上，不停地打电话骚扰孩子们，女儿就把他送到我这儿来了。

"……现在心理不平衡的人太多了，前天电视上说的那个连环杀人犯，就是……到了，到诊所了……夏医生在呢……我一会儿就开始……你怎么去……别开车，打车，中午你老喝酒……"

他打着电话进来的。他一定是受了什么刺激，病情好像突然又严重了。

我起身拿过他的电话，简短解释了一句，就挂断了。我要是等，到中午他也不会挂断电话。

他搓着手坐下，我把他的电话拿在手里，站在百叶窗边看着他。

他唉了声，衰弱得好像吐的是最后一口气，用可怜巴巴的眼神看着我，"夏医生，你说我怎么这么倒霉呢？前天我去超市买菜，也不知道怎么就买了两斤草莓，看着人家买我也买，可拿回家怎么看那颜色红得都不对，现在也不是长草莓的季节，怎么会有这么红这么大的草莓呢？我真是鬼迷心窍，扔了又觉得可惜，气得我不知道该怎么好……你说，你说……”

叮啷叮啷的摇铃声，收垃圾的人来了。自从易红描述过这摇铃声后，我对它格外敏感。我扒开百叶窗的窗叶向下看，能看见他黑红的脖子和花白的头发，还有身上的橘红马甲。他一手推着环卫车，手里叮啷叮啷地摇着大铃铛，我们诊所在这条街的转弯处，有一个小小的半圆型台阶，他习惯在那儿坐着歇会儿喝口水。喝水的搪瓷茶缸子用一个红绿尼龙线的网兜挂在环卫车车把上，我曾看见那茶缸上有一个鲜红的奖字。我恍惚听着两斤不合时宜的草莓造成的心灵灾难，眼睛却追着楼下清洁工吐的一个烟圈儿，那烟圈疲惫放松地散到明亮的阳光里，不见了。

“……夏医生，前一段你不是让我养花嘛，挺好，看着我的那些花呀，巴西木，龟背竹，还有蝴蝶兰，杜鹃，石榴，金橘，四季桂，心里也觉得肃静多了，耳朵也不嗡嗡叫了，可现在，我看见那些花就……”

我放下百叶窗，顺手抽了张面巾纸递给捂着脸呜咽的老先生。

老先生重重地擤了下鼻子，然后哽咽得轻了，“那些花不少是隔壁邻居送我的。我不是买了两斤草莓吗？我不敢吃，也不敢让家里人吃，我忽然想起隔壁的邻居。我跟你说过，人家把阳台封了个玻璃钢的花房，人家那花养得可好了，人也好，送我花可大方了，还跟我说怎么养，我就想着把草莓送给人家也算还个人情……那草莓不是不能吃，恁些人买，我不敢吃，我不是心理有病嘛……”

很多这样的时候，我更加理解上帝为什么要降下洪水把人类消灭了。

但我脸上依然挂着平和理解的职业微笑，点头说：“这很好，你能想到和邻居交往，就是进步，多和人沟通交往，对你的心情有好处。”

他宽慰地点头，随即摇头，“我真不该去……想不到啊，我拿着草莓到阳台上，用挂衣杆敲了敲旁边邻居家的玻璃钢窗户，以前我们就这样说话递东西。我看见她了，跟平常一样在花房躺椅上躺着呢，我敲了半天她也没起身，我觉得不对，可也没多想，就把草莓拿回去放冰箱里了。后来等到晚上，我儿子媳妇回来了，他们跟我去看，那姑娘还跟下午一样在躺椅上躺着，儿子媳妇后来先是通知了小区保安，再后来公安局也来了，才知道，送我花的那姑娘，死了好几天了……我听了就躺在床上起不来了，想不到啊，儿子媳妇忙着打电话支应警察的时候，我大孙女回来，打开冰箱把那草莓给吃了……”

我很没职业道德地阻止了他倾诉对大孙女吃不合时令草莓的担忧，龙飞凤舞地在处方上划下了药名，打发他离开。然后我立刻拨通了老周的电话，我问：“易红的尸体是不是在茵梦湖小区发现的？”

四　戏之一

晚上我请老周去绍酒馆吃饭，他点的地方。我先到的，跟我想象的差不多，满屋子挂着上写菜名下坠红穗子的小木牌，古装电视剧里学来的所谓风情，跟易红的茶馆一个感觉。

关于易红死亡的更多情况，我拜托老周去打听了。

易红的尸体就是在那老先生隔壁被发现的，她死在花房的躺椅上，一树养在钧瓷大缸里的碧桃在她身边开着，落了一地的粉红花瓣……我后背发麻地想起易红给我讲过那个“梦”……开满花的房间，被花压得不能动弹，门开了……

门真的开了，老周进来了，他拿手在我眼前晃，我扒拉他的手，胳膊木木的。

“别人躲都躲不及，就你，还往里头探头探脑！”他嘟哝了一句，坐下点菜。

服务员去传单的时候，我说：“趁着还清醒，说吧。”

老周喝了口菊花茶，说："没有遗书，公安局倾向认为是自杀，可易红的老公不同意，坚持要求立案调查。"

老公?！我从来不知道易红还有丈夫。

看我瞪着眼，老周说："那些办案的警察看着她这个从天上掉下来的老公也瞪了半天的眼，这个女人不寻常吧?"

凉菜和烫过的黄酒上来了，老周美美地滋儿了口，等服务员出去了，看着我说："这话得先从老肖那档子事说起。肖克强知道吧？在我那儿你还跟他喝过酒，老肖我们俩上医学院的时候住一个屋，挺好一个人……"

肖克强原来是市公疗医院的院长，前年出的事，他的案子已经结了，我也记不清是贪了多少吐了多少，反正最后判了个死缓。

老周嚼着片茶干儿又滋儿了口酒，"老肖想再喝酒恐怕不容易喽……所以说人啊 ……"

"别兑水了，捞点儿稠的成不成?"我急了。

老周看着我，"我警告过你小子，易红水深着呢！弄不好……"他咕咚一下，连酒带话都咽了，然后叹了口气，"好了，说正经的。这可绝对是内部机密，老肖交代的材料里有一条，他在易红的茶馆买过一饼三十万块钱的普洱，其实那块茶饼顶多值千八百的，那三十万就是给那叉叉叉送的礼，人家的原话，我也不知道是谁，咱就叉叉叉吧。这事儿当时也查过易红，后来不了了之，多好解释啊，普洱嘛，别说三十万，三百万的也不是没有。现在这事儿怎么又翻出来了，接着易红就不见了，然后就死了……"

我闷闷地出了口气，"这些烂事儿听着就恶心。"

老周和我碰了个酒，笑着说："你都'奔四'的人了，怎么还跟'愤青'似的?不想听烂事，那让我打听啥?指望我给你打听出一纯情故事，可能吗?"

我笑了一下，跟他碰酒，“对不起，哥哥，我错了。感激不尽！”

易红背后幽暗复杂的关系，我并不了解，也从不想了解。我一直觉得她和我一样，希望我们之间保持一种很纯粹的关系。

老周看我有些魂不守舍，幽幽地说了句：“贤弟，恐怕易红这档子事儿，不是那么好开交的……”他给我满上酒，“你可别糊涂，犯不着惹麻烦！为谁都犯不着，为啥都犯不着！”

我当然不想惹麻烦，可要是麻烦来惹我，我能怎么办？

好在接着老周告诉我一个好消息，他新聘的大夫明天可以上班了。从年前就开始嚷嚷着来，一直拖到三月底，总算是来了，我正好躲两天。

黄酒醉人也挺厉害，醒过来已经是近中午了。我从家里走到路口，把那辆破桑塔纳从平时停车的小饭店院里开出来，老板娘问我去哪儿，我反正也没方向，就先送她了。车沿着北环向外开，路边出现了连绵的麦田和油菜花。

开着车窗，温热的风一阵阵扑在我的脸上，被春阳蒸腾出的土地的味道混着汽车的尾气也扑进来，塞得满当当的102路小巴蹒跚着从我车边驶过，车玻璃上能看到一只挤扁了的蛋糕盒子。一辆挂着大红横幅架着大喇叭拉着花花绿绿饮料方便面箱子的卡车跟着从我身边驶过，老板娘到前方不远的路口下车，她娘家门上有“会”。

我和易红一起赶过会。

赶会在过去，本来包含赶集买东西、看戏、串亲戚等诸多内容。现在只有农村的腹地在“会”的日子还能形成集市，而那些原本是某某庄后来成了某某区的地方，只剩下到日子去有“会”的亲戚家喝酒一项内容了。我想，这是因为家里还有老人在，再过上一二十年，估计连“会”这个词都没人记得了。

我以前也被人拉着说是去赶会，其实就是凑份子去人家里吃午饭。那天易红一大早打电话让我陪她去赶会，我笑了，说："告诉我地方，下班我自己去。"

她说："现在就得出发。"

老周知道一定会跳，可我还是让小护士推了所有的预约，跟着她走了。易红开车走了两个小时，带我去了归洛阳管辖被嵩山抱着的一个村子。到了我才知道，她家原本是那个村的。

"如今家里已经没人了，"易红打开后备箱，让我把一箱酒搬出来，她拎着一箱饮料夹着几条烟，"爹娘跟着我妹在外面呢……"

蜿蜒的石板路两边摆满了摊子，用扩音喇叭录的叫卖声反复放着，我和易红一路看景儿也被别人当景儿看，最后来到一户人家，易红说这本是她家的宅基地，给了当年的邻居。那家的婶子接了东西就到大门外招呼人来看老易家学戏的闺女回来了，带着老斯文个女婿。我没解释，只笑笑，散烟给众人。村子里留的都是六十往上的老人，年轻力壮的都在城里。

堂屋里铺着黄色的地板砖，可抽烟的爷们儿还是大口朝地上吐着痰，用脚底板踩灭烟头，鞋在地板砖上搓来搓去，留下一道或白或黑的印记。青蓝的烟雾在我头上缭绕，板凳竹椅都是矮的，坐下去和蹲着的人视线一样高。

易红在门口站着，那根独辫的辫梢在手指里绕来绕去，这动作让我想起小时候看过的一些电影里的农村姑娘。婶子在一个大澡盆里刷洗着宽大的海带，后来这海带出现在午饭的每道菜里，她对着易红问东问西的。从她们的问答里，我大概听出来易红有一个书念得很好的妹妹。

"还不是你供她，念恁些年学，容易的？得多少钱？学戏苦得很，老话说，'戏是苦虫，不打不成。'那是容易学哩？"

易红的脸红扑扑的，她咯咯笑着说："学会就好了。"

我才发现易红长得有些村气，这种团圆脸儿是豫中平原上常见的农村姑娘的脸型，人再瘦脸也是大的，骨骼在那儿呢，最好是胖嘟嘟鼓胀着丰满的脸蛋子，风吹日晒弄得黑红黑红的，那是另一种文化眼中的健康和美丽。

“学成哩，给婶儿唱两句。”婶子笑着。

易红嘿嘿地朝我笑，没心没肺傻大姐似的，站在堂屋当口，扯着嗓子就唱。

猛想起，二月二龙抬头，梳洗打扮上绣楼。公子王孙楼下走，绣球单打平贵头。绣球打着薛平贵，薛家辈辈是王侯。寒窑受罪十八载，王宝钏今天我做了皇后。

她唱得真好听，不是她平时说话的声音，她很会用假嗓，嗓子捏得尖尖的，很脆很甜，因为曲调铿锵节奏又快，颇有几分大珠小珠落玉盘的感觉。

大家都拍巴掌叫好，院子里也叽叽嘎嘎挤来了孩子，一个老汉拨开众人，拎着把绳捆索绑的胡琴过来，院子当中搬张凳子一坐，吱嘎拉起来竟也动听。他朝易红一点头，易红身形一动，如同在舞台上一般，轻移莲步扭捏上前，“花木兰羞答答，施礼拜上……”那一声优美高昂的拖腔一出，院里院外喝彩声一片。

回去的路上，我开车。易红好像还在兴奋之中，“……嗯啊哎呀嗯啊哎哎哪嗨咿呀……我的元帅呀，你莫笑我荒唐啊……”

她牵着我衣服的袖子，声情并茂地唱着，连眼光都是爱娇的，央求的。眼角微微上挑着，眼波随着咿呀婉转的哼腔四散流淌。

我脸木着，突然说了声：“我爱你。”

一辆货车鸣着笛呼啸而过，我不知道她听清楚没有，她问：“你说什么？”

我直直地看着前方，把着方向盘，说：“我爱你。”

她扑哧笑了，笑了一半又收住了，像是怕我羞恼，看着我的脸轻声唱起来，“我爱你，爱着你，就像……”

“……老鼠爱大米……”我接口和她合唱，两个人都笑了。

易红就这样把我严肃的情感表达消解了，举重若轻，不落痕迹。

说那三个字的时候，我是严肃的，严肃而且忧伤。

她穿件宽大的格子衬衣站在农家院子里傻乎乎唱王宝钏花木兰的时候，我就已经感到忧伤了。

忽然想起第一次在老茶馆见到她时的感觉，脑子里回响着幽暗侧幕里打出的锣鼓点，哒哒哒忒……

第一印象的准确，往往让人不由得相信冥冥中存在某种不可知的力量。

她真的是个戏台上的女人。

她要呈现什么样子，一定会做得很彻底，清纯，明艳，练达，朴拙，娴淑……从发型服装到言谈举止，甚至音色和语速都会随之作适当的调整。她是一条漂亮的变色龙。

她是条无心的变色龙。

这个比喻不准确，变色龙变色凭的是本能，当然是无心的，物竞天择的结果。比喻都是拙劣的。

从那一刻起，我的心就泡在忧伤里，这是我结束青春期之后从来没有过的。

当她眼波流转地对着我咿呀着戏文的时候，我竟然觉得心疼起来，鼻子有些酸。浮云一样在心底来而复去的那点对她的恶意，突然被狂风扫荡了。我觉得心里干净而柔软，盛满美好的情感。语言太粗糙笨重，怎么能表达那一刻我内心复杂而微妙的感受呢？可我忍不住想表达，我找到了意思最近似的话，我说我爱你。

这三个字制造了世界上难以计数的误会。

为此，我很感激她超凡脱俗的理解力。她丝毫没有因为我表达时的一本正经而认为我会愚蠢地认真起来，从此躲闪回避我，也没有患上金钱带来的过敏症以为我别有用心而猜忌我。她完全领会了我的善意，同时过滤掉了我的轻率。

我和易红的关系从那次“赶会”后发生了变化。除了诊所之外的其他地方，我们偶尔也会见面。有时候，我还会在某些聚会中，以她的心理医生兼朋友的身份出现。别人会怎么想，我懒得管，顶多把我说成易红诸多情人中的一个。在我的概念中，我们不是情人，人家非要这么说，我理解成抬举。好像也没谁表示过怀疑，易红和我这样缺乏资源的男人之间会有点儿什么。

我依然不知道她心里对我怎么样，我倒是经常牵挂她的。一次她打电话说晚上一起吃饭，她在高速路上，四十分钟就到了。一个小时之后，我打她的电话，不在服务区。一个半小时，还是不在服务区。

我准确地知道了“煎熬”两个字下面那四个火苗一样的小点儿不是白来的，生理上的感觉，整个内脏都在火烧火燎地疼……二十分钟后，她打过来电话，呼呼的风声，她堵在高速上了，一辆大货车翻了，警察正在清障，她的手机没电了，她借后面车上人的电话打的，“冷死了，我不说了，前面动了，再见。”

应该放心了，可我还是开车到了高速路口收费站，傻子似的站在冷风里等。我不是想搞感动惊喜那套把戏，她可能根本看不见我就过去了，我只是想站一站，让冷风把刚才心里的火气刮干净。

风里蒙蒙的有些雨意，其实是水汽浓重的雾霭，天快黑了，这种天气，高速路已经关闭，只有下来的车辆，晃着大灯默默地滑出收费站。

我看见了她的车，但我没有出现。半个小时后，她打通我的电话，问我在哪儿，我说刚从诊所出来，准备去饭店等她。

我一直没有告诉易红这件事，我怕她觉得沉重，当然，我也怕自己表达的情感超出自己的承受能力。

我此刻很后悔没有告诉易红这件事情。

如果她还活着，我会说吗？

我又把车开到了高速路口外的转盘处，那晚我就站在不远处的路边。阳光下路边的红叶李开着满树粉粉的小花，蒙了尘，叶子和花原本娇怯怯的样子就没了，风一过，簌簌的落下碎纸屑一样的花瓣。

我骗不了自己。她要是没有死，我多半还是不会说。

电话响了，老周的，他有些鬼鬼祟祟的，“你那儿说话方便吗？”

我说方便。

老周说：“易红的老公刚才找到了诊所，他要见你。你见吗？”

五　戏之二

我和易红的丈夫在一家叫“巴西山度士”的咖啡馆里见面。

午后的阳光晒得人昏昏欲睡，我坐下要了杯咖啡。他早就等在那里了，深蓝西服本白衬衣宝蓝领带，头发也是整整齐齐，我猜他在保险公司或者银行上班。

我猜的没错，他递过来的名片上，印着洛阳下辖某县某银行的名字，他的职务是客户经理，名字叫崔保周，一个能说明年龄的很有时代色彩的名字。

他有些紧张，是那种正在经历重大事件的紧张。

我也有些紧张，不知道对方目的难免忐忑。

我们俩好像都在等着对方先开口。

还是他先说话了。

“易红……的事情，夏医生，我认为她一定是被人谋杀了……我……”他的脸因为激动有些扭曲，本来还算清秀的一个男人突然就丑陋起来。

我深呼吸，努力用对诊所病人的平和口气对他说：“崔先生，你的心情我能理解，你别着急，慢慢说。”

他开始抽烟，垂着头说：“我确定易红不会自杀，她就是自杀，也不会那天死！就是她出事的那天上午，她还给我打电话，让我买点儿人家过冬晒的豇豆萝卜干，拿真空袋给封了，给她妈寄去，再过两天就是她妈的生日，她妈喜欢吃这些东西，易红可孝顺了，她怎么会那天死呢？”

我突然插了句，“易红女士的父母亲在哪儿呢？”

他很随意地回答：“跟着她妹妹妹夫在荷兰呢。”

来自阿姆斯特丹的钥匙之迷我解开了一半。

“易红她家人，闺女死了到现在也不回来，说句不好听的，什么人啊？！”对面这个男人很憋气，“我是两眼一抹黑，啥都不知道！她死在里面的那套房子，不知道啥时候用她妈的名字买的！我都不知道自己娶了……她的心，深得跟口没底儿的井似的……”

我沉默地听着，哀伤地捕捉着这些话里关于易红的点滴。他正说着猛地刹了车，可能觉得不该当着我的面说这些。他生生把后面的话给憋回去了，憋得眼睛里都出了泪意。

他散了一桌子的烟灰，服务生过来添柠檬水换烟灰缸的时候，顺手给擦掉了。他的情绪也因这个打断平稳了下来。

“易红对我很好，她也很顾家，你知道，女人在外面做事不容易……易红看着能干要强，其实又单纯又脆弱，她一定是在生意上被人骗了，去年她突然把店都转让了，可她的账户里却只有几千块钱……骗她钱的人一定是害怕事情败露才杀人灭口……”

他哭了，又把烟灰散得满茶几都是。烟灰落在墨绿的大理石桌面上特别刺眼，他哭的时候我忍不住抽了张纸巾把那些烟灰给擦到一起。

如果我说我对面前的男人充满了同情似乎是矫情，可他当时的确让我觉得很难过，我很想帮他获得某种心理上的平衡，但我却不知道该说什么，我只能沉默。

沉默在对话中的作用却是双向的，可以让对方放松，也可以给对方施加压力。他似乎感觉到的是压力，他抽了张纸巾擦泪，按熄了烟蒂，随即又点上一根，深吸一口，“易红是我的妻子，我爱她！我们是无权无势的老百姓，可我们也是人，不能任人作践连吭不敢吭一声呀！夏医生，我相信你是个有正义感的好人，现在公安局准备按抑郁症自杀结案，你是易红的主治医生，他们需要你在鉴定报告上的签字。夏医生，这个字你可不能签啊……”

他拿烟的手按住了我擦桌子的手，长长的烟灰又落下来，我手心手背沾得都是烟灰。

“夏医生，我们虽然两地分着，可易红不管打电话还是回家，都是有说有笑的，她怎么就得了抑郁症呢？打死我也不能信！”

我有些慌乱地莽撞地拿开他的手，说：“对不起，我去洗一下手。”

等我回来，一个银行的取款袋出现在茶几上，崔保周推到我手边，“夏医生，你不要有压力，那些治疗记录我也看了，我觉得从那些记录怎么能得出一定要自杀的结论呢？再说，她到去年九月不是就停止治疗了吗，那说明她好了呀！”

他的声音里有一丝焦急的颤抖，看喉头滚动的脖子是在难过地哽咽，看眼睛以为他在逼债，嘴里却说：“夏医生你别误会，没别的意思，我心里乱，来的时候也不知道该给你买啥东西……我听人说，易红虽然是你的病人，可也算关系不错的朋友。你完全有理由推托不签这个字，最后那三个月你又没给易红治疗，你怎么会知道她的情况呢？夏医生，你可不能帮着他们草菅人命呀！”

我拿起来那个取款袋，里头是带着银行扎款条的一万块钱。

“你们有孩子吗？”我拿着钱问了个完全出乎他意料的问题。

他愣了一下，摇摇头。

我在他的脸上看到一种很憨厚的神情，他对我那两个游离性的问题的反应都很直接，也很简单，显然他不是一个心思缜密城府很深的人。这样一个人在丧妻之痛的打击之下，怎么还会对我如何应对医疗鉴定一事提出如此妥帖的建议？就算他能想到来贿赂我，按他的思维方式，他的要求会更强烈，比如证明易红已经痊愈……我心里忽然生出了一丝警惕，他说“我听人说……”，那个“人”是谁？我在肚子里苦笑，我不世故，但我绝不天真。也许我根本不该见这个男人。

我把钱放在桌面上推过去，“崔先生，对不起，我还有事。我想你错误地估计了我的重要性，易红女士这件事情的真相，不会只因为我的一个签字而有所改变。再见。”

我没等他回话，就起身离开了。我在服务生整齐的“谢谢光临”声中走出咖啡馆的时候，他好像才反应过来，不甘地欠身看着大门。

我的心纷乱如麻，理都无从理起。

易红究竟是不是自杀，是我一直都不敢去深想的问题。

咖啡馆开在一家四星级酒店的裙楼里，我的车停在酒店的停车场里。站在车边我抬头，酒店玻璃幕墙的顶端，反射出尖锐的阳光。去年冬天我和易红一起来这家酒店吃过一次饭。

那天易红请客，我去陪客。给易红当陪客，客人是谁事先我不问，事后也不谈。我就是去陪她，其余的阿猫阿狗我才不在乎呢。我能感觉到，易红需要我这样沉默而温柔的陪伴。

阴沉沉的天空里云层很厚，天早早就黑透了。易红穿了件中袖的织锦锻小袄，细胳膊在短而宽的喇叭袖管里咣当着，下车就挽住了我，把胳膊并在我的腋下暖着。她就这样挂在我身上进了酒店的大堂，才一笑撒手。

一身洋红滚金边旗袍的迎宾小姐领着我们到了包间，推开门，巨大的桌子边上只坐了两个男人，易红笑着给他们介绍我，然后扭脸对我说："这位不用我介绍了吧，我们大家的领导，这位是林总，世界上我最恨的男人，因为他把我的店全给霸占了。"

那位领导和林总都笑了。

那顿饭除了说说易红的抑郁症，这也是她转店的原因，压力太大，再做下去会死人的，其余的时候说的都是闲话。那位林总中间也问了我一些心理方面的问题，我敷衍了两句，就笑着说："大家都知道，和三种人说话得付钱，坐台小姐，律师，心理医生。"

虽然我谈笑风生的，其实那顿饭我吃得很难受。头顶上那盏巨型宫灯足有半张写字台那么大，我总疑心那些粗粗的明黄穗子不停在落灰，所有的菜吃在嘴里都有土腥气。房间装修得金碧辉煌的，筷子有沉重的金属镶头，黑漆桌面上有螺钿嵌出的花鸟图案，在盘子下面珠光宝气地亮着，我只觉得眼前什么都是明晃晃的，何止是没有胃口，后来都觉得恶心起来。

那天易红得体中带着点恰当的疲惫和忧郁，却是含而不露的，不会失去礼貌的笑容。造型当然也符合剧情，发型复杂而典雅，累累的辫子偎在脑后，和她身上织锦段的缠枝花卉彼此呼应，下面是条长长的裙裤，离开时在走廊上我忽然注意到裤脚饰有暗红的云头。

她身上只有黑和暗红两种颜色。

压抑的调子太浓重了，似乎有些过，过犹不及，以我对易红的了解，她把握度的技巧炉火纯青，那天虽然说不上失误，但至少不怎么正常。

吃完饭自然有节目，我是主人的陪客，当然不能溜走。坐在 KTV 包房里毫无悬念地听林总唱《爱拼才会赢》，听那位领导唱《莫斯科郊外的晚上》，我也同样很本分地唱了一首《恋曲 1990》。

不是我们在唱歌，是歌在唱着我们。

我不知道什么时候那个女孩子走进了我们的房间，我放下话筒回到沙发上的时候，林总给我做介绍，说这是他的副总。女孩子留着厚厚的留海，乌溜溜的一双眼睛，玲珑饱满的嘴唇，很年轻，很老练，她笑着向我伸出手来，“久仰大名，夏医生，我姓乔，你可以叫我大乔，也可以叫我小乔。”

我笑了，握了一下那胖胖的小手，眼睛却去看易红。易红大概读懂了我眼睛里憋着的暴笑，借倒啤酒的机会劝诫地碰了我一下。

林总去唱《潮湿的心》的时候，那位领导和“小大乔”去跳舞，我才靠着沙发背闷笑了一会儿。

易红坐着没说话，我坐直了说：“没听过你唱歌呢……我猜猜你会唱什么歌，《你究竟有几个好妹妹》，《何日君再来》……”

易红笑了一下，说：“厚道点儿，不好吗？”

我低声说：“有时候厚道是最不厚道的。比如刚才，我要是打击一下那孩子，她以后就会学个乖。小闺女儿家不带这么厚脸皮的，说不定还有不少坏人夸她有文化呢，她才拿着肉麻当有趣，遇见生人就现！”

易红应对我刻薄的武器就是温和的沉默，然后叹了口气，说我说的有道理，哪怕被我刻薄的是她自己。这次也是，她叹口气说：“是啊，她要有你这么个哥哥就好了。”

“你饶了我吧！这女子比你还凶残呢！”我喝了酒，有点儿顺嘴胡说。

易红笑笑，没介意，我却懊悔地沉默了。易红独自喝了口啤酒，突然说："你说的对，她是比我凶残，我贪心但还有所顾忌，而她们这代人，毫无顾忌。"

我不知道怎么应对，只好和她碰了杯啤酒。

易红又说："看过《三峡好人》吗？里面露天舞场那段儿，中国小地方的普通男女跳交际舞的样子，太难看了，让看的人替他们难堪。"

我很高兴话题换了，接口说："何止是难看，简直丑陋得惨绝人寰！老头老太太跳起来倒感觉干净漂亮多了。"

"怎么会这样呢？"易红一只胳膊撑着头，茫然地问出一个她并不真想知道答案的问题。

眼前的这对男女的舞姿同样惨不忍睹，领导撑直胳膊确保自己隆起的肚子和舞伴暴露的肚脐之间有空隙，笨拙而适意地挪动着步子，乔小心地配合着。她脱了鸭绒袄，里面是短款毛衣，低腰裤，一段皮肤紧绷的腰肢露着。从我的角度只看这段，腰和臀对比强烈，瘦得更瘦，肥得更肥，漂亮！可拉开了看，这样两个人狼狈却自得其乐地跳着舞，显得滑稽而怪异。

林总歌罢，跳舞的领导也回来，两个人坚持易红唱一首，易红谦让了一下，说乔总唱完再唱。

乔坐在吧椅上正点歌，刷地转过身来，笑着说："好吧，我先给红姐垫场。"

她这句话像雪水一样浇在我被酒精弄得晕乎乎的脑袋上，我瞬间明白了很多东西。她一口气唱了四首歌，《青藏高原》《半个月亮爬上来》《春花秋月何时了》，还有一首英文歌，曲调很熟悉，但不记得名字了。

虽然这些歌并不适合跳舞，那位领导还是在李煜的喟叹中请易红跳了一曲。我不想让易红难堪，于是盯着唱歌的乔。乔朝我盈盈巧笑，却又很配合歌词地微微蹙着眉，"问君能有几多愁，恰似一江春水向东流……"

乔唱的不是一般的好。

她也习惯了掌声，跑过来抓了支啤酒灌了一口，笑着说：“我要再年轻五岁，十八九，明年超女总冠军就我了。信吗，你信吗？说，说，快说！”

她问我的时候手里的酒瓶故作威胁地举到我的头顶，做出随时要往下倒的样子，装疯卖傻耍嗲撒娇玩可爱，却清楚地传达了这样的信息，我们已经是可以随便开玩笑的老朋友了。

心理正常的男人都会投降，我笑着把酒瓶从她手里拿下来，说：“信！”

乔露出天真的胜利的笑容，下首歌的音乐响了一会儿了，她跳回去抓起话筒，从第二句开始唱，当声遏云霄的“love you ”在房间里回荡时，我真心真意地喝了声彩。

乔很兴奋，放下话筒几乎是扑过来，从我的腿上滚了一下才坐到沙发上，夸张地喘了口气，呼哧出一个字：“热！”

这是条青春版变色龙。

我应该想到，变色龙的颜色无论是美丽还是丑陋，不过是为了和环境保持一致，那是物竞天择的结果。猛想起刚才对乔自我介绍做的那番自以为是的评价，我觉得自己心思轻薄而且恶毒。虽然我不喜欢乔，可不知道为什么，她也让我觉得忧伤。也就在那时候，我越来越明显地感觉到，她和易红之间，隐隐地似乎在进行一场对决。

从乔开始唱歌，剑拔弩张的暗流就开始汹涌了，她古今中外地唱，青春逼人光芒四射，易红一直没有接招。

刚才乔用了词“垫场”，这可是外行人不怎么会用的术语。很快我的猜测就得到了证实。林总大概觉得冷落了易红，起身去点了歌，过门一响，我听出是豫剧，那位领导显然也很熟悉易红，他笑着说：“《沁园春·雪》，小红的拿手好戏。”

易红犹豫了一下，起身去唱。我以前没听过豫剧曲调谱曲的《沁园春·雪》，一听感觉还不错，易红只唱到“山舞银蛇”，乔的声音就加进去了，唱到“欲与天公试比高”时，就只剩乔一个人的声音。

乔唱得毫不逊色，身形神态端庄凝肃，音色比易红还要漂亮，完全让我领略了这曲子的好处，铿锵顿挫，高亢清丽，大腔大板里透出妩媚来。

我叫好的时候低声问易红，“她也学过吧？”

易红的声音有些飘，“跟我一个学校毕业。”

“长江后浪推前浪，”我笑着递给易红杯啤酒，“一代新人胜旧人。别在意，喝酒吧。”

易红微微一笑，说：“为你也得唱段儿吧。”

易红到底扳回了一局。看来这酒店的四颗星不是白来的，屏幕上打出曲目名时我心生感叹。易红点的是昆曲《牡丹亭》里“袅晴丝”一折，熟词儿，认真听过唱的人却不多。

> 原来姹紫嫣红开遍，似这般都付与断井颓垣。良辰美景奈何天，赏心乐事谁家院？朝飞暮卷，云霞翠轩；雨丝风片，烟波画船，锦屏人忒看得这韶光贱。遍青山啼红了杜鹃，荼蘼外烟丝醉软。牡丹虽好，他春归怎占得先……

是下过工夫的，丝竹共歌喉袅袅，旁边三个人都有些被震慑的意思。

可我觉得味道不对，易红对这段曲子的反应不对！

这个念头一起，觉得在场的每个人的反应都不对。

林总是易红主请的客人，可一直端茶倒酒递烟点歌搞服务，像个跟班；那位领导有点儿自我膨胀可以理解，不可理解的是他似乎很小心地在乔和易红之间搞着平衡，跳舞不用说，乔唱歌的时候，他频频和易红碰杯，而易红唱的时候，我看到他刚回过神来就去找乔的目光；而乔，半路杀来，反客为主鸠占鹊巢理不直气却壮；听到最后，我发现反应最不对的是易红，幽幽咽咽，生生把个杜丽娘唱成了杜十娘！

三个男人为易红的精彩演唱干了一瓶啤酒，我正打嗝，咚咚的鼓点就响了起来，我没看见歌名，节奏很快，音乐挺好听的，有点中亚细亚那块儿的味儿，乔的身体满不在乎地跟着节奏摇摆，亮白的那段小腰真撩人！

> 咚巴啦呀，咚呀咚巴啦，咚巴啦呀，咚呀咚巴啦。你是谁我是谁，今夜谁是谁？你愿意我愿意，愿意就可以。歌照唱舞照跳，世界太美好。星期六星期天，不用起太早。咚巴啦呀，咚呀咚巴啦，咚巴啦呀，咚呀咚巴啦……

也不知道这歌原唱什么样，乔的声音压得沙剌剌的且呼吸不够似的颤抖着，她用这样的声音叫喊这样的话语，像条柔软的带倒刺儿的大舌头，满头满脸地舔着我，我又痒又难受，又刺激又可笑，我的手挥着，想去赶开那条舌头，人却笑得喘不来气。

可能我笑得太狂了，易红在旁边说："夏医生，喝多了。"

我笑得止不住，摇晃着站起来朝她摆着手，"不是不是……受不了，这歌受不了……有生理反应……"

接下去，我的生理反应是当场吐酒。

那天晚上我喝了多少酒我不知道，好像一直在喝酒，五粮液芝华士还有数不清的哈啤，但我的意识一直很清楚，现在记忆依然清晰完整，可是，我当场吐了个一塌糊涂，算作当晚精彩演出的余兴节目上演。

后来再说起我吐酒的这个晚上，我戏称为“享受了一把二十一世纪初中国中部中小城市新兴资产阶级的后现代生活”，当然是和易红开玩笑。我看出她有某种担心，我想告诉她，别的我没多想。

我已经知道的比我愿意知道的要多了。

可我依然不愿意带着任何猜测去想她的死亡，我愿意用这样的态度表达我对她尊重。

或许我是在为自己的软弱找借口……

带着一脑袋沉甸甸的念头，我把车刚开出停车场，老周的电话就打过来了，问怎么样？

我为了满足他的好奇心，如实相告，老周倒吸口凉气，问：“你打算怎么办？”

我刚说了四个字，顺其自然，一个保安过来敲我的窗玻璃，我挡了进来车的道。我把手机往前排座儿上一扔，给人让路。

老周的声音远远地传来：“怎么顺你说怎么顺？你到底是签字还是不签字？”

六　回到茶馆

警察根本没来找我签什么字。

公安机关按照规定，请权威部门的专家对易红的诊疗记录作了医学司法鉴定，然后根据现场的其他证据，按自杀结案了。

但事情并没有到此结束，易红的丈夫还在四处告状，网上相关的帖子连篇累牍，标题都很刺激，我不看也能猜到。

诊所的小护士对这件事的好奇心完全消失了，她现在感兴趣的是被扣押的英国女兵头上戴的黑纱巾，“他们为什么非要女人戴纱巾？”

“因为神说，女人要蒙头。”我绕到她背后看着电脑屏幕说。

现在没病人我就下来跟她闲扯，一个人待在那个房间里我受不了。

“瞎说也得靠谱，嘁！”她对我的无知极端鄙视。

我笑着说：“都一样。本是同根生，相煎何太急啊。”

门被推开了一条缝，一个穿着不合体的旧式橄榄绿警服的男人带着个七八岁的女孩子挤进来，“恭喜老板发大财……”他拉起挂在身上的二胡扯着粗喉咙就唱，吓我一跳。

小护士说：“鞋柜顶上有零钱。”

我走过去，摸了个一元的硬币丢进孩子手里捧着的搪瓷碗。拉二胡的走了，收垃圾的来了，叮啷叮啷地摇着铃铛，我第一次看清楚他的脸，是个中年人，没我从他的动作上判断的那么老。

小护士突然发出一声惊叫，我回头，她的手指着电脑屏幕，说：“你……”

电脑屏幕上真的是我。我还能辨认出咖啡馆的沙发颜色，我坐在沙发上，低头看着手里的银行取款袋。照片拍得还很清晰，点开放大都能看见取款袋上鲜红的银行徽标和粉红的百元钞票一角。文章的标题是“医生受贿伪造记录，为虎作伥颠倒黑白。”

“到底谁颠倒黑白，谁为虎作伥，啊？”中午老周喝得有点儿高，嗓门跟着也高上去了。

我们是在瑞和泰茶馆楼上，屏风隔出来的雅间，我点了一泡铁观音，没让服务员泡，自己在那儿弄。我说：“哥哥，配合一下情绪，没见我正表演茶道吗？”

老周看着我前面那十八般兵器似的茶具，“你会弄吗？”

我笑着说：“聪明人一看就会，可是真正有大智慧的人不看也会。不就是茶道吗？热水、茶叶、壶、杯子，泡进去，倒出来，喝下去，是为大道。”

老周笑起来，“贤弟，真行，情绪还很健康，我都跟着亚健康了！”

我笑了笑，“随他们便，我跟死的人一样，不在乎。却顾归来径，苍苍横翠微。有点意思吧？”

老周说：“有点意思。哎，你觉得易红真是自杀吗？”

我摇了摇头，“说实话，我不知道。”

“没意思，你这人没意思。”老周指着我，“我又没问事实，我问的是‘你觉得’，嗯？”

我给他倒了盅茶，正色说：“老哥，我有个事想给你说，实验中学要开心理卫生课，外聘教师，人家愿意要我，我也就不在你那儿白吃干饭了。”

老周愣了一下，“我可没赶你走的意思啊，这事过去也就好了，你……”

我打断他，“也许吧。可你那儿大小也是个生意，做生意就得考虑成本，何况我在那儿还起副作用，一个出卖病人的心理医生，谁还敢来？”

老周皱着眉喝了口滚烫的茶，“这茶真香。对了，他们怎么拍那么准呢？”

我笑了，“肯定是从录像上剪下来的。”

老周似乎在品茶味，半天一咂吧嘴，说：“看来这事还真……兄弟，我也是听说的，人家说啊，有人想借易红的死在做楚汉相争，那个崔保周，是楚霸王这边的一把剑，项庄舞剑意在沛公！”

“我呢，就是一把沙土，人家顺手一抓，扬出来也能迷人眼。”我说。

老周点头，“明明是楚霸王向你行贿，然后硬说你收了刘邦的钱，现在你咋说都没人信你，时不时的还有人找你问问情况，那照片作证据当然说服力不够，可拿出来混淆视听是够了。”

我说："本来人的想象力萎缩得不剩多少了，又都用这儿了，真是悲剧。"

老周的神情也有点儿忧伤，叹了口气，说："悲剧？易红那才叫悲剧呢。开了那么多茶馆，现在多香的茶也闻不见了。"

我把开水冲进了紫砂壶，蒸腾出浓郁茶香的水汽模糊了我的眼睛。

上次在这个茶馆喝茶，是我最后一次见易红，现在想想，正是她死的前一天。请我来喝茶的是我前妻。

我是被哄来的。一个以前的同事说有事找我，等我到了地方，发现在座的还有我前妻，当然不能转脸就走，那个好心撮合我们的同事支应了一会儿就溜了。

我前妻幽怨地看了我一眼，"听说你现在过得挺好。"

我挺受不了她这弃妇腔口的，但我还是忍了。

她垂着眼，挂着脸，可口气是软的，"你也不问问我怎么样。"

我看看她，"我觉得你也挺好的。"

她眼皮一抬，声音高起来，"你觉得？"又忍下去了，停了半天，"女人是不是永远得不到她创造出来的男人？"

我忍不住了，"创造男人的女人，男人一般情况下管她叫妈妈。"

她突然哭了，眼泪纵横，把脸上那点儿脂粉给冲得乱七八糟。我的职业让我对人流泪有独特的理解，我默默地递过去纸巾，静静地看着她哭。

她哽咽着说："我知道你恨我。可你不想想，没有我下决心跟你离婚，你能有今天的成就吗？不是我激励你，你能知道上进吗？我要一直惯着你，你还不是整天吊儿郎当混日子吗？"

我噎了半天说："你可真够用心良苦的。"

这时我抬头看见易红被四五个人簇拥着上了楼，走着还跟身后的人说着，看那指指点点的样子，是在介绍那些照片。她抬眼也看见了我，一笑，跟身边的人说了句什么，然后朝我走来。

我起身迎过去，她朝我身后看了一眼，露出丝意味深长的笑。

我说："我前妻。"

"哦，跑这儿唱'马前泼水'来了?"她笑得眼睛眯了起来。

我也笑了，"说句你的话，厚道点儿，不好吗?"

她笑出了声，"不开玩笑了，我还有客人呢。回头给你电话。"她说着拿手拍了拍我的胸口，"去吧，厚道点儿。"

我回到座位上，前妻也不哭了，盯了一眼易红的背影，"你觉得她能跟你好好过日子吗?"

我看着她，"你觉得我是你说的那种好好过日子的人吗?"

她想了一下，说："我觉得你是。以前我是不理解你，现在想想，还有几个人像你那样喜欢看书呢?"

我笑了，"看书能说明什么?"

她说："说明你爱学习，说明你不俗气。其实你也没什么大毛病，就爱泡个茶馆，现在也泡不成了，工作吧，现在你也挺上进的……"

她说的我竟然有几分感动，倒不是因为她所谓的"理解"，而是她的态度，平心静气得近乎低声下气了。也许是易红那句"厚道点儿"起作用了，我也没再说什么刻薄话。

我说我的工作变了，可是我的生活方式没变，人也没改变，还是那样，吊儿郎当不求上进。

前妻笑了，是那种看透不说透的笑，弄得我也觉得自己那话特别不实诚，一听就是借口。

后来不咸不淡地说了几句闲话，她装作漫不经心地问起我买的房子。

我恍然大悟，立刻说："我带你去看看，有点儿远，我开车来的，不过车是老周的。”

我带着前妻看了房子，回来的路上她一句话都没说，临下车的时候，她突然说：“你真是个……”

“神经病?”我笑着接口。

“精神病！这回我说对了吧?”前妻恨恨地摔上车门走了。

老周听我讲这段儿，笑得趴在桌子上，连声说：“怨我怨我。”他勉强直起腰，还带着笑一哏一哏的，“就你说的咱单位那小子，撮合你俩的，打我电话问过你的情况，我就说你刚买了房，花都庄园三期，复式小楼，他说那都过高速路口了，挺远的，我说你有车怕啥呀?咱这儿又不是北京，四十米八车道的康庄大道穿城而过，堵车比撞车的机会都少。说这话快一年了，她怎么才找你呀?”

我也笑了，“估计做思想斗争呢。一个女人，挺不容易的，有时候想想，碰上我这么个男人也够倒霉的，真有点儿对不起她。”

老周在估摸着我的心思，说：“我也想过劝你复婚，不过你这小子，太有主意，我觉得说了也是白说，所以就没开口。”

我说：“已经坑过人家一次了，不能再坑了。以前以为自己能阳奉阴违地在社会规则下苟活。事实证明，其他方面还可以，婚姻不行。在婚姻里，你不能一个人决定生活方式，要是一个人选择的生活方式严重伤害了另一个人的利益，正常人谁干哪?幸好没孩子。”

我看老周皱眉做思考状，笑着把车钥匙拍在桌子上，他拿着钥匙嘴里说：“先开着吧，住那么远……”

我说：“没事儿，学校答应给我一间单身宿舍，我放假才回去，放心吧。”

他收起车钥匙，突然说：“你跟易红……不会来真的了吧?”

我笑着说：“来真的和玩假的，谁能分得清?‘假作真时真亦假，无为有处有还无’，说这话的是大师。”

“可不大师吗？”老周笑着拍了我一巴掌。

茶馆二楼朝车站方向的窗子密封了，又装上了仿古的雕花格窗，安静多了。四月的暖阳从格窗里透进来，光洁的桌面也有了花开富贵的图案。我已经不知道壶里的茶是第几道了，还有茶味，很淡，屏风挡着，看不到楼梯口的护栏，那是我第一次看见易红的地方。仿佛一个神秘的循环，她来了，又走了，我的生活也跟着兜了一个圈子。我慢慢喝光了杯子里的茶，刚才是跟人家老周假装淡定从容，而此刻，我的心真的静下来了。

老周这时慢悠悠地开口说：“我想起件事，本来不好意思说，现在人不在了，说说也没什么。去年秋天，政协搞旅游窗口单位监督检查，我还是跟易红一个组，查到了关帝庙，碰上关公协会的老丁，这人懂点儿周易八卦，神神道道的。怎么就说到了按阴阳五行给人算名字，说了一会儿大家也都散了，三三两两站在大殿头里抽烟说话，我也没留心易红又去找他，无意间走近了点儿听见老丁的话，‘东方属木，又逢着夏，可不是郁郁葱葱嘛，这名儿好，这人要经常穿青色的衣服，旺运道……’我想，她问的该不是夏东吧？”

七　钥匙

易红送我了四件款式质地不同的青色毛衣，这种蓝不蓝绿不绿的颜色挺少见的，不知道她怎么找来的。她没告诉我为什么要送，但我还是经常穿。

现在我不穿了，我常穿黑颜色的衣服，耐脏，夏天的 T 恤也是黑的。我心里这样对易红解释，青在汉语里有时候也用来指黑色，比如“青青子衿，悠悠我心。但为君故，沉吟至今……”

再比如，“君不见高堂明镜悲白发，朝如青丝暮成雪……”

用不着说到三比如，易红肯定会说：“你说的有道理……”

我的教师生涯还算顺利，学生不讨厌我，因为我说话够酷，但我教给他们处理问题的方式还是很主流的，这就是我说的阳奉阴违。

我和那个婚外女友中断一年多的交往又恢复了，打她电话她就来了，我很感激，觉得她很善良。

我给她买了套化妆品，牌子挺高档，她也有点儿感动，抱着盒子说：“你的事儿我听说了。”

我笑笑，没接着往下说。从宾馆出来我请她吃了顿饭，叫了不少的菜，却没怎么动，都让她打包带回家了。

在学校闲暇的时候，我常拿着那把来自阿姆斯特丹的钥匙发呆。易红的事情还没有结果，她还应该在冰柜里躺着。

那只是她的身体。当她还在她的身体里面的时候，身体常常让她感觉到分裂的疼痛。我的手摸上去都能感觉到皮肤下面的裂痕。我长久地吻她所有的肌肤，我想用嘴唇的热度融化她弥合那些裂痕。

她含混地问我：“你怎么那么有耐心呢？”

我说：“我不想看到你做爱起身后那点厌恶和怨恨。”

她吻着我的胸口说：“我不是对你……”

她的长发散满我的身体，我摸着她的头发说：“这就是你的病，恰好我是医生，而且是专家……”

她笑起来，“医生，得需要很多疗程吧？”

后来某些时候，我觉得她真的能好起来。她的身体在我的怀里光滑而柔软，满足快活得像个孩子，只有那个时候，她眼睛里才会泛出粼粼水波一样的微光，和她平素充满魅惑力量的光不同。

那光是从她心里很深的地方照出来的，穿过重重障碍和束缚才显露，所以如此微弱。

这微弱的光如今在那双眼睛里永久地熄灭了。

可她躺在冰柜里的身体依然不得安宁，关于她死因的纠纷还在继续。

最近一次警方找我调查情况是一个月前，还是在确认最后一个电话的内容。从尸检确定的最后死亡时间断定，她给我打电话的时候，安眠药已经进入体内，所以这个电话的内容至关重要。

我的陈述没有丝毫的改变。

当然，我说的并不是易红的原话，但我认为其他的那些细节，对于我们俩之外的其他人，没有意义。

她说："对不起，我遇到件事，今天不能见了。对了，我告诉你，花落下来的时候，是有声音的，安静下来，能听见……"

我问她在哪儿，她没有回答。可能她一直举着电话，让我听落花的声音。

"……如果你那儿不安静，就听不见。我累了，想睡会儿。说不定能梦见个花园，我想要个真的花园，下面有土，上面有太阳，中间有风，一年四季都有花开，有花落，我们俩一块听……"

易红不知道，我有一个基本符合她所做描述的花园。

我买的房子离市区还有三十公里，是一家从东北内迁的兵工厂的家属房。那家兵工厂后来转民用了，生产发令枪，再后来发令枪也停产了，一厂子的下岗工人都豪迈地"从头再来"去了。好多开出租车，也有把厂里的发令枪改造了和子弹往外偷着卖的，抓过几次，现在可能没了。卖我房子的这家，男人就是因为偷卖私自改造的发令枪被判了几年，出来后想带着老婆孩子回老家。

这消息是一个病人告诉我的，他们夫妻俩原来都是那个厂的，他老婆在酒店坐台，他靠老婆卖身钱养着所以心理失衡，难受得不想活，就拿钱来找心理医生救命。他一直说周围的人多艰难，我注意到他的右手上有条很深的疤，缺了中指，其余的四个手指也蜷曲着不能伸直。

肿瘤科大夫对癌症晚期病人只能给吗啡和安慰剂，我也一样。我说生存是最大的道德，我还和他谈了很长时间孩子的培养问题。现在我们成了邻居，那时候他上小学的儿子现在也上了初中，周末我在公交车站下车的时候，好几次看到他拎着儿子的脖领子从网吧里出来。他见我还叫我夏医生，从他跟儿子搏斗的气势上看，他现在活得生机勃勃。

这人带我去看了那座房子。我决定买房子的时候刚认识易红，所以当时买房子跟易红没关系，我只是想要一个院子，想要一块属于自己的安静的地儿。这里行政区划上归县里城关镇，十年八年估计也开发不到这儿，房子不值钱，我只花了八千块钱，就得到了半亩土地和三间二十多年前盖的红砖瓦房。

邻居住的很寥落，很多这样的房子，空着锁着，白天能看见的都是老人，整个家属区只怕要有几千亩地，从我的院子向前看，空旷处是收割后的麦地，一些工人本来是农民，他们见不得地闲着。道路是粗大杨树掩映出的林荫道，向房子两边看，有人住的院子前还有菜地，间或有夹竹桃和大丽花掩映其中。

我开始建设我的乐园，我喜欢这里。

我真的种了很多美丽的植物，有的开花有的不开花。不知道从什么时候起，我摆弄这些植物的时候就会想到易红，我愉快地一厢情愿地想象着……

可我始终也没勇气真的带易红来。

我带我前妻来，用事实证明我比以前更不正常。易红当然不会把我当成疯子，但我对她的反应没把握。我很害怕她在我的花园里露出平和宽容的微笑，说些得体的感叹赞美的话，和我一起从压井里压出水，浇一浇园子，再扯两句陶渊明或斯是陋室唯吾德馨之类的话。

我的奢望是她在我的花园里，眼睛里也能泛出那微光，从心最深的地方放出来的光。

夏天快过去了，院子墙上本来就有的凌霄今年花开得特别繁茂，这种花被一位女诗人批评过，但凌霄花给我的感觉却很优雅，也很矜持，甚至带点忧伤，因为它的落花很少残败，依然保持着优雅的花形和淡妆胭脂一样的花色，一如还在枝头。

我说的有道理吗？

假日在家的时候，我一边收拾园子一边在心里说着话，有时候会说出声，可以被认为是某种精神疾病的先兆了，但我知道我在给谁说话，我有听众的。

我常常看着那把钥匙想，她还会回应吗？

我一直没有想过，当那回应真的出现时，我有勇气听吗？

元旦前，我被一个电话请到了我醉酒的那家四星级酒店顶楼的酒吧，易红的妹妹在等我，她说她叫易兰。

我走进酒吧，就认出了易兰。她和易红体形五官都很像，但脸上那副宽大的黑边眼镜，让我觉得她们差别很大。她面朝着我，她的对面坐着一个男人。

我走过去，那个男人抬头，我愣了一下，猛然想起是易红的丈夫崔保周。

硬着头皮打了招呼，他的神情也有些尴尬。易兰把酒水单推到我面前，笑着说："要不是上面有汉语，单看这些酒名，我会以为还在欧洲。"

服务生站在我们的桌前，我看了一眼桌上，就说和他们一样。

易兰完全无视那个姐夫的存在，研究地看着我说："我姐说你很有意思。"

她的口吻里有让人很不愉快的优越感，我什么也没说，崔保周收起桌上的一叠文件放进包里，端起桌上的酒，说：“来，为易红干一杯，看来她死了，人人都有好处啊。”

他硬充出一种无赖的语气，老实本分的人被命运莫名其妙地要弄了，他又能怎么样？大概这是他能想到的唯一能维持尊严的态度吧？

这次见他，我不紧张了，可我还是觉得难过。

当然没人和他碰杯，我点的酒上来了，我没动，依旧没说话。

易兰说：“你该走了。”

崔保周自己喝光了酒，说：“你怕啥？夏医生比谁都更清楚真相!”他强笑着说，“她不是已经办好了去荷兰的签证吗？她本来是想跑的，有人不让她跑，她能跑出地球吗？跑到哪儿都能逮回来，她得死，死无对证……”

易兰冷淡地说：“请你离开好吗？”

崔保周愣了一下，那种羞恨无奈的神情像是一个孩子无力推倒一棵大树，咬着牙对着树干又踢又踹，最后弄疼的只是自己的脚。

他就这样瞪了一会儿眼睛，易兰和我都没有说话，他哼了一声转身很快地走了。易兰朝我笑了一下，“对不起。”她端起杯子喝了口酒，说：“夏先生，崔保周那条受伤的疯狗咬你的时候，你始终沉默，很高贵。”

我端起酒喝了一口，易兰话里透出的些微信息让我感觉她对易红的事情有着很深的介入……我苦笑了一下，“高贵这样的字眼，和我也太不沾边了，我是个软弱无用的平常人……易红的死，最后的结论还是自杀？”

我含着满嘴浓郁的松叶气味盯着易兰。

“是。”她推了一下眼镜，忧伤地笑了一下，“我跟父母说，姐是心脏病突发去世的。她得这病有好长时间了。”她停了一下，“其实这话也不错，精神分析学上不是有种说法，性格就是一个人的病，对吗？”

我一口气喝光了杯中的酒，身子一下飘了起来，我看着易兰说：“对不起，我有个问题一直很想问，易红怎么会和崔保周结婚？”

易兰苦笑了一下，说：“为了让她那个自私透顶的已婚情人‘安心’，她就回老家找了个头脑简单好控制的男人结婚，这样病态扭曲的分裂生活过了十年……”易兰点上支烟，喷出口浓浓的烟雾，“你不介意吧？”

我说：“你要是问抽烟，我不介意。”

易兰看着我，眼睛里露出笑意，说：“你真的很有意思。我再多说一句，崔保周拼命折腾着试图指控的那个凶手，也就是那个男人。当然，他被人利用了。”

我没有说话。最后得到的回答未必就是谜底。易兰说的也许是事实，但同样未必就是真相。

如果真相会刺穿自己的胸膛，还有多少人愿意要真相呢？

我也不要关于易红死的真相，我要她回来，回到我想给她的那座花园里来！

酒吧的落地玻璃窗外，暮色中一片惨淡的灰白屋顶，城市寒碜粗糙的一面露出来了，没关系，过些年会跟着那些大都市学着化妆到屋顶的。

“对不起，我还约了人，直接说正事吧。”易兰递给我一张卡片，“你收到的钥匙是银行保管箱的钥匙，登记的名字是韩波，我丈夫，这是号码和银行地址。”

我抓住卡片，目光还在看窗外。

易兰声音在我耳边响，“钥匙是我姐提前寄来的，她说那天是你的生日，卡片当时从贺卡里掉出来了，我后来才发现，不过很快收到我姐出事的消息，我就没再给你寄……夏先生？”

易兰见我回过神来，微笑着继续说："经过这段时间，我认为，不管我姐留给你的是什么，你都是有资格得到的。"

我生硬地和她握手，说："谢谢，再见。"

我出门的时候，和一个有些面善的男人擦肩而过，我想不起来是谁了，回头，那人笑着和易兰热情而礼貌地拥抱在一起。

我空着肚子喝的酒，感觉不舒服。电梯间旁边有个侧门开了条缝，外面是天台。我推开那门出去了。风很大，天台上没有人，空气寒冷，可并不清新，我吸了一口，胃一翻，我又吐了。

我的头抵着冰冷的马赛克墙面，身子佝偻着，内脏抽搐，吐的都是酸苦的水，从脖子到头都憋涨起来，我难受得撞了一下头，久违的眼泪突然被撞了出来。

我哭着哭着笑起来，我对这酒店过敏，来一回吐一回。

我慢慢有力量站直了腰，我摘下眼镜擦了擦泪又戴上，这时两个保安焦急地冲过来，一边一个抓住了我的胳膊，"对不起，先生，请离开这里……"

他们虽然措辞礼貌，肢体语言却是要架着我强行离开。我挣了一下，手里的卡片掉在了地上，我看着那张卡片，如果我说话，完全可以把它捡起来，可我没有说话，很顺从地被两个唯恐失职的保安架走了。

天还没黑透，那张白色的卡片在深灰的地上，老远还能看得见。

我当然没有办法去打开那只保管箱了。

软弱的我回去接着过自己的日子了。

日子更简单了，除了上课，就是看影碟和书。每个月见一次我的婚外女友，我给她打电话。本来我也没什么朋友，现在老周也不和我联系了，主要是因为我把手机停了。没了手机号码，一个人就从现实社会消失了。

下雪了，腊月才下入冬的头场雪。

周末，我坐 16 路公交车回家，车开始很挤，可出了市区我就有座位了。我到终点站下车，顶着雪走回家去。

院子里新栽的腊梅五条细枝上开了三朵花，开了门我就闻到了清冽的香。

我升火弄饭，吃饭的时候炉子上炖着水，蒸腾起的水汽让屋子温暖湿润，水仙还是只有绿叶子，我有些担心买了假的，可凑过去一看中间抽的条头上迸出了花蕾，心里很高兴。

从柜子里摸出花生米和半瓶白酒，为了水仙花，得喝一杯。

我说的有道理吗？

我翻着刚买回来的一堆影碟，看喜剧吧，轻松点儿，有助于消化，《四个婚礼和一个葬礼》，以前买过，被前妻扣留了，又买了一张，再看一遍。

我最喜欢看那段，女主人公一个一个数经历过的男人，数到第二十三个，休·格兰特开始出汗。

我是第几个？

我温柔地笑着问挂在书架上的那枚钥匙。

别生气，你看，什么都可以变成喜剧，包括葬礼，甚至死亡本身。

如果肉体带着全部的过错、罪孽和肮脏的污点死去了，释放出被囚禁的灵魂，难道不是大欢喜吗？

现在不常听到人提起你的名字了，很偶然的一次，我听到有人用“易红二世”称呼另一个女子，我觉得很悲凉。

不管别人怎么理解你的生和你的死，我都能平静地沉默了。

我们不能不低头听某些声音。就像每次回家看父母，总要听他们对我的责备和劝导一样，在他们眼里，我愚蠢糊涂地把人生搞得支离破碎，很让他们忧心。我总是低着头，十指相抵，我忽然发现我这个习惯性动作，像祈祷，也像忏悔。

我也会这样十指相抵地坐在椅子上看着钥匙，想你在那箱子里放了什么。

如果你真的那样做了，像你那位戴宽大眼镜的妹妹暗示的那样，留下一笔菲或不菲的遗产，为此我很不厚道地认为她庸俗，虽然她的打扮谈吐得像个知识分子，我很希望我能像我那个善良的婚外女友一样感动地笑笑，可你知道，我这人不厚道，估计我做不到，所以我不敢去打开那箱子。

不过我宁肯相信你只是在那里留下了几片写着文字的纸，上面是要告诉我的话，不关乎任何人任何事，只是你细腻真实的生命感觉。如今那些话孤独地躺在冰冷的金属箱子里，没关系，别替那些话难过，它们躺在那里，安静地衍生出无穷无尽的话语来回应我对你喋喋不休的聒噪。

我的心以前是颓唐且坚硬的，坚硬得有时油滑尖刻，现在我依然颓唐，但却像融化的冻土，变得稀软无力了。

我觉得这是你留下的痕迹。

春天来了，我买了两株玉兰栽在院子里。很细的干，光秃秃的枝，忽然就开出很大的花来，一株是白的，而另一株却是紫红的。后面那排房子里的老人找我来下围棋，他说白的是玉兰，红的叫辛夷，这花被大诗人王维表扬过的。

我决定在路边栽两排一串红，因为忽然想起，你给我说过，小时候村子里的伙伴儿，常冲着你大叫一串红一串红……

你将随着我喋喋不休的聒噪，在这里复活。

我依然无法断定，是否就是你想要的，但却是我想给你的，一座真正的花园，下面有土，上面有阳光，中间有风，一年四季花开花落……

母亲们的秘密

（代后记）

母亲去世四年之后，父亲也走了。我在整理父母遗物的时候，发现了一摞旧稿纸，字迹是母亲的。打开慢慢读完，感觉应该是一部小说的开端，我从来不知道母亲曾经写过小说，在我的印象里，母亲从来不曾和文学或写作有过丝毫的联系。

母亲一直隐藏着属于她的秘密——也许不是故意的隐藏，只是淡忘了。

我随即就否定了这种推想，这卷锁在抽屉深处的旧稿纸，曾经和户口本、粮票、存单锁在一起的旧稿纸，分明又告诉我，这个秘密是如此被珍视，自然从来也不曾真的被彻底埋葬。

这卷稿纸书写的日期应该在我出生之前，但是鉴于文末还有父亲的一段批注点评，我想离我来到这个世界的日子也不太远了。

我想很可能是我的到来打断了母亲的创作。

母亲生前是位出色的会计，算盘打得很好，曾经在周口地区供销系统的比赛里得过大奖，这是我所知道的。后来母亲一直做财务工作，因为不能阻止我离开银行而万分惋惜。在母亲的心目中，文字怎么也不如钞票来得那么安心。工作之后每次说要给母亲买礼物，得到的经典答案是："你妈最喜欢的东西就是钱，什么东西都不如钱好看。"

很长一段时间，母亲对于我来说，就是整个现实世界的象征，我和现实的全部抗争，也都转化为了和母亲的抗争。我小时候是跟祖母生活的，十岁回到母亲身边，然后就是将近二十年的母女战争。

早期的战争集中在穿衣打扮和看闲书这两件事上。

我两岁起被送去和祖母一起生活。跟在祖母身边的时候，老太太从来不管我看闲书，我乖乖地看书不烦她，她老人家正好做活或者睡觉，才不会在意我读的是什么。许昌西街老家宅子里，整日都是大门紧闭的，她老人家在窗户下踩在缝纫机，我则坐在宽宽的大门槛上因为刚刚看完琼瑶的《几度夕阳红》或者《匆匆太匆匆》而落下泪来。

母亲和祖母都是真正的美人，婆媳两人只在一件事上达成过共识：我的长相，辜负了来自她们任何一方的基因。

但打扮我，是祖母的刚需，即便我生得实在有些对不住她老人家的审美需求，她依然无比坚强地给我做出无数套漂亮的衣服来维持她的尊严和体面。

母亲恰恰相反，她的衣着标准是干净、朴素，奇装异服、描眉画眼于她不是审美问题，而是道德问题。

1983 年的夏天，我离开祖母，回到母亲身边生活。母亲从我带回来的行李里翻出一个织锦缎做的小包——那是我人生的第一个化妆包，祖母给我做的，玫红色提花织锦缎，黑色的绳结抽紧袋口，会形成大大的荷叶边。母亲用力解开绳结，从里面倒出来一条芙蓉石项链一个玛瑙镯子，一根眉笔一管变色口红。

母亲完全是一副五雷轰顶的神情："你才十岁——十岁！"她捏着口

红看着我，一字一顿地说："只有妓女才会抹口红！"

穿衣打扮原本就是祖母和母亲婆媳矛盾的焦点，只是她们两地住着，逢年过节才会在一起，起冲突的机会实在有限。

现在，母亲发现她的女儿吊诡地变成婆婆对她活生生的嘲讽和反对。

于是，母亲对我的责骂和批评也具有了双重的意味，话里充满了我不大明白准确含义却又能感觉到无比严重的词语。其实，越不明白含义，越觉得那些话很重很可怕。我回到母亲身边的第一夜，是哭着睡着的。当然，母亲也哭了，后来她告诉我，她感觉自己的女儿被那个老太太毁了！

很快母亲发现了更为要命的问题，那就是我的阅读内容。

回到母亲身边的时候，我已经不看琼瑶小说了，开始看屠格涅夫的《初恋》、契科夫的《跳来跳去的女人》、奥斯丁的《傲慢与偏见》之类更为"少儿不宜"的东西了。书都是租来或者借来的，每次被发现为了抵抗母亲的没收，都会有一场声嘶力竭的大哭大闹。

后来这种哭闹终结了，我甚至不再去租书店里逡巡了，因为我在家里发现了"矿山"，那就是父母房间里的两个大书架，一个架子上是人民文学出版社的世界名著系列，另外一个架子上，则是三言二拍《聊斋志异》《红楼梦》……家里的书都是包书皮的，我偷偷拿下来，塞一本别的书进去，看完再换。

在我自以为得计的时候，又被母亲抓了个正着。我也是心虚的，被母亲抓住了，挨骂时也很是羞惭，但母亲若是说两句就此算了，我不吭声忍忍也就过去，反正也不会改。若母亲以为得了理，准备好好教育我一顿，我面对她的教育，不仅不会无地自容低头认错，反而会恼羞成怒，哭喊着跟她讲我的道理。用母亲的话形容我，是"一肚子的歪理邪说，泼了命地跟你闹"！

后来一次母女闹得实在太凶，我坚决认为自己不是母亲亲生的，要离家出走，虽然最终到底也没走出家门，却关起房门在屋里绝食，母亲气得在她房间里哭，父亲也无法调停了，就去把姥姥请来了。

我的外祖母和祖母一样，都是年轻寡居，含辛茹苦地带大了两个孩子。从二十世纪上半叶中国的战乱、动荡中走过来的女人，经历了世事沉浮、财富聚散、生离死别、人情冷暖，各自有着各自的刚烈坚强。只是祖母的巧慧里总有一份天真的女儿心性，到老不改，而外祖母则多了一份圆融与体恤。

姥姥坐在床边抱着我，隔着窗户骂我母亲，“你跟孩子斗什么?！当初你又好到哪儿去了?！还不是一个样?！”姥姥叫着母亲的小名，又是笑又是骂，“我当初咋说你的？让你气我?！将来生个闺女磨害你！老天爷看着呢！让你跟你亲妈闹，将来你闺女一样跟你闹！”我伏在姥姥的怀里，渐渐不哭了，我被安慰了。姥姥拉我去见母亲，我很羞愧，有些怯怯的，母亲竟也有些不好意思。

小时候的母女冲突，比起接踵而来的青春期和婚恋问题引发的血肉横飞的真正母女战争，实在是小巫见大巫，姥姥再也没有能力化解了。如同核武器的制衡才带来了世界的和平，成年之后，母亲和我之间也存在着互相制衡的核威慑，那就是“不说话”。

核武器的力量只在震慑和威胁，不能真正使用——所以我们永远只会对彼此说：“你要是再……我就不理你了！”也只是说说而已。但说说也管用，对方一定会让步。

“核威胁”这三个字是母亲的措辞——想想是多么精彩的而深刻的比喻！母亲有很多精彩的话，深深地印刻在我的脑子里。时至今日，我引用最多的语录依然是“我妈说……”

和母亲最终完成和解时，我已经过了三十岁。我们的和解是以我阳奉阴违的投降来完成的。只是母亲何曾不知道我的阳奉阴违？她只是接受了我对她的安慰，在无法阻止我离开银行时，她只能长叹一声，在同意我去北京读博士时，努力不流露出担心……

那时我已经知道，母亲不是现实世界，她只是想在我遭受现实伤害之前，挡在前面，甚至笨拙地模拟出某种可能伤害的情景，让我知道害怕，知道躲避……这是一种蒙昧的带着恐惧的巨大的爱。我曾经聊以自慰的是：在母亲活着的时候，我理解了这份爱，并且为此表达过我的感激。

我以为我理解了，只是当我看到那份小说残稿时，我才发现，我对母亲的理解甚至了解，都是如此的有限。

母亲有她的秘密，祖母、外祖母一样有着各自的秘密，譬如，祖母不为人知的身世，外祖母与年轻的母亲之间曾经的母女战争……如今她们都离开了，可我又常常能感觉到她们的存在，她们就存在于我的生命之中，甚至说，她们以某种方式编码了我的生命形态和我理解这个世界的方式，这种力量隐秘而强大……

回想起母亲留在我生命里的点点滴滴，对诗性近乎本能地渴求、细腻而丰沛的情感能力和发达敏锐的感受力、充足到过分的表达欲望……这些支撑我写作的所谓的“天性”，其实是母亲给我的教育。真正的教育是真实生命之间的互相砥砺，从来不存在抽离具体生命之外的所谓的“正确的教育”。

我不知道，母亲可能的写作，是不是因为我而断送的，但我想，我将长久地在写作中去探寻母亲、祖母和外祖母那些尚不为我知的秘密。也许就像基因编码一样，这些秘密里藏着我一切生命问题的答案。

2019 年 8 月 1 日　寄庐

创作年表

2001

《烟城危澜》（中篇） 《莽原》

2003

《飞在空中的红鲫鱼》（中篇） 《人民文学》

2004

《七寸》（中篇） 《莽原》

2005

《水流向下》（短篇） 《人民文学》

2006

《鹿皮靴子》(短篇)　　《莽原》

《阳羡鹅笼》(短篇)　　《莽原》

2007

《风月无边》(中篇)　　《星火》

《黛玉之“心证”——试论林黛玉形象的精神优美与精神病态》(论文)　　《红楼梦学刊》

2008

《天河》(中篇)　　《人民文学》

2009

《天河》(中短篇小说集)　　作家出版社

《嫩南瓜》(短篇)　　《星火》

《一树春风分两班——〈传奇〉与〈红楼梦〉继承关系再分析》(论文)　　《红楼梦学刊》

2010

《此岸芦苇》(中篇)　　《中国作家》

《你我》(短篇)　　《人民文学》

《慢递》(中篇)　　《芒种》

《开片》(中篇)　　《十月》

《张爱玲的“红楼家数”——〈传奇〉与〈红楼梦〉人物塑造对比分析》(论文)

《红楼梦学刊》

2011

《剔红》(中篇)　《人民文学》

《花儿》(短篇)　《中国作家》

《帅旦》(短篇)　《人民文学》

《尴尬与可能性——“70”后作家小说创作随想》(论文)　《文艺报》

2012

《〈红楼梦〉与中国现当代小说》(论文)　《文艺报》

《窑变》(中篇)　《清明》

《白头吟》(中篇)　《人民文学》

《失落的〈红楼梦〉互文艺术》(论文)　《红楼梦学刊》

2013

《浅析端木蕻良对曹雪芹形象的塑造》(论文)　《红楼梦学刊》

《论〈红楼梦〉中的空间建构》(论文)　《红楼梦学刊》

《题材意识与个人经验》(论文)　《文艺报》

《鸽子》(短篇)　《北京文学》

《卷珠帘》(中篇)　《人民文学》

《无家别》(中篇)　《中国作家》

《经验的容器》(论文)　《文艺报》

《剔红》(中短篇小说集)　上海文艺出版社

《器》(中短篇小说集)　文化艺术出版社

《谁是继承人——〈红楼梦〉小说艺术现当代继承问题研究》(专

著)

文化艺术出版社

2014

《窑变》(中短篇小说集) 太白文艺出版社

《帅旦》(中短篇小说集) 山东文艺出版社

《想象中的成——城市文学的转向》(论文)《当代作家评论》

2015

《让文学经典重生于当下》(论文) 《光明日报》2015年

《力求中国故事的世界表达》(论文) 《人民日报》2015年

2017

《网红：内容驱动的魅力人格体》(论文)《天涯》

《化城》(中篇) 《人民文学》

2018

《琢光》(中篇) 《收获》

《端午》(短篇) 《飞天》

《夏生的汉玉蝉》(中篇) 《人民文学》

《婴之未孩》(中篇) 《十月》

《化城喻》(长篇) 广西师大出版社

2019

《画魂》（中篇）	《江南》
《桃花源》（中篇）	《长江文艺》
《问津》（中篇）	《收获》
《问津变》（长篇）	广西师大出版社